大家小书

山水有清音——古代山水田园诗鉴要

葛晓音 著

北京出版集团公司
北京出版社

图书在版编目（CIP）数据

山水有清音：古代山水田园诗鉴要 / 葛晓音著. —
北京：北京出版社，2019.4
（大家小书）
ISBN 978-7-200-14544-1

Ⅰ. ①山… Ⅱ. ①葛… Ⅲ. ①古典诗歌—田园诗—诗
歌欣赏—中国 Ⅳ. ① I207.22

中国版本图书馆 CIP 数据核字（2018）第 297276 号

总 策 划：安　东　高立志　　责任编辑：高立志　邓雪梅

·大家小书·
山水有清音——古代山水田园诗鉴要
SHANSHUI YOU QINGYIN——GUDAI SHANSHUI TIANYUAN SHI JIANYAO
葛晓音　著

出　　版　北京出版集团公司
　　　　　北京出版社
地　　址　北京北三环中路 6 号
邮　　编　100120
网　　址　www.bph.com.cn
总 发 行　北京出版集团公司
印　　刷　北京华联印刷有限公司
经　　销　新华书店
开　　本　880 毫米 ×1230 毫米　1/32
印　　张　10.125
字　　数　172 千字
版　　次　2019 年 4 月第 1 版
印　　次　2023 年 11 月第 4 次印刷
书　　号　ISBN 978-7-200-14544-1
定　　价　45.00 元

如有印装质量问题，由本社负责调换
质量监督电话　010-58572393

总　　序

袁行霈

“大家小书”，是一个很俏皮的名称。此所谓“大家”，包括两方面的含义：一、书的作者是大家；二、书是写给大家看的，是大家的读物。所谓“小书”者，只是就其篇幅而言，篇幅显得小一些罢了。若论学术性则不但不轻，有些倒是相当重。其实，篇幅大小也是相对的，一部书十万字，在今天的印刷条件下，似乎算小书，若在老子、孔子的时代，又何尝就小呢?

编辑这套丛书，有一个用意就是节省读者的时间，让读者在较短的时间内获得较多的知识。在信息爆炸的时代，人们要学的东西太多了。补习，遂成为经常的需要。如果不善于补习，东抓一把，西抓一把，今天补这，明天补那，效果未必很好。如果把读书当成吃补药，还会失去读书时应有的那份从容和快乐。这套丛书每本的篇幅都小，读者即使细细地阅读慢慢地体味，也花不了多少时间，可以充分享受读书的乐趣。如果把它们当成补药来吃也行，剂量小，吃起来方便，消化起来也容易。

我们还有一个用意，就是想做一点文化积累的工作。把那些经过时间考验的、读者认同的著作，搜集到一起印刷出版，使之不至于泯没。有些书曾经畅销一时，但现在已经不容易得到；有些书当时或许没有引起很多人注意，但时间证明它们价值不菲。这两类书都需要挖掘出来，让它们重现光芒。科技类的图书偏重实用，一过时就不会有太多读者了，除了研究科技史的人还要用到之外。人文科学则不然，有许多书是常读常新的。然而，这套丛书也不都是旧书的重版，我们也想请一些著名的学者新写一些学术性和普及性兼备的小书，以满足读者日益增长的需求。

“大家小书”的开本不大，读者可以揣进衣兜里，随时随地掏出来读上几页。在路边等人的时候，在排队买戏票的时候，在车上、在公园里，都可以读。这样的读者多了，会为社会增添一些文化的色彩和学习的气氛，岂不是一件好事吗？

“大家小书”出版在即，出版社同志命我撰序说明原委。既然这套丛书标示书之小，序言当然也应以短小为宜。该说的都说了，就此搁笔吧。

知音莫比，真赏谁如

——读葛晓音先生《山水有清音——古代山水田园诗鉴要》

李鹏飞

从中国古典诗学史来看，古代的诗人与诗论家其实是十分重视诗歌艺术鉴赏的，从南北朝以来，历代诗话中都包含着大量对诗歌的评析，虽然只是吉光片羽的、印象式的点评，但古人对此心照不宣，也自可一目了然。然而对于已经完全脱离了古代诗歌语境的现当代读者而言，就未免觉得如雾里看花，水中望月，颇有些不得要领了。

进入现代以来，受到传统治学方法与西方学术观念双重影响的一代学人，如黄节、俞平伯、顾随、龙榆生、林庚、钱锺书、傅庚生、叶嘉莹等人，也同样很重视古代诗歌的艺术鉴赏。这一代人仍然具备古诗文的创作能力，他们将创作、研究与艺术鉴赏相结合，突破了传统鉴赏学的印象式评点模式，对古典诗歌的艺术特色与创作原理进行了颇为细致深入的分析，各自撰写出了具有典范性的诗歌鉴赏类著作，甚至还提炼出了一些重要的诗学理论命题，从而从感性妙悟上升到理性认知的层次，极大地深化了我们对于古典诗歌艺术特质与艺术规律的认识。

然而，曾几何时，由于对创建文学史知识体系的热情与追求渐渐成为古代文学研究界的主流，文学的艺术鉴赏也随之边缘化，甚至遭到不少学者的轻视，虽然因为出版界的推动，也曾经涌现过几阵古典诗歌“鉴赏热”，但真正有妙悟、有深度的诗歌鉴赏却渐如空谷足音，难遘难逢，令人颇有“知音者希，真赏殆绝”的感慨与担忧了。

但是，晓音先生的这本《山水有清音——古代山水田园诗鉴要》，编集她多年来所撰写的一些古代诗歌鉴赏之文，却成为诗歌鉴赏领域足以踵武前贤、且能拓出新境的一份美丽而厚重的成果。

从20世纪60年代，晓音先生进入北大中文系求学开始，即追随林庚先生、陈贻焮先生研治魏晋南北朝隋唐五代诗歌，迄今已卓然自成一代大家，出版了《汉唐文学的嬗变》《八代诗史》《山水田园诗派研究》《诗国高潮与盛唐文化》《先秦汉魏六朝诗歌体式研究》《古诗艺术探微》《唐诗宋词十五讲》等诗歌研究著作，构建起中古诗歌史研究领域独具特色的“葛氏体系”，而对于诗歌艺术的鉴赏与艺术经验的总结则成为这一体系的重要组成部分。

在长期的教学、科研与研究生培养中，晓音先生一直很重视对学生文学感悟力的培养，她认为：对于诗歌研究者而言，具备敏锐而准确的审美感悟力乃是从事诗歌研究的基本前提。她不仅一再强调培养诗歌鉴赏力的重要性，也一直积极进行古典诗歌的鉴赏实践，《古诗艺术探微》与《唐诗宋词十五讲》就是以鉴赏为主或带有浓厚鉴赏色彩的两部著作，这次结集出版的山水田园诗鉴赏文集则集中展示了她对山水、田园这两类特定题材诗歌的鉴赏成果。在经过她的精心编排之后，我们可以看到这本文集呈现出了十分严谨的体系性：既以具体作品鉴赏的形式展示了从南北朝到宋代山水田园诗的发展演变史，也通过精辟的理论概括阐发了山水田园诗的艺术成就与审美特质，更进一步对中国古典诗歌的鉴赏方法进行了理论总结。因此，我特别建议读者注意作为本书“附录”的两篇讲稿——《澄怀观道　静照忘求——中国山水诗的审美观照方式》与《中国古典诗词的阅读和欣赏》，也特别注意每个单元前面的那一段引言——这些内容都是对山水田园诗艺术演变史与美学规律的极为精要的总结，也是引导我们更深入地理解本书全部内容的纲领。

而在细细通读全书之后，更能感受到晓音先生的诗歌艺术鉴赏在继承古代诗论家与前辈学者的优秀鉴赏传统之后所形成的自己的个人特色：她继承了林庚先生将感性与理性相结合、将宏观文学史认知与微观艺术分析相结合的有益经验，并加以发扬光大，拓展深入，把精妙的艺术感悟、精深全面的诗歌史研究与她自己所开拓的精密的诗歌体式研究紧密结合，而施之于对每一首具体诗歌作品的艺术分析，再用精炼优美的语言将她的艺术感悟表达出来，从而形成了一种与众不同的、特别精美隽永的鉴赏文体。

可以说，通过对每一首诗歌的精妙鉴赏，晓音先生既揭示出诗歌的诗境之美，也着力去阐释这美感之所以形成的原因：前者诉诸精准敏锐的艺术感悟，并以优美精确的语言传达出来，从而让诗歌之美得以被感性地呈现，其美感不但没有被破坏，反而得以更鲜明地呈现出来；后者则诉诸学识与理性，从诗歌史层面，分析诗歌的形象与形式的构成原理与历史特征，更揭示其深层的美学意蕴，让我们从山水、田园诗这两类特殊的诗歌之美中感受到古代文人回归自然、与造化冥合的精神旨趣，更感受到他们对人生最高的美感与精神自由的不懈探索与追求。

大多数古典诗的爱好者都会有一个强烈的印象：在中国古

代诗歌的各种类型中，山水田园诗尤其具有一种特殊的美，能够创造出特别优美的意境。著名美学家宗白华先生曾经写过一篇经典性的论文——《中国艺术意境之诞生》，指出艺术意境包含从直观感相的摹写，活跃生命的传达，到最高灵境的启示这三个不同的层次。静穆的观照和飞跃的生命构成艺术的两极，也是构成禅的心灵状态。中国艺术意境的创成，既须得屈原的缠绵悱恻，又须得庄子的超旷空灵。所谓能得其环中，又要能超以象外。宗先生的话说得颇为高妙而又虚玄，也有些令人揣摩不透其中之深意。

晓音先生则从山水田园诗的审美观照方式及其哲学背景入手，对意境的形成原理及其美学特征做了更透彻、更明晰、也更为实在的阐发。她指出，澄怀观道，静照忘求，乃是中国山水诗独特的审美观照方式。所谓“澄怀”，是说诗人要让自己的情怀、意念变得非常清澄，没有一丝一毫的杂念，在这样的状态下才能体会山水中蕴藏的自然之道。所谓“观道”，指观察自然存在和变化的规律。“静照忘求”则是指在深沉静默的观照中忘记一切尘世的欲求，这样才能达到心灵与万化冥合的境界。由澄怀观道而获得的空明清澄的意象，几乎成为早期山水诗的共同特点，而且对南朝直到盛唐山水诗的审美理想产生了深远的影响。山水诗在它漫长的发展过程中，与赠别、相思、旅游、田园等各种题材结合在一起，内容和艺术有了极大的发展，但其基本旨趣以及静照忘求的审美方式一直延续下来，特别是在唐代诗人的作品中，影响最为明显。唐人很擅长描写空静的意境，这与静照和禅的性空相结合有关，而其根本原因则还在于从东晋时期形成的澄怀观道、静照忘求的审美观照方式，要求诗人在观照万物时具有清明、虚静的内心境界，使空间万象在心灵的镜子中变为一片澄明清澈的世界。

这应该是迄今为止笔者所见到的对中国诗歌意境美的形成机制及其美感特征最透彻明晰的阐发了。晓音先生将这一深刻的领悟贯彻在她对谢灵运、陶渊明、孟浩然、王维、常建、柳宗元、韦应物等最具代表性的诗人诗作的鉴赏之中，从而对这些作品共同的美学特质与哲理意蕴做出了十分透辟的阐发。

与此可以相提并论的，则是她对来自《庄子》中的“独往”与“虚舟”等理念如何转化成唐代诗歌意象与意境的独具慧眼的发现，这极有助于我们重新领悟一些脍炙人口的唐诗名篇的深刻的哲理意蕴与美学内涵。正是通过这些奠定在精深研究基础上的艺术鉴赏，我们才无比真切地认识到：山水田园诗不仅是一类意境优美的诗，更是一类内涵深刻的诗。

作为一位在诗歌史与诗学史研究领域都有着深厚造诣的学者，晓音先生对古典诗歌的重大艺术命题与艺术原理有着自己深刻的理解，这些理解也通过她对每一首具体诗歌的鉴赏自然而然地流露出来。

比如在“田园篇”里，她通过赏析陶渊明的《移居》指出：陶诗能以情化理，理入于情，不言理亦自有理趣在笔墨之外，明言理而又有真情融于意象之中，故而能达到从容自然的至境。

在“隐居篇”里，赏析王维的《辋川集》这一组名篇时，她紧紧抓住诗歌如何正确处理虚实关系以获得更好的表达效果这一点来展开分析。

在“游览篇”里，分析杜审言的《和晋陵陆丞早春游望》的“云霞出海曙，梅柳渡江春”这一联名句时，透彻地说明了其句法之创造对后来的五言律诗之影响。

分析孟浩然的《晚泊浔阳望庐山》时指出创造空灵意境的奥秘之所在。

分析王维诗歌的时候特别重视诗歌的色彩与构图处理。赏析王维的《终南山》时，则指出王维如何采取鸟瞰的视点来突破正常视野以表现阔大境界的技巧，从而概括出诸多盛唐山水诗的共性。

分析常建的“竹径通幽处，禅房花木深”、王维的“江流天地外，山色有无中”和“他乡绝俦侣，孤客亲僮仆”时，指出诗歌如何表达普遍的人生体验。

分析韩愈诗歌时，指明他如何从怪异中求新，以及如何整合怪奇意象来构成新的和谐。同时在分析韩愈诗和苏轼诗时，精辟地指明了“以文为诗”的利弊。

在“行旅篇”里，分析王湾的《次北固山下》、孟浩然的《晚泊岳阳》、杜甫的《登高》《旅夜书怀》、杜牧的《山行》等诗的时候，阐明如何从对景物和意境的描写中自然地生发出哲理来。

从杜甫的《旅夜书怀》深刻阐明杜甫晚年的孤独感与精神境界。

以上所摘录出来的这些内容，还远不能涵括晓音先生通过诗歌鉴赏所表达出来的全部真知灼见，尤其是那些在细微处见真功夫的对诗歌艺术的妙悟，更是我的概述所无法容纳、也无法呈现的，然而熟悉诗歌史和诗学史的读者将会看出，众多诗歌艺术现象与艺术原理的重要命题都已经在这里出现了。而且，晓音先生剖析这些命题内涵的方式跟单纯从事文艺理论研究的学者的本质差别在于：她是从最具体、最感性的艺术分析中阐发她对这些命题的理解的，因此她不仅让这些抽象的理论命题变得明晰易懂，也让它们变得有血有肉，生动鲜明。更重要的是，有些命题乃是她从诗歌鉴赏中所获得的个人独到的领悟，比如指出徐俯的《春游湖》在明媚中带上荒寒感的写法才使这首诗得以推陈出新；指出李白展现出名山大川能将天地之大美与人文之精华融为一体的特色——均无不令人耳目一新，获得深刻的启示。

从述学文体的角度来看，晓音先生的学术论文向来以精炼厚重、理性清明而著称，而《山水田园诗派研究》一书则又另具清新明丽的风格，应该说，这也是来自她的自觉追求。晓音先生曾多次指出：鉴赏诗歌的文字本身也应该是美文，能给人以美的享受。这番话既是针对当下某些质木无文的鉴赏之文有感而发的，也是她对自己所撰写的鉴赏之文的基本要求。而她的每一篇诗歌鉴赏文字无疑都是一篇优美的散文。在这本文集中，优美清绝的段落可谓纷至沓来，美不胜收。比如她对孟浩然《夜归鹿门歌》中“鹿门月照开烟树，忽到庞公栖隐处”这两句的分析：

鹿门山在夜雾笼罩下，密林深邃，不见人径。经月光照射，才显出路来。“开烟树”句画面鲜明而又富有神秘感，令人如见深不可测的树林中烟雾四合，被月光开出一条路来，忽然就来到了庞德公的栖隐之处。“开”字是“闭”字的反义词，既然说“开”，那么给人的感觉是这“烟树”

原是封闭无路的；“忽到”一词也有不期然而相遇的语感，似乎在月光的引导下忽然来到了某处人境之外的地方，这“庞公栖隐处”的深幽和隔绝人世也就可以想见了。

又比如她对柳宗元的名篇《江雪》的分析：

这首诗展示了一个万籁皆寂、水天一色的纯净世界，独钓寒江的渔翁似乎是诗人孤独高洁的人格写照。但是从诗人的审美观照来看，这个混茫无象的境界又是映照在诗人澄彻的诗心中的整个大自然，是通过无声无色的山水所体现出来的最高的自然之道，这就又升华了诗的意境。静照忘求的传统和诗人的人格境界完全融为一体，正是这首小诗给人以无穷联想的原因所在。

这些优美的鉴赏文字，令人感到诗意之美如一阵阵清风和一脉脉清泉从我们的心间流过，沁人心脾，令人心神寥亮晶莹，清朗澄澈，这既是诗歌之美、也是诗意的文笔之美所具备的巨大净化力量所造成的特有感受。

还有她对《黄鹤楼》《临洞庭》《西岳云台歌送丹丘子》《庐山谣寄卢侍御虚舟》《终南山》《登高》《旅夜书

怀》《滁州西涧》《渔翁》《暗香》等经典名篇的分析，也无不以文字的优美清绝、分析的体察幽微与烛照毫芒而令人过目难忘，禁不住要反复赏玩吟味。

但因为篇幅体例所限，这一类例子在此不能多举了。笔者在通读全书的过程之中，一再强烈地感受到其中内容的精彩纷呈，令人应接不暇，真犹如翠羽明珠，俯拾即是；柳绿桃红，触处成春。读完全书，又颇有湖上回首，山间云白；湘灵鼓瑟，江上峰青之感。精神受到诗意之美的彻底澡雪，心灵也受到诗性智慧的无限启迪。是如此深切地感受到中国古典诗艺术殿堂的深邃细密与华美庄严，也感受到古典诗歌艺术意境的澄澈清朗与虚静空灵，还感受到古代诗人高远的精神追求与超迈从容的人生态度，更领悟到跟大自然的生命律动和谐相应的山水田园诗之美对现实人生的启示与提升意义。

正如晓音先生所指出的，对山水田园诗的欣赏，可以让我们从一个特殊角度了解中国人文精神的特质，对我们今天提升人的文明素质，改变生存环境也很有意义。

如今，我们正置身于现代化进程突飞猛进的时代，大都市对山水田园的侵蚀挤压，对正常人性的异化泯灭，都已经到了令人触目惊心的地步，这一切，都需要诗与艺术的灵光来抵抗，来拯救。

那么，就让我们跟随晓音先生的指引，到村舍田园、林下泉边去进行一番净化心灵的美的散步吧！

2017年4月于北大蔚秀园

目 录

001 / 前言

003 / 田园篇

005 / 陶渊明（四首）

026 / 孟浩然（一首）

031 / 王　维（三首）

041 / 陆　游（一首）

047 / 隐居篇

049 / 谢灵运（二首）

059 / 庾　信（三首）

069 / 孟浩然（一首）

074 / 王　维（十五首）
096 / 韦应物（一首）

101 / 游览篇

103 / 阴　铿（一首）
108 / 杜审言（一首）
113 / 孟浩然（二首）
121 / 王　维（四首）
136 / 常　建（一首）
140 / 李　白（三首）
162 / 杜　甫（二首）
171 / 韩　愈（二首）
186 / 白居易（一首）
192 / 杜　牧（一首）
198 / 徐　俯（一首）

201 / 行旅篇

203 / 谢　朓（二首）

217 / 王　湾（一首）
221 / 王　维（一首）
226 / 杜　甫（二首）
233 / 欧阳修（一首）
237 / 苏　轼（一首）

244 / 附录一：澄怀观道　静照忘求
——中国山水诗的审美观照方式
258 / 附录二：中国古典诗词的阅读和欣赏

前　　言

山水田园是中国古代诗歌重要的题材类型之一。中国千姿百态的山水奇观，为历代文人提供了取之不尽、用之不竭的创作源泉。中国长期稳定的农耕社会的生活方式，又使人和自然形成了天然的联系。因此，表现人对大自然活跃生命的深沉体悟，向往回归自然的淳朴和纯真，是山水田园诗的基本主题。

从南朝到唐代，是中国山水田园诗的高峰期，其审美方式和精神旨趣都在这一时期形成。尤其是盛唐的山水田园诗，体现了繁荣、开明的盛世气象，能唤起人们对祖国山河的热爱之情，给人以生活哲理的积极启示。各种风格和表现艺术也发展得最为充分。这本小书所选诗歌即以这一时期的代表作为主，兼及宋代的少数名篇，按照山水田园诗产生的各类环境和相关主题分为田园、隐居、游览、行旅几类，从多种角度帮助读者了解中国古代山水田园诗的高度成就和艺术价值。

田园篇

田园生活的描写早在《诗经》中就已出现，但直到东晋，在大诗人陶渊明手里，才成为独立的题材。在东晋探索自然的哲学思想影响下，陶渊明离开虚伪污浊的官场，以躬耕田园的方式实践回归自然的理想，歌颂自食其力的生活和乡村的淳朴宁静，成为中国田园诗的创始人。虽然以后的诗人极少能够达到陶渊明的思想高度，但是把田园视为远离世俗的桃花源，力求在乡村生活中寻找心灵的返璞归真，始终是田园诗的基本主题。

陶渊明（四首）

归园田居　其一

少无适俗韵，性本爱丘山。
误落尘网中，一去三十年。
羁鸟恋旧林，池鱼思故渊。
开荒南野际，守拙归园田。
方宅十馀亩，草屋八九间。
榆柳荫后檐，桃李罗堂前。
暧暧远人村，依依墟里烟。
狗吠深巷中，鸡鸣桑树颠。
户庭无尘杂，虚室有馀闲。
久在樊笼里，复得返自然。

陶渊明（365—427），字元亮，一说名潜，字渊明。浔阳柴桑郡（今江西省九江市西南）人。出身东晋仕宦人家。但到他这一代，家境已经穷困。他早年曾担任过一些低级官职，最后在四十一岁时从彭泽令任上弃官归田。此后一直过着隐居的生活。刘裕建立宋朝时曾征他为著作郎，他坚辞不出。死后被称为“靖节先生”。陶渊明是我国文学史上最伟大的诗人之一，他坚决不肯与当时的统治者同流合污，热情赞美淳朴的田园生活，并在参加劳动的过程中体会了农民的生活和感情，提出了乌托邦式的“桃花源”理想。他的诗自然朴素，韵味淳厚，对唐宋诗人产生了深远的影响。

这组《归园田居》共五首，作于陶渊明从彭泽令任上弃官归隐之后。由于刚回到田园，心情十分舒畅，觉得乡间的一切都特别清新、美好。这是组诗的第一首，详细描写了所居村巷的风光以及重返田园的愉快生活。

全诗四句一层。开头四句对前半生出仕的经历进行反思，说明自己归田的原因是从小就没有适应世俗的气质，天性就喜爱山林。后来出去做官，是误入歧途，落入尘世的罗网之中，一去就是好多年。“一去三十年”句，学术界一般认为应该是十三年，可能是版本传写的错误。陶渊明出仕是在东晋太元十八年（393），先任江州祭酒，因不堪忍受吏职的羁束，辞职归田；后来又任镇军参军、建威参军、彭泽令等职。到弃官时计十二年，次年写此诗，刚好十三年。回顾陶渊明出仕期间的经历，可以看出他在东晋末年动荡的时代里屡次出仕，一方面是出于生活的逼迫，另一方面也并非没有建功立业的希望。尤其是他跟随过的镇军将军刘裕以及建威将军刘敬宣，都是晋末动乱时代的风云人物。但也正是在这几次出仕中，他看清了这个社会“真风告逝，大伪斯兴”（《感士不遇赋·序》）的本质，认为自己追求的理想在当时不可能实现，所以说“误落尘网中”。这一反思是写作此诗的出发点，同时也与全篇所写的田园环境形成了鲜明的意义对照。

由于对世俗的决绝，回过头来再看自己出仕以前的家园，就感到格外亲切和依恋。陶渊明出仕以前一直在家务农，所以他把自己对田园的感情比作“羁鸟恋旧林，池鱼思故渊”。羁鸟是被羁束在笼子里的鸟儿，没有自由，当然怀念以前栖宿的旧树林。池鱼是被捉来养在池子里的鱼儿，空间浅狭，所以怀念从前游息的水潭。这两句是以意思相同的比喻形成对偶，重复强调自己在尘网中难耐羁束的心理状态。比喻的喻象都取自田园生活中最常见的景物，所以本身就和田园诗十分协调。陶渊明还多次在其他田园诗中把自己比作晚归的出林鸟。由于比喻贴切现成，概括力高，这两句诗在后世经常被人引用，藉以表示厌倦了在外奔走的生活，希望回到故乡的心情。“池鱼故渊之思”甚至可以看成一句成语。

以下十二句对所归田园进行详细描写，远近层次井然。由于前面六句所说都是自己在尘网中对“旧林”“故渊”的思念，所以转到描写归去的生活应先有个交代：在南野开了几亩荒地，回到田园就能过守拙的生活。“守拙”的意思是守着自己的愚拙本性过日子，“拙”相对于世俗机巧而言，是老子、庄子所提倡的不会费尽心机与人争竞的朴拙自然的生存状态。这两句承上启下，作为从“思”归到真归的过渡。然后着重描写自己这个“园田居”的环境：住宅周围有十几亩地，茅草屋也有八九间。房后有榆树、柳树为屋檐遮阴，前面有桃树、李树罗列堂前。这几句有意无意地勾勒出自己的居所四周被树木、田园包围的环境：最近的是屋前屋后的榆柳与桃李，稍远的外面一圈是田亩。联系下面几句来看，这个园田居所坐落的地方不是在邻近市集或交通便利之处，而是在僻远的村庄和幽静的深巷中，这就又在外层的田亩之外再加扩展，以更远处的乡村做了园田居的大背景。这样布局的匠心正是为了一层层将园田居与世俗风尘隔离开来，突显其环境的朴素清净。

“暧暧远人村，依依墟里烟”两句，是诗人从园田居远望所见，又是从“方宅十馀亩”向外更推远一层的周边景象。“暧暧”是昏暗不清的样子，远处的村庄依稀可见，但并不清晰，说明园田居离外村尚有一段距离。“依依”形容村墟里炊烟袅袅上升的动态，和“暧暧”对偶，既写出了远处村墟隐约朦胧的美好景色和安宁氛围，又将诗人观望这种景象时内心的安闲和依恋之情微妙地传达出来了。《红楼梦》第四十八回中林黛玉和香菱论诗时，将这两句与王维的名句“渡头馀落日，墟里上孤烟”（《辋川闲居赠裴秀才迪》）做过一番有趣的比较。黛玉指出王维这两句是套了陶渊明诗得来的，但“暧暧远人村，依依墟里烟”比王诗更“淡而现成”。黛玉之意当是指陶诗在浑然天成这一点上胜过了王诗。香菱却理解为：“原来‘上’字是从‘依依’上化出来的！”其实陶诗和王诗都写得很好，对偶也很工整，只是陶渊明这两句写景疏淡，主要表现人对景物的亲切感受，仿佛从胸中自然流出，和口语节奏一致，因而不觉得构思工巧；王维这两句是绘诗中之画，重在刻画落日映照渡口和村庄炊烟初升时分的黄昏景色。加上对仗声律的要求，就比陶诗略显用力。由此比较也可以见出陶诗和王诗的传承关系和不同特色。

如果说“暧暧”两句是从远望的角度写乡村的安闲，“狗吠深巷中，鸡鸣桑树颠”两句则是从近听的角度渲染园田居环境的宁静：深巷中不闻车马和人声喧闹，只听见鸡鸣狗叫，这是只有乡村生活中才能领略的自然情趣。这两句原出自汉乐府《鸡鸣》："鸡鸣高树巅，狗吠深宫中。"诗人只是把"高树"改成了"桑树"，"深宫"改成了"深巷"，就将原诗的环境从城市移到乡村。如果说"方宅"四句主要是从自然环境描写园田居的清净和远离世俗，那么"暧暧"四句则是从人居环境写出了园田居的自然朴素。因为田园毕竟不是不食人间烟火的山林，陶渊明追求的也不是超出人世之外的隐居场所，而是在最不受尘染的乡村寻找符合自然本性的生活。所以上面八句的描写都是为了烘托"户庭无尘杂，虚室有馀闲"这两句：在这样远离尘网的环境中，自己的居所之内当然是没有灰尘污杂，极其清净。又因为离开官场，不必再有公务和应酬，在虚空的居室中觉得格外悠闲自在。这就是回归田园的自然之乐。所以，结尾两句再次强调"久在樊笼里，复得返自然"。"樊笼"即羁鸟被关的笼子，也就是尘网。"自然"既是指田园的自然环境，更是指符合天性的自然生活。这两句呼应开头六句，同时用"返自然"三字对全篇的主旨做了鲜明的概括。

这首诗除了首尾六句以外，全都是工整的对偶。但七组对偶句错落参差，或以数字相对，或以叠字相对，句法和构词方式没有一组雷同，从而打破了两晋诗歌对偶呆板、堆砌的格局。虽然全诗布局颇具匠心，却似不费心力，一气呵成，流畅自如。诗中所写都是最平常的景物，又纯用白描，不厌其烦井然罗列，“地几亩，屋几间，树几株，花几种，远村近烟何色，鸡鸣狗吠何处，琐屑详数”（黄文焕《陶诗析义》），但一一生趣，处处流露出脱离尘网的欣慰之意。因此，内容与形式高度统一，以自然朴素的风格表现了返归自然的愉悦，体现了陶诗能于平淡中见淳厚的艺术特色。

饮酒　其五

结庐在人境，而无车马喧。
问君何能尔？心远地自偏。
采菊东篱下，悠然见南山。
山气日夕佳，飞鸟相与还。
此中有真意，欲辨已忘言。

陶渊明常被视为一个浑身静穆的诗人，而《饮酒·其五》就是证明其静穆的代表作。开头说，自己虽然在人境中结庐居住，但听不见车马的喧闹。这两句自设了一个悬念：因为人境就会有车马喧闹，两句的关系似乎是矛盾的。所以接着用一句自问来解释：为什么会做到这样？是因为自己的心离世俗很远，自然也就觉得所居之地偏远了。这几句其实是陶渊明田园生活的真实写照。从《归园田居》可以看出，陶渊明生活在鸡鸣狗吠的村庄之中，并没有为追求自然、逃避世俗而弃绝人居之境，而且和农人们一起劳作，过着最普通的人间生活，这就是“结庐在人境”的意思。但是这个人境中没有车马的喧闹，也就是没有官场中的来往应酬等世俗的事务来干扰，实际上是远离世俗的。这当然是因为诗人已经回到田园，乡村本来就远离朝市的缘故，正如他的《读山海经·其一》说：“穷巷隔深辙，颇回故人车。”但这不是根本的原因，如果心没有彻底远离世俗，哪怕住得再偏僻遥远，还是会有车马上门的。

事实上这样的隐士很多，与陶渊明同时号称“浔阳三隐”的另外两位隐者周续之、刘遗民的心就不那么清净。周续之因为被刺史请出去讲礼校经，还受到过陶渊明的嘲笑。再说远一些，两晋南北朝的假隐士就更多，很多隐士虽然住在远离人境的山林里，却是为了等待朝廷的征辟。齐梁时甚至还出现了“山中宰相”陶弘景这样的人物，连皇帝都要常常来向他讨教。因此陶渊明这几句诗不仅是对自己心境的表白，更重要的是说出了一个真隐的道理：真正的避世，不论身居何处，都是因为心远而导致地偏，而不是因为地偏才使心远。

在这样一种远离世俗的心境中，人才能对万物悠然兴会：

在东篱下采菊，无心之间抬头看见南山。斜阳西下，山间的夕岚分外美好，飞鸟结伴纷纷归来。对此佳景，兴与意会，不觉沉浸在一片忘机的天真之中。这几句写出了诗人闲淡静穆的风神，深受后人激赏。甚至出现了关于“望南山”还是“见南山”的版本争论。苏轼说：“因采菊而见山，境与意会，此句最有妙处。近岁俗本皆作‘望南山’，则此一篇神气都索然矣。”（《东坡题跋》）“见”字比“望”字好，就是因为现成精妙，写出了诗人“偶而见山，初不用意”的神情。只有无心见到南山而不是刻意去张望南山，才不会损害诗人自然的风致和诗境的神韵。

苏轼称赞这几句诗“境与意会，最有妙处”，是极为中肯的评论。可以做两层意思来理解，首先指诗人与自然的默契和会心。在陶渊明的时代，流行老庄哲学，又称玄学。当时讨论的主要命题是“群动群息”的自然之道，即对万物生息变化等自然规律的体悟，这种体悟主要在山水田园景物中见出。陶渊明这几句诗所写山气、夕阳、归鸟同样体现了他对大自然“群动群息”的领悟，这是一种“意会”。其次是指景物描写与人格的契合。“菊”和“飞鸟”其实都不是偶见之景。两晋士大夫有“服食”的风尚，即服用某些食物或药物以求延年养生，菊花就是其中的一种。但是菊花本身有凌霜耐寒的品格，深得陶渊明喜爱，所以又有人格象征的意味。“采菊东篱”在后世文学作品中往往代指陶渊明形象，可见其在陶诗中的特殊意义。而飞鸟在日夕之时归山，也是陶渊明诗中常常写到的景色。如《咏贫士·其一》：“朝霞开宿雾，众鸟相与飞。迟迟出林翮，未夕复来归。”归鸟象征诗人的归隐，在陶诗中已经成为一个固定的比象。意境和景物的人格化，是陶诗的鲜明特色之一。所以苏轼说“境与意会”，就不仅是指诗人对大自然的会心，更有对菊和归鸟所包含的人生启示的会意。

陶渊明在结尾明白说出了他对此境中的“真意”有领悟，但又说想要辨析清楚，却又不知如何用语言来表达，这是用庄子“得意忘言”的意思。《庄子·外物》：“言者所以在意，得意而忘言。”“得意忘言”也是两晋玄学集中讨论的一个命题，认为意和言是有差距的，言不能充分表达领会意，所以领会之后不必说出来，得意忘言是一种玄妙的境界。末句正是此意，但用在这里非常巧妙含蓄。实际上，诗人在所见之境中所会的意，本来也是不需要说出，而要靠读者自己去领悟的，这正是诗歌的含蓄之处。

陶渊明所说的“真意”，其内涵也就是苏轼所说的“境与意会”中的“意”。不过，要透彻理解诗人所会之“真意”，还要联系他当时的思想状况来看。《饮酒》是陶渊明归隐后写的一组诗，共二十首，主题侧重于歌咏坚持高尚节操的生活，以及贫、富两种人生选择的思想矛盾。陶渊明在弃官以后虽然没有再出仕，但是并非从此心如止水。真正回到田园，尤其是要过自食其力的生活，对于一个士大夫来说，并非易事。实际上，他在辛勤劳作中已经亲身体会到田家的苦处：“躬亲未曾替，寒馁常糟糠。”（《杂诗·其八》）虽然亲自劳作从未停止，但还是经常要以糟糠充饥。加上火灾、虫灾和风雨之害，没有收成，日子甚至苦到“夏日长抱饥，寒夜无被眠”（《怨诗楚调示庞主簿邓治中》）的程度。为此诗人也曾经彷徨动摇过，但“贫富常交战，道胜无戚颜”（《咏贫士》），贫富穷达的交战也就是向现实屈服还是坚持对抗的思想斗争。《饮酒》组诗的后十首从各个角度反复诉说了这种矛盾，真实地流露了一生守节的枯索和寂寞：“若不委穷达，素抱深可惜。”（《饮酒·十五》）如果不是将穷达置之度外，他还是为自己不能实现平素怀抱的壮志感到可惜的。了解陶渊明的这些思想矛盾，才能对他在田园中坚守“君子固穷”之节的可贵有更深入的认识。由此可见，《饮酒·其五》虽然在诗中展示了一个浑身静穆的诗人形象，而诗人内心却是充满矛盾和痛苦的。但大自然和他坚守的“道”最终让他在“境与意会”中获得了平静，所以才能写出这样一篇辞淡意远、自然高旷的佳作，并使采菊东篱的诗人形象永远在文学史上定格。

和郭主簿　其二

和泽周三春，清凉素秋节。
露凝无游氛，天高肃景澈。
陵岑耸逸峰，遥瞻皆奇绝。
芳菊开林耀，青松冠岩列。
怀此贞秀姿，卓为霜下杰。
衔觞念幽人，千载抚尔诀。
检素不获展，厌厌竟良月。

陶渊明的诗歌继承了《诗经》和汉魏古诗多用比兴的传统，同时又善于将兴寄融入对自然美的描写之中。由于他的景物描写主要取自日常的田园生活，而他的比兴形象也往往取自这些自然景物，如青松、菊花、归鸟、孤云等，这就形成了陶诗景物描写人格化的特色以及鲜明的个性。这首《和郭主簿·其二》就是典型的例子。

这首诗写的是清秋时节眺望附近山林的感触。虽然全篇主旨在秋景，但第一句先从三春说起：春季三个月雨水调和，才有了清凉的素秋季节。这两句为下文描写天色的清朗说明了原因，与末句的“良月”遥相呼应。风调雨顺对于田家来说，是十分难得的，遇到这样的好年景，诗人自然十分欣慰。三春之后立即转到清秋，两句之间紧密的连接也隐隐含有光阴迅速的感慨。

在这清凉的秋天，露水凝结，看不到一丝飘浮的雾气，天空显得格外高朗澄澈，于是眺望的视野也特别开阔清晰。远处大大小小的山峰挺拔耸立，看去各自显出奇绝的姿态。这些山陵其实都是陶渊明平时见惯的家乡附近的景物，但诗人却像第一次见到它们一样，刚刚发现它们飞逸奇绝的美，这就写出了天空特别清朗的视觉印象。

正因为空气清新，能见度高，不但山峰的姿态历历分明，诗人还能看到山上树林里的菊花，以及山顶上整齐排列的青松。“芳菊开林耀，青松冠岩列”两句充分显示出陶渊明在提炼字句、刻画景物方面的功力：“耀”字可见芬芳的菊花开得正盛，在深林的衬托下愈显得光彩辉耀，“开”字本可以理解成花开的意思，但和“耀”字呼应，就产生了奇特的效果，似乎其光耀将深密的树林都打开照亮了。“冠”字写丘陵上青松繁茂挺立，整齐地沿着山脊的坡度排列，远看好像戴了一顶帽子。以名词为动词，也十分生动形象。这些语词的提炼不但清晰地勾勒出景物的轮廓，而且通过色彩的夸张又更进一步强调了空气的清澄。

前面通过天色和山陵姿态的描绘，将芳菊和青松在全诗的中心突显出来，目的正是要赞美松菊的品格：诗人怀想的是它们坚贞挺秀的姿态，并赞美它们是能够经得住严霜的俊杰。而这种贞秀杰出的品格正是隐者赖以自勉的精神力量。所以下面紧接着说："衔觞念幽人，千载抚尔诀。"从"衔觞"二字可见诗人正在自己的园子里，一边饮酒一边欣赏秋天的景色。幽人是那些和陶渊明一样隐居的人，"尔"指历史上的隐者，"诀"指那些隐者的生活准则。诗人千载之下犹在追想他们的处世原则，可见陶渊明是把他们当作楷模的。幽人之所以值得陶渊明怀想，就因为他们坚持其"诀"，具有芳菊和青松一样的贞秀之姿，是霜下之杰。至此，就不难明白诗人前面对秋景和松菊的描写，落脚点正在这里。

诗人虽然通过赞美松菊和怀想幽人坚定了自己隐居的信念，却没有完全消解心里的矛盾，所以这首诗结尾说："检素不获展，厌厌竟良月。"检点平生，总觉得怀抱不得施展，因此对此良辰美景，不免怅然。"厌厌"即"恹恹"，无情无绪的样子。结尾说想到自己壮志难酬，整个良月都只能在低落的情绪中度过。良月是十月，但也有良辰之意。因而此句语带双关：人生的良辰能有几何？不能趁此良辰有所作为，当然对光阴的虚度感到伤怀。这种情绪与前面对幽人的赞美是矛盾的，但也是一致的。如果终生成为幽人，自然是默默无闻地埋没于人世。对于不甘心平庸地度过一生的诗人来说，幽人只能鼓励他坚守节操，而终不能使他一展怀抱。但反过来说，在素抱无法获展的情况下，能够支持其精神的也只有这幽人和松菊的品格了。理解这种矛盾，才会懂得陶渊明对于松菊的赞美绝非泛泛之词，而是饱含着对生命价值的痛苦思索的。

陶诗的风格是平淡自然，向来不对自然景物做刻意的描绘，如此清晰、细致地描写其家乡附近景色的作品非常罕见。但即使是这首诗，诗人的意向也仍然在于对清节的歌颂。这幅肃穆澄澈的秋景图其实也是诗人的静穆气质和高尚节操的自然化，毫无尘染的“肃景”、光辉耀目的芳菊、挺拔秀杰的青松，无不是诗人心境和品格的比兴形象，只是融化在景物的真切描绘之中而已。全诗选字精确庄重，意境清远高爽，仅从纯粹的写景技巧来看，也是可以代表东晋最高水平的佳作。

移居　其二

春秋多佳日，登高赋新诗。

过门更相呼，有酒斟酌之。
农务各自归，闲暇辄相思。
相思则披衣，言笑无厌时。
此理将不胜？无为忽去兹。
衣食当须纪，力耕不吾欺。

前人评陶，统归于平淡，又说“凡作清淡古诗，须有沉至之语，朴实之理，以为文骨，乃可不朽”（施补华《岘佣说诗》）。意思是说，凡是写清淡的古诗，一定要有朴实的道理和沉稳深刻的语言作为诗歌的骨干，才能流传不朽。陶渊明生于玄言诗盛行百年之久的东晋时代，“理过其辞，淡乎寡味”是当时诗坛的风尚，因而以理为骨、臻于平淡都不算难，其可贵处倒在淡而不枯、质而实绮，能在真率旷达的情意中化入渊深朴茂的哲理，从田园耕凿的忧勤里讨出人生天然的乐趣。试读陶诗《移居·其二》，即可领会这种境界。

陶渊明于义熙元年（405）弃彭泽令返回柴桑里，四年后旧宅遇火。义熙七年（411）迁至南里之南村，这年四十七岁。《移居》作于搬家后不久，诗共二首，均写与南村邻人交往过从之乐，又各有侧重。其一说新居虽然破旧低矮，但南村多有心地淡泊之人，因此颇以能和他们共度晨夕、谈古论今为乐。其二写移居之后，与邻人融洽相处，忙时各纪衣食、勤力耕作，闲时随意来往、言笑无厌的兴味。全诗以自在之笔写自得之乐，将日常生活中邻里过从的琐碎情事串成一片行云流水。首二句“春秋多佳日，登高赋新诗”暗承第一首结尾“奇文共欣赏，疑义相与析”而来，篇断意连，接得巧妙自然。此处以“春秋”二字发端，概括全篇，说明诗中所叙并非“发真趣于偶尔”（《四溟诗话》），而是一年四季生活中常有的乐趣。每遇风和日丽的春天或天高云淡的秋日，登高赋诗，一快胸襟，历来为文人引为风雅逸事。对陶渊明来说，在柴桑火灾之后，新迁南村，有此登临胜地，更觉欣慰自得。登高不仅是在春秋佳日，还必须是在农务暇日。春种秋获，正是大忙季节，忙里偷闲，登高赋诗，个中趣味绝非整天优哉游哉的士大夫所能领略，何况还有同村的“素心人”可与共赏新诗呢？所以士大夫常有的雅兴，在此诗中便有了不同寻常的意义。这两句用意颇深却如不经意道出，虽无一字刻画景物，而风光之清靡高爽，足堪玩赏，诗人之神情超旷，也如在目前。

移居南村除有登高赋诗之乐以外，更有与邻人过从招饮之乐：“过门更相呼，有酒斟酌之。”这两句与前事并不连属，但若做斟酒品诗理解，四句之间又似可承接。过门辄呼，无须士大夫之间拜会邀请的虚礼，态度村野更觉来往的随便。大呼小叫，毫不顾忌言谈举止的风度，语气粗朴反见情意的真率。“相呼”之意可能是指邻人有酒，特意过门招饮诗人；也可能是诗人有酒招饮邻人，或邻人时来串门，恰遇诗人有酒便一起斟酌，共赏新诗。杜甫说：“肯与邻翁相对饮，隔篱呼取尽馀杯。”（《客至》）“叫妇开大瓶，盆中为吾取。……指挥过无礼，未觉村野丑。”（《遭田父泥饮美严中丞》）诸般境界，在陶诗这两句中皆可体味，所以愈觉含蓄不尽。

当然，人们也不是终日饮酒游乐，平时各自忙于农务，有闲时聚在一起才觉得兴味无穷：“农务各自归，闲暇辄相思。相思则披衣，言笑无厌时。”有酒便互相招饮，有事则各自归去，在这个小小的南村，人与人的关系何等实在，何等真诚！“各自归”本来指农忙时各自在家耕作，但又与上句饮酒之事字面相连，句意相属，给人以酒后散去、自忙农务的印象。这就像前四句一样，利用句子之间若有若无的连贯，从时间的先后承续以及诗意的内在联系两方面，轻巧自如地将日常生活中常见的琐事融成了整体。这句既顶住上句招饮之事，又引出下句相思之情。忙时归去，闲时相思，相思复又聚首，似与过门相呼意义重复，造成一个回环。“闲暇辄相思，相思则披衣”又有意用民歌常见的顶针格，强调了这一重复，使笔意由于音节的复沓而更加流畅自如。这种往复不已的章法在汉诗中较常见，如《苏武诗》，古诗《西北有高楼》《行行重行行》等，多因重叠回环、曲尽其情而具有一唱三叹的韵味。陶渊明不用章法的重叠，而仅凭意思的回环形成往复不已的情韵，正是其取法汉人而又富有独创之处。何况此处还不是简单的重复，而是诗意的深化。过门招饮，仅见其情意的真率，闲时相思，才见其友情的深挚。披衣而起，可见即使已经睡下，也无碍于随时相招。相见之后，谈笑起来没完没了，又使诗意更进一层。如果说过门辄呼是从地邻关系表明诗人与村人的来往无须受虚礼的限制，那么披衣而起、言笑无厌则表明他们的相聚在时间上也不受俗态的拘束。所以，将诗人与邻人之间纯朴的情谊写到极致，也就将摒绝虚伪和矫饰的自然之乐倾泻无余。

此时诗情已达高潮，再引出“此理将不胜？无为忽去兹”的感叹便极其自然了：这种乐趣岂不比什么都美吗？不要匆匆离开此地吧！这两句扣住“移居”的题目，写出在此久居的愿望，也是对上文所述过从之乐的总结。不说“此乐”，而说“此理”，是因为乐中有理，由任情适意的乐趣中悟出了任自然的生活哲理比一切都高。从表面上看，这种快然自足的乐趣所体现的自然之理与东晋一般贵族士大夫的玄学自然观没有什么两样。王羲之在《兰亭集序》中说：“夫人之相与，俯仰一世，或取诸怀抱，晤言一室之内；或因寄所托，放浪形骸之外。虽趣舍万殊，静躁不同，当其欣于所遇，暂得于己，快然自足，不知老之将至。”意思是说，人这一辈子和人的相交，有时因怀抱相同，可以在一室之内对面交谈，有时则可以有所寄托，而不拘形迹。虽然人和人的取舍各异，性格的安静和浮躁不同，但是当欣欣于一时的相遇，能相得相益，便觉得愉快满足，甚至忘了自己快要老去。这个道理似乎也可以用来解释陶渊明《移居·其二》中的真趣所在。但同是“人之相与”“欣于所遇”之乐，其实质内容和表现方式大不相同。东晋士族自恃门第高贵，社会地位优越，每日服食养生，清谈玄理，宴集聚会所相与之人，都是贵族世家，一时名流；游山玩水所暂得之乐，亦不过是无所事事，自命风雅，他们所寄托的玄理，虽似高深莫测，其实只是空虚放浪的寄生哲学而已。陶渊明的自然观虽然仍以玄学为外壳，但他的自然之趣是脱离虚伪污浊的尘网，将田园当作返璞归真的乐土；他所相与之人是淳朴勤劳的农夫和志趣相投的邻里；他所寄托的“此理”，朴实明快，是他在亲自参加农业劳动之后悟出的人生真谛。所以，此诗末二句“忽跟农务，以衣食当勤力耕收住，盖第（只是）耽（沉溺）相乐，本易务荒，乐何能久，以此自警，意始周匝无弊，而用笔则矫变异常”（张玉谷《古诗赏析》）。结尾点明自然之乐的根源在于勤力躬耕，这是陶渊明自然观的核心。“人生归有道，衣食固其端。孰是都不营，而以求自安？”（《庚戌岁九月中于西田获早稻》）诗人认为人生只有以生产劳动、自营衣食为根本，才能欣赏恬静的自然风光，享受纯真的人间情谊，并从中领悟最高的玄理——自然之道。显然，这种主张力耕的“自然有为论”与东晋士族好逸恶劳的“自然无为论”是针锋相对的，它是陶渊明用小生产者朴素唯物的世界观批判改造士族玄学的产物。此诗以乐发端，以勤收尾，中间又穿插以农务，虽是以写乐为主，而终以勤为根本，章法与诗意相得益彰，但见笔力矫变而不见运斧之迹。全篇罗列日常交往的散漫情事，以任情适意的自然之乐贯串一气，言情切事，若离若合，起落无迹，断续无端，文气畅达自如而用意宛转深厚，所以看似平淡散缓而实极浑然天成。

由此可见，作诗以理为骨固然重要，但更可贵的是善于在情中化理。晋宋之交，玄风大盛，一般诗人都能谈理。山水诗中的谈玄说理成分常为后人所非议，而产生于同时的陶渊明田园诗中虽有不少谈理之作，却博得了盛誉。原因就在刚刚脱离玄言诗的山水诗多以自然证理，理赘于辞；陶诗则能以情化理，理入于情，不言理亦自有理趣在笔墨之外，明言理而又有真情融于意象之中，故而能达到从容自然的至境。

孟浩然（一首）

过故人庄

故人具鸡黍，邀我至田家。
绿树村边合，青山郭外斜。
开轩面场圃，把酒话桑麻。
待到重阳日，还来就菊花。

孟浩然（689—740），襄阳（今湖北襄阳）人。早年在家乡隐居读书，四十岁以后入长安求仕，失意而归，漫游过长江南北各地。晚年在张九龄任荆州长史时，担任过不到一年的幕府从事。不久在家乡病故，享年五十二岁。

孟浩然生活在初、盛唐之交，生平经历简单，基本没有做官，是一个典型的盛世隐士。他与社会现实接触较少，同时又不愁隐居的生计。虽然也有做一番事业的远大志向，但无论是追求还是失意，都表现得比较平和。他的田园诗主要写于隐居家乡期间，表现了盛唐文人寻求人格独立、内心自由以及崇尚真挚、淳朴之美的理想，继承了陶渊明田园诗的基本旨趣。但缺乏陶渊明诗中深刻的理性思考和社会批判精神，更多地反映了农村的盛世气象。

《过故人庄》是孟浩然田园诗的代表作，描写作者在故人村庄做客时见到的田园风光和宾主间淳朴、真挚的友谊。开头先交代故人做好了鸡黍饭，邀请自己去田家做客的缘由。“鸡黍”一词含有典故，最早出于《论语·微子》荷蓧丈人留宿子路“杀鸡为黍而食之”。黍是黄米，鸡黍是古代农村所能准备的最好的饭菜。所以，“具鸡黍”既合典故的出处，又切合现实的生活情景，朴素自然地写出了故人邀请自己到田家去做客的热情和隆重。故人的身份虽然不一定是真正的农民，但是既然称为田家，至少也是隐居在乡村的隐士，其生活的俭朴和田家无异。

中间四句从不同角度写故人庄园的景色：“绿树村边合，青山郭外斜”两句是视野开阔的外景：绿树合抱村庄，青山斜出郭外，画面包含着四个层次：村庄是故人庄园所在，村外有茂密的树林环绕，再远处是城市的郊外，最远处是郭外的青山。古代城市分内城和外城，外城称为“郭”。可见故人庄在离城不太远的郊外。这两句由近到远，不但层次清晰，而且构图明快简洁。其妙处不仅在于写出了故人庄外围环境的景色特征，更在于诗人勾勒田园景色的典型性和概括性：这种坐落于平原而远接青山的村庄其实非常普通，大江南北到处可见。即使是在现代，如果坐着火车在平原上旅行，观看车窗外的景色，也还常常可以见到这样的村庄，令人不由自主地想到孟浩然这两句诗。这就是盛唐诗的好处：它在当时就是新鲜的，因为在孟浩然之前没有人写过这样的景色；它在千年以后仍然是新鲜的，因为它的典型意义可以经得起时间的检验。

“开轩面场圃，把酒话桑麻”是从人在室内向外观望的角度写故人庄的近景：打开门窗，可以见到外面的打谷场和菜园。而把酒闲话桑麻的收成，又是通过闲谈见出田里的庄稼，前者是眼见，后者是谈及，但都通过不同的角度把室内外的景色打通，使眼前的场圃、话里的桑麻和远景融成一片，构成了一幅完整而常见的田园风光的图画。这两句和“绿树”一联相同，内容非常紧凑，十个字里包含了农家田里种的主要庄稼种类，打谷种菜的主要场地，把春种到秋收的四季农活都涵盖在内了。构图则由内到外，由虚到实，不但层次清楚地展现了从场圃到田野的宅外景色，而且可以令人见到诗人与故人一边饮酒、一边闲谈、一边眺望轩外景色的惬意和闲适，并联想到陶渊明“相见无杂言，但道桑麻长”（《归园田居·其二》）的诗句，这就又不动声色地化入了陶诗的意趣。因此，内涵虽然丰富，对仗虽然紧凑，节奏却从容而舒缓。

由于以上两句的角度是由人见景，作为过渡，结尾写主人和诗人的下次约会就很自然了：“待到重阳日，还来就菊花。”如此优美清新的田园风光，如此亲切自在的聚会，必定会使主客双方在离别时觉得意犹未尽，所以都希望下次再来相聚。这两句究竟是主人约客人呢？还是客人约主人呢？其实无关紧要，也不需说明，唯其如此，才更见出主客相处的率真，这就像陶渊明《移居·其二》中和邻里的交往一样，写出了诗人和“田家”之间不拘虚礼的真挚情谊和自然之趣。更值得注意的是，主客相约的内容是到重阳来亲近菊花，这不仅是以重阳节日作为约定的时间，而且点出故人和诗人都是爱菊之人，那么其赏菊的含义必定也与陶渊明相同，这就又借这一意味深长的结尾将陶诗的意蕴包含在内了。

这首诗通过田家留饮的生活场景，将一个普通的村庄和一餐简单的鸡黍饭写得极富诗意。虽然文字经过精心提炼，具有高度的概括力和典型的表现力，却又浅易、省净，不见雕刻的痕迹，以至使声律严格的五律都变得轻松自由了。恬静优美的乡村景色和宾主间淳朴、真诚的情谊表现得既朴素自然，又包含着从陶诗中吸收来的深厚内涵。因而，浅而能深，馀韵悠然。

王维（三首）

春中田园作

屋上春鸠鸣，村边杏花白。
持斧伐远扬，荷锄觇泉脉。
归燕识故巢，旧人看新历。
临觞忽不御，惆怅远行客。

王维（701—761），字摩诘，太原祁（今山西祁县）人。从他父亲开始，迁居于蒲（今山西永济市）。年少时即有才名。唐开元九年（721）进士，任太乐丞。后谪官济州。曾在淇上、嵩山一带隐居。唐开元二十三年（735）被宰相张九龄提拔为右拾遗。后迁监察御史，奉使出塞。在凉州河西节度幕兼任判官。唐天宝年间先后在终南山和辋川过着半官半隐的生活。“安史之乱”后，他被安禄山强迫做官。乱平后降为太子中允。笃志奉佛。后官至尚书右丞。六十一岁去世。他在绘画、书法、音乐、诗歌等方面都有很高的造诣。山水田园诗的成就尤其突出。文学史上将他与孟浩然并称。

这是王维田园诗中的一首名作。诗人从“一年之计在于春”的生活体验着眼，敏锐地捕捉住田家准备农桑之事的若干细节，写出了春中田园清新、浓郁的生活气息。

首二句以屋上鸣叫的春鸠与村边盛开的杏花对偶，仅用两笔，一句写声，一句写色，便勾勒出远近村舍处处花发鸟鸣的美景。布谷鸟叫了，催着人们赶快准备春耕播种。野杏色白，盛开时花朵繁密，多于村野道旁可见，开花较早而花期较短。因此全诗一开始，便以清新朴素的笔调准确鲜明地概括了农村仲春时节最典型的景色特征。

春气刚发，尚未到采桑耕种之时，但农忙季节即将来临，须提前准备。先要取斧将桑树上扬起的、离手较远的长枝条砍下，以便采桑养蚕。同时要到地里去探测伏行在地下的泉水，以便耕种灌溉。《诗经·豳风·七月》有“蚕月条桑，取彼斧斨，以伐远扬”之语。“持斧”句虽由此化出，但又是直接来自眼前之景。“远扬”虽然也是《诗经》中的古老语汇，但生动地表现了桑树经过一年的生长，枝条越来越长，朝远处伸展招摇的动态，所以像生活本身一样自然，丝毫不见用典痕迹，可见诗人在用典时选择语言的精心考虑。“觇”字写窥探泉脉的动作，将眼神和动作都传神地表现出来了。北方的冬天泉水干涸，第二年春天要浇灌土地，必须先找到泉水的源头，而泉脉是伏在地下的，所以必须去探测，并用锄头试掘。蚕桑、耕作是春天主要的两大农事，这里选取砍伐桑枝与察看泉脉这两个动作，都是养蚕、耕作之前的准备工作。既可见出诗人对农务的熟悉和观察的细致，以及从生活中提炼典型情景的功力，又唤起了人们对春天的新鲜感受。

高高扬起的新生的桑枝，将要破土而出的泉水，令人想到万物正在春气中复苏，这就难免引起新的一年又将开始的感触：去年飞走的燕子又归来了，还认识它的故巢；从旧年过来的人，则正在翻看今年的新历。这是春日田园中最平常的景象。燕子是鸟类中季节感最强的候鸟，与田园的关系最为密切。皇历则不但代表新年，而且家家都有，尤其是田家，要根据新年的日历了解节气变化。因而翻看新历也是人们每年春天都必做的事情，但蕴含着新旧交替的感悟以及光阴流逝的启示。诗人将这种微妙的情绪融化在“归燕”辨识“故巢”，以及“旧人”翻看“新历”的动作之中，倍觉亲切。正因如此，最后才会在临觞时想到远行的游子，忽觉惆怅而停杯不饮。游子远行在外不归，又错过了一年之中最美好的春天。人生能有几个春天？游子又能有多少日子与家人相聚？只有在离别之中，才会更深地体会光阴的短暂和乡间安定生活的可贵。这就是诗人惆怅的原因了。这里借家乡的人对游子的思念反衬远人对家乡的留恋，篇末的情思，其实早已伏脉于全篇。至此一结，浓郁的乡情便如泉水般溢出。

善于从平常的农家生活中提炼最富有概括力的细节，既确切地描绘出仲春杏花时节田园生活的景色，又表达了人们在旧年度入新春时通常都有的欣愉和感慨，显然是这首诗的主要特色。诗中的田园景色少有静态的描绘，而是全在准备农桑之事的动景中展现。平淡的白描中自然透出勃发的生机，并有一种对乡土的深切眷恋潜藏于笔底，因而能以清新恬淡的风格和亲切淳厚的情味打动人心。

新晴野望

新晴原野旷，极目无氛垢。
郭门临渡头，村树连溪口。
白水明田外，碧峰出山后。
农月无闲人，倾家事南亩。

苏轼称王维“诗中有画，画中有诗”。这首诗写初夏新晴的田野风景，俨然一幅清丽的图画。诗、画虽然都要塑造鲜明的艺术形象，但毕竟是两种表现方式不同的艺术门类。正如德国美学家莱辛在他的名著《拉奥孔》里所说：在直接诉诸视觉时，绘画总比文字占优势。因为绘画可以用线条、色彩把事物统一于平面的整体，使人一目了然，而诗歌必须以先后承续的方式将观念中的事物一一呈现出来。王维精通绘画与诗歌。他善于运用简洁的文字和单纯的色彩，使诗歌产生绘画般一目了然的效果。这首诗便是利用文字按照先后承续的时间顺序构成视觉印象的特性，画出了一幅层次分明的田园新晴图。

久雨初晴，原野空旷，极目远望，天空澄澈，不见一丝雾气，景物的轮廓格外清晰分明。开头两句是点题之语，将新晴之后的晴朗天色和野望中的空旷视野先交代清楚。然后，诗人的视线由近而远，景物也按由近而远的顺序层层推出：城郭的外门邻近渡头，村中的树木连着溪口，田野之外的江水在阳光下闪闪发亮，青山背后更有一层碧峰出现在天边。“郭门”两句，以极简练而又错综的笔法勾出了城郊渡头边溪水纵横、林木繁茂的复杂地貌。渡头是溪水的渡口，可见从城门到村里要经过一道溪流。“临”字写出郭门与渡头相邻，距离较近的关系。溪口和渡头应属于同一条溪流，但不是同一个地点。村里的树林迤逦而去，与溪口相连，这样就借溪流将郭门和村庄连在一起了。人们可以从这两句之间的关系想象出从郭门到渡头到树林，再到村庄的四层远近景物。

“白水”两句，也有由近到远的四层景物，但与“郭门”两句的错综关系不同。用一层比一层远，一层背后又见一层的笔法描绘出来：最近处是田野，田野外是白水，白水外还有山，山外还有碧峰。将这四层景物和“郭门”两句所写的四层景物联系起来看，诗人野望的立足点应在郭门附近。因此田野、白水、青山更在村庄以外，愈推愈远。前后加起来共有八层景物。由于文字描绘的景物全靠读者的想象和记忆，最后在脑子里合成画面。因此，用文字表现绘画的效果，色彩越是简单，层次越是清楚，就越是容易形成完整的视觉记忆。当人们阅读王维这首诗时，可以按着先近后远的顺序，记住一层层的景物，最后在脑海里组成一幅层次鲜明的图画。王维显然是悟出了这样的道理，才会运用这种层次清晰的构图手法。而且画面的色彩也很鲜明单纯：“白水”两句中“明”字写江水在远处因反射阳光而变成一片明亮的银白色，正如画中用光的亮点，使整幅图画的色调变得明快、爽目，又使“白水”与“碧峰”的色彩对照更觉纯净。阴雨或雾霾之中，天边远山往往隐而不见，“碧峰”句用“出”字形容远山背后的碧峰在晴空中显现的情景，与“极目无氛垢”句照应，是写晴的传神之笔。

初夏正是农忙季节，雨停之后便应赶快趁晴下地。村中没有一个闲人，全都倾家出动在田里耕作。最后两句在清丽、明朗的画面上缀以农作的繁忙景象，更增添了朴野清新的田园风味。

由这首诗可以看出，用最简明的诗句勾出景物的主要轮廓，并巧妙地利用文字按先后承续的方式显现观念中事物的特性，造成绘画般层次分明的视觉效果，达到“诗中有画”的艺术境界，乃是王维对田园诗表现艺术的重要贡献。唯其精于诗道、深于画理，并能使二者交相为用，此种境界才能为王维所独有。

辋川闲居赠裴秀才迪

寒山转苍翠，秋水日潺湲。
倚杖柴门外，临风听暮蝉。
渡头馀落日，墟里上孤烟。
复值接舆醉，狂歌五柳前。

辋川在陕西长安蓝田辋川谷口，这里有初唐诗人宋之问的别墅，被王维在唐天宝年间买下来，作为自己在公务闲暇时休养的所在。裴迪是和王维一起隐居的朋友。这首诗描写辋川秋天的村野景象以及自己在此闲居的情怀，诗里的抒情主人公以田家野老自居，让自己化身为陶渊明的形象。但在景物描写方面又显示出王维善于构图的功力。

这首诗取景可以见出王维对于特定季节和特定时刻的景色把握精准，而又善于在简洁的构图中表现优美意境的特点：首二句写秋寒使远山的色泽变得深沉，秋水的潺潺声日益清晰。因为溪水河水都落了，水声便更觉清晰可闻。“日”可作两解：日益，一天天。也可以解为每天，包含着时光如水的感触。晚风送来蝉的鸣声，说明是初秋时节。因为蝉一般在夏秋之交出现，因此蝉声是古诗中表现秋意的典型意象。前几句从色彩和声音的细微变化写出季节的逐渐变化，在寒山秋水的背景上突出了一个倚杖的野老和一间朴素的茅屋，色调清新而意趣疏野。

“渡头馀落日，墟里上孤烟”两句是历来被称赏的写景名句：面对柴门的是河边的渡头，落日正徐徐西下，村墟里开始有一缕炊烟袅袅上升。这正是暮色初临、村人开始准备晚饭的时候。这里化用了陶渊明《归园田居·其一》中的“暧暧远人村，依依墟里烟”，陶诗的意思是写自己回归田园以后深感脱离世俗樊笼的欣慰，从园田居向外望去，隐约可见远处的村庄，村里已经飘起了缕缕炊烟。所写景象与王维诗类似。但陶渊明诗中“暧暧”这一对叠字强调了远人村的模糊，说明距离别人的村庄比较遥远，从而更突出了园田居的远离尘俗。“依依”这对叠字则把诗人看到村庄炊烟时的亲切依恋之感寄托在炊烟的动态上了。所以这两句虽然用对偶，却没有刻意写景的痕迹，非常平淡自然。王维这首诗是五言律诗，讲究写景对仗的精工。“馀”字刻画出落日馀光照着渡头的黄昏景象，能令人想见落日的圆形轮廓和橙黄色调。“上”字强调一缕孤烟上升的动态，和“馀”字形成一下一上的缓慢的动态对比，突显了田园中暮色已临、炊烟初升这一特定时刻的温馨和宁静。和陶渊明相比，其用意侧重在客观描绘落日、渡头、村庄、炊烟所构成的画面。不过王维诗里虽然没有表现陶渊明诗里所融入的感情，但将山村萧爽的暮色和渡头落日的馀晖写得鲜明如画，令人有身临其境之感。这就用隐居环境的模拟，写出了诗人和陶渊明在精神上的相通之处。

盛唐田园诗的主角是田家和野老，所以这首诗里选择临风听蝉、倚杖柴门这些类似田家野老的意态，来表现自己隐居辋川的安闲神情，而其深层的寄托则体现在最后两句典故的使用中。王维以接舆比喻和他一起闲居的裴迪，又以五柳先生自比。接舆是春秋时楚昭王时人，名陆通，字接舆。躬耕度日。

见楚国政治多变，即假装疯狂，隐居不仕。时人称之为“楚狂”。孔子到楚国去，他迎着车子唱道：“凤兮凤兮，何德之衰？往者不可谏，来者犹可追。已而已而，今之从政者殆而！”孔子下车想和他交谈，他急忙避开了。这里借指裴迪喝醉了酒。但接舆狂歌的意思是说当今的执政者已经危殆，王德衰落，象征天下太平的凤凰不可能再出现，所以接舆劝孔子不要再为自己的政治理想到处奔走。唐天宝年间，奸相李林甫掌握大权，唐明皇骄奢淫逸，朝廷政治逐渐腐败。王维闲居在辋川，过着半官半隐的生活，本来就是出于对现实的不满。“五柳”指陶渊明，他曾经写过一篇《五柳先生传》：“先生不知何许人也，亦不详其姓字，宅边有五柳树，因以为号焉。”这里借喻王维自己。在这首诗的结尾他把陶渊明和“楚狂”接舆联系在一起，正是暗示自己对于盛唐现实政治的悲观失望。因此结尾典故的使用，又为前面描写辋川田庄有意化用陶诗的隐居环境做了诠释，可见诗人构思的匠心之巧妙。

陆游（一首）

游山西村

莫笑农家腊酒浑，丰年留客足鸡豚。
山重水复疑无路，柳暗花明又一村。
箫鼓追随春社近，衣冠简朴古风存。
从今若许闲乘月，拄杖无时夜叩门。

陆游（1125—1210），字务观，号放翁，越州山阴（今浙江绍兴）人。宋高宗绍兴二十四年（1154）中进士，其后长期担任地方官，并曾入幕参赞军务。他言行放达，不拘礼法，最后遭人弹劾而罢职，从此长期退居故乡山阴。

陆游是中国诗歌史上有名的多产诗人，他流传至今的诗作一共有九千三百首。《游山西村》是他罢官回到山阴的第二年所作，大约在宋孝宗乾道三年（1167）。这是一首以农村日常生活为题材的作品，在田园情致中又蕴含着理趣。诗中描绘了镜湖附近一个普通山村清新明丽的春光、腊月立春之间热闹的生活风俗，以及农民款待客人的朴挚感情，抒写了诗人对农村纯真生活的热爱和向往之情。

与一般的田园诗往往将田家待客的情景置于风景描绘之后的通常次序不同，这首诗一开始就渲染出腊月里农庄家家酿酒、准备过年的欢快气氛。“莫笑农家腊酒浑”，发端突兀，似乎没有主语。是谁劝人别笑话农家的腊酒混浊？是农民在表达他们真诚邀客的盛情呢?还是诗人自己对农民热情好客的赞美？似乎二者兼而有之。所以也无须去推测头两句究竟是写诗人准备去农家做客呢，还是已经酒醉饭饱从农家告辞出来？它只是为了点出这种欢乐气氛所产生的前提：只有在腊月和丰年，辛勤劳动一年的农民才有可能向客人炫耀他们的丰足，向客人担保留人吃饭可以鸡肉、猪肉各种菜肴管够，而客人也才能充分领略他们淳朴热情的古风。由此可以看出诗人对农村生活的理解。

第二联才转入诗人所游的村庄。这两句本来是写村庄山水环抱、花柳掩映的秀丽风光，类似的意境唐宋人都写过。如王维的《蓝田山石门精舍》：“遥爱云木秀，初疑路不同。安知清流转，偶与前山通。”周煇《清波杂志》卷中载南宋强彦文诗：“远山初见疑无路，曲径徐行渐有村。”等等。但直到陆游这一联才把这种山回路转、忽然别有天地的意思写得特别透彻，以致“题无剩义”。透彻到可以把它看作一联含有哲理的成语，因为它确实把眼前的景色与人们在日常生活中常有的感悟结合起来了。后人在遇到某种困境乃至绝境以后忽然眼前又豁然开朗时，就会情不自禁地吟出这两句诗。这一联之所以会成为千古传诵的名句，道理正在于此。但这一联虽有理趣，却是在游村的惊喜发现中自然透发，并非有意地寄托和象征，因此与全篇的情绪不但极其协调，而且成为诗情发展的亮点。从记游诗的常规来看，第一联应当在第二联之后，先写新发现的山村，再写留客的趣味，但这样就显得平板无味，而且把农家的淳朴热情局限在某一村里了，也把诗人在乡村常来常往的行迹局限在偶然一游中了。现在第一联先写出诗人游村时想与农民共同欢度腊月的动机，并概括各村农民都同样好客的风俗，就更有兴味。因为他去农家做客显然不止一次，而来到这个“又一村”却是兴之所至。诗人在另一首《西村》诗中说：“乱山深处小桃源，往岁求浆忆叩门。高柳簇桥初转马，数家临水自成村。”也可证明他本是想去农家求酒，随意行来，方遇此桃源。

第三联写农村立春后祭拜土地和五谷神的热闹情景以及村庄简朴淳真的古风。古代以立春后第五个戊日为春社日，在这一天祭社稷神以祈求丰年。诗人来到这个村庄时，春社日尚未到，但村人已经在练习吹箫击鼓，准备在祭祀时大大热闹一番了，所以说“追随春社近”。综观以上三联，第一联点游村的季节，从山村待客的热诚写其淳厚；第二联从山村所在地势的偏僻写其远离尘俗的清静；第三联则从当地祭祀风俗和衣冠简朴写其古风。诗人实际上又勾勒出一幅桃花源的理想图画。而这种种淳真古朴的情趣是诗人在离开黑暗的朝廷之后才体会到的。所以最后两句写诗人与农民之间亲密的情谊，以及对此地生活的向往，就是诗情发展的必然了。从第二联可看出，诗人是第一次来到这个村庄，马上就同他们随意来往，做客吃饭，甚至要求“无时夜叩门”，即随时随地，甚至连夜晚都可来拜访，这不难令人想到陶渊明在《移居·其二》中所写的与邻里任意过从的乐趣。一个小小的拟想中的细节，道出了陆游与陶渊明在精神上的相通之处。那个在月光下拄杖叩门的诗人形象虽不免带有几分士大夫的风神，但全诗中洋溢着的新鲜生活气息和真挚亲切的感情，却不是一般偶尔涉足田家以点缀风雅的士大夫所能表现出来的。人们甚至可以从这首诗想到：诗人正是在一村又一村的漫游中，与农民结下了深厚的情谊。

抒写诗人与农家情谊的田园诗，在陆游以前不乏佳作，像孟浩然的《过故人庄》、杜甫的《遭田父泥饮》等，都写得清新自然、淳朴有味。而陆游仍能将同样的内容翻出新意，写成名作，诀窍就在他善于从现实生活感受中悟出前人没有说透的理趣，加以提炼概括，并赋予家乡山村特有的地方色彩，表现出放翁本人疏放自适的情趣，因而能另铸新词，自成面目。

隐居篇

隐居相对出仕而言，本意是逃避世俗，独善其身。是中国文人仕途失意时经常选择的一条生活道路。但事实上，不同时代的隐居性质复杂，方式多样。有真正与世俗决裂的真隐；也有借隐居山林获取名声以期待朝廷征辟的假隐；还有只是在假期才到庄园别业去休闲的“朝隐”；或者因为官职闲散而常在别业里逍遥的“半官半隐”。真隐多数是在改朝换代之际或政治黑暗的乱世，后三种隐居较多出现在相对安定繁荣的社会环境中。不过无论在哪一种隐居方式下创作的山水田园诗，都是以表现远离世俗的孤高情怀为主题。

谢灵运（二首）

石壁精舍还湖中作

昏旦变气候，山水含清晖。
清晖能娱人，游子憺忘归。
出谷日尚早，入舟阳已微。
林壑敛暝色，云霞收夕霏。
芰荷迭映蔚，蒲稗相因依。
披拂趋南径，愉悦偃东扉。
虑澹物自轻，意惬理无违。
寄言摄生客，试用此道推。

谢灵运（385—433），祖籍陈郡阳夏（今河南太康附近）。出身东晋大士族，祖父谢玄是在淝水之战中带领东晋军队击败前秦苻坚百万大军的统帅。谢灵运继承父祖的爵位康乐公。到刘宋代晋以后，被降为侯。他做过永嘉太守、临川内史等地方官。后获罪在广州被杀。终年四十九岁。

谢灵运出身大士族，但在刘宋时受到出身寒族的皇室的压抑，又因为参与刘宋统治集团内部的政治斗争受到株连，内心始终不甘心臣服于刘氏政权，因此傲慢怨愤，经常违反礼制。先后被外放到永嘉和临川时，也并不将政务放在心上，而是屡屡托病回乡赋闲，到处游山玩水。他自己的庄园也是连山带湖，规模巨大，农田、果园、山林、泽陂一应俱全。因此，谢灵运的一生有很多时间消磨在山林田园中。他虽然自称这种生活方式为“隐居”，但是与陶渊明的真隐性质完全不同：一是因为谢灵运始终没有忘记政治，最后还是因政治而死；二是他这种生活方式其实是继承了东晋大士族的传统。东晋老庄哲学流行，在流连山水中体悟自然之道，是大士族的一般生活风尚，越是地位高贵的，越是要表现得不屑名利，超尘脱俗。所以谢灵运和陶渊明虽然都在诗里说要回归自然，对待世俗的态度则迥然有别。

正因为谢灵运游放山水的性质基本上是承袭东晋大士族的传统生活方式，所以他的山水诗也沿袭了东晋玄言诗的哲学观念和审美意识，喜欢在许多诗里用老庄著作中的道理和语言来消解内心的郁闷。后人因此经常批评他的山水诗拖着一条“玄言尾巴”。不过晋宋之交的山水诗是在玄言诗的催化之下产生的，起初难免受到玄言的影响。谢灵运的功绩在于他第一个以成功的创作实践确立了山水题材的独立地位，为山水诗展示了无限的发展潜力。

这首《石壁精舍还湖中作》描绘作者从石壁山的寺院游毕入湖返回旧宅途中所见夕景之美。开头四句先写畅游山水的乐趣：黄昏和早晨气候不同，山水中含着清朗的日光。这清晖能使人快乐，所以游子因为安于其中而忘记了归去。从字面上看，这几句意思取自《楚辞·九歌·东君》：“羌声色兮娱人，观者憺兮忘归。”但是从这四句的含意来看，写的是人在观赏山水时心性与自然冥合的玄理：山水清晖能够娱乐游子的心性，并使游子沉醉其中，只有深深体悟了自然之道的人才会有这样的会心，只是转化成山水娱人的乐趣，便使其中的哲学意味变成了富有理趣的诗境。因此这四句写得神情潇洒，含意隽永，能够见出诗人平时在玄学和欣赏山水方面积累的素养。

以下四句才正式转入描写傍晚还湖时所见景色。“出谷日尚早，入舟阳已微”两句，概括早晨离开山谷到归来上船已经太阳落山的游览经过，不仅是写一天在外时间之长，更是为了补充说明前面四句的“憺忘归”：因为在山水的清晖中非常愉悦安乐，忘记了归去，所以才会从早晨一直消磨到傍晚。可见开头四句所写畅游山水之乐，就是从“出谷”到“入舟”之间的游览过程。“日尚早”和“阳已微”与首句“昏旦变气候”对应，再次强调因娱心山水而晚归的原因。而且可以见出即使归来已晚，诗入赏玩山水的兴致也依旧不减，所以又细细地观赏起夕阳西下的美景来：“林壑敛暝色，云霞收夕霏”两句写暮色渐渐聚拢在林树茂密的山谷间，天上的云霞渐渐暗淡消失的时间推移过程，观察景物相当细致，把握极为准确。当处身于空旷的山野之间或者登高望远观看天色时，由于远处的天先暗下来，往往会产生暝色由远而近的感觉。后来柳宗元《始得西山宴游记》中“苍然暮色，自远而至”，署名李白的《菩萨蛮》中“暝色入高楼”都是写这种感受。谢灵运首次将这种观察所得写入诗中，而且用一个“敛”字，写天边的暝色好像先被远处的林壑聚敛起来，再用一个“收”字，写晚霞慢慢变暗好像将落日馀晖收藏起来，这两个带有生命意识的动词用得很有创意，使人能够感知大自然内在的律动。这两句也因此而成为谢灵运的名句。

如果说前两句从高远处展示了林壑湖面笼罩在夕晖之中的全景，那么“芰荷迭映蔚，蒲稗相因依”两句则是写湖面水草在微阳朦影之中的色泽和动态。夕阳落山之后，天色尚未全暗时，光线虽然不足，但是植物的色泽往往会比阳光强烈时显得更浓重。所以诗人说覆盖在水面上的菱角、荷花层叠相映，更觉苍蔚葱郁。菖蒲、稗草是茎秆较为细长的水草，在晚风中摇摇摆摆，好像是相互偎傍依倚。似乎芰荷、蒲稗们也都因为暮色愈来愈浓而产生了彼此的依恋感。这就又从草木的色泽和动态的细微变化中写出了大自然的内在生命。

诗人一边欣赏着湖上的美景，一边拨开荒草，在南边的小径上快步回家。怀着愉悦的心情在东屋中歇息，意犹未尽，不禁要对刚才的经历发一点感想。最后四句说，如果一个人思虑淡泊，自然就会看轻外物，能在山水中感到适意，就不会违背自然之理。试将此言寄给那些想要养生的人，不妨用此中的道理去推求养生之道。这种结尾方式在谢灵运诗里已经形成公式，也就是前人批评的“玄言尾巴”。这四句讲的确实是老庄超然物外的道理，主要是藉以消解世俗的思虑，勉励自己看淡名利。但是由于前面确实表现了诗人在山水中惬意愉悦的心情，所以对“理”的体悟是发自内心的，并非强加在结尾，其用意与开头的“清晖能娱人”也有呼应，这就保证了全诗结构的完整。

谢灵运作为中国历史上第一个大力创作山水诗的诗人，不但在观察景物的深细入微以及构图的时空层次等方面为后人提供了宝贵的经验，而且有不少作品达到了后人难以企及的水平，这首诗就是一个极好的例证。

石门岩上宿

朝搴苑中兰，畏彼霜下歇。
暝还云际宿，弄此石上月。
鸟鸣识夜栖，木落知风发。
异音同至听，殊响俱清越。
妙物莫为赏，芳醑谁与伐？
美人竟不来，阳阿徒晞发。

谢灵运的山水诗中往往带有“玄言尾巴”，但也有少数例外。《石门岩上宿》就是全篇不用玄言的一首佳作。

这首诗写作者自己独宿在石门别业，夜中赏玩月色的清幽情景。开头说自己早晨到花园中去摘取兰花，担心它经霜以后便会凋零。似乎与全诗写夜宿的主题关系不大。但谢灵运的山水诗无论是描写全程游览还是有重点的观察，常从早晨写起，似乎已经成为一种定式。这里从早晨写起，也是为了与后两句“暝还云际宿”对偶以引起下文。此外还有更深一层用意，“朝搴苑中兰”化用《离骚》“朝搴阰之木兰兮”句意。兰是香草，生长在幽谷之中，容易在秋霜中凋零。《离骚》用香草美人比喻君子，摘取兰花正是比喻诗人和兰花一样孤芳自赏。而担忧它在霜下消歇，则是诗人对《离骚》原句的进一步发挥：清晨的兰花，犹如人的盛年，霜下凋谢的兰花，犹如人到衰暮。其中又寄托了担心自己岁华老去的一层感触。唐代陈子昂有一首咏兰诗，把这层意思说得更明白：“兰若生春夏，芊蔚何青青。幽独空林色，朱蕤冒紫茎。迟迟白日晚，袅袅秋风生。岁华尽摇落，芳意竟何成！”（《感遇·其二》）这首诗借咏空林幽兰抒写孤高的情怀和时不我待的感慨，可以说是道出了谢灵运这两句诗的深层含义。再看下文写独宿石门，抒发的也是这种幽独的情怀，这样就不难明白开头两句从早晨写起不是一般的套式，而是通过摘兰的用典来暗喻全诗的主题。

“暝还云际宿”与“朝搴苑中兰”隔句相对，进入夜宿情景。“云际”二字说明诗人的别业在石门山的高处。“弄此石上月”点出这是一个明月之夜。“弄”字本义为“玩弄”，引申为“玩耍、游戏”，这里指玩赏石上的月色。但因为“弄”字一般和具体的实物相配，如弄璋、弄水等，月色是抓不住的，这里着一“弄”字，就令人可以具体地想象出月光如水的景象，诗人的孤独寂寞也不难由此体味。

以下四句全从听觉写景：从鸟鸣声感知山禽在夜里要栖宿了，从树叶吹落的声音知道山风起来了。山中各种声音奔凑耳边，都是最好听的声音，不同的声响组合在一起，分外清亮悠扬。这四句的精妙首先在于能写出夜宿的神理：在高及“云际”的山上，虽有月光，暗夜中的景物也是看不清楚的，所以山里的一切动静都要靠耳朵去辨别。这些声音听来都觉得特别“清越”，是在极其静谧的环境中放大了的感受，所以反而衬托出石门山夜里的宁静。同时，风吹落叶又暗示了秋霜将降的节气，照应了开头的“畏彼霜下歇”。其次，这四句表现了诗人对大自然“群动群息”的审美体验：按照老庄哲学，大自然存在着天籁和地籁，人只有在洗净一切杂念俗虑的精神状态中，让心进入深沉静默的境地，才能充分感受“万籁”生息消长的动静。诗人巧妙地将这种感悟通过暗夜中静心谛听鸟鸣、风发、叶落等各种声音表现出来，认为这就是大自然的“至听”，即最美妙的声音。这就将老庄抽象的哲理化为具体的听觉感受，并烘托出诗人独坐月下凝神聆听山籁的高雅风致。

在如此幽寂的夜晚，诗人的感受无人分享，因此不由得感叹：如此美妙的景色没有人欣赏，虽有美酒又向谁去夸耀呢？从美酒可知诗人此时是在月下独酌。从感情的脉络来看，这一句与开头“朝搴苑中兰”遥相承接，在山中独赏美景的诗人正如孤芳自赏的幽兰，内心的寂寞孤独无人理解，对自然美的感悟无人共鸣。于是想起了《楚辞·九歌·少司命》中的诗句：“与女沐兮咸池，晞女发兮阳之阿。望美人兮未来，临风怳兮浩歌。”司命是星名，主管生死，除恶扬善。《楚辞》中的少司命被写成一个与主人公有相恋之意，但很快又飘忽离去的女神。主人公问她：“夕宿兮帝郊，君谁须兮云之际？”认为她住在天帝之郊，不知在云际等待着什么人，所以希望与她一起在太阳的浴池（即咸池）中沐浴，在太阳经过的山阿晒干她的头发。但是自己盼望的美人竟没有来，只得临风怅然，高歌以纾忧。知道这个典故，就可以明白前面为什么要说自己在石门山上夜宿是“瞑还云际宿”了。“云际”固然是形容山高，但实际上是为结尾用少司命的典故留下伏脉。既然诗人已经住在云际，当然是等待少司命这位美丽的女神。所以结尾说美人不来，只剩下自己徒然在阳阿晾干头发，实际上正是表示自己对知音的期待以及临风怳然的无奈。再进一层来看，诗人所期待的知音是缥缈不可及的“美人”，固然说明在现实中的孤独和寂寞，但这美人又是主管人间生死命运的“少司命”，而开头“畏彼霜下歇”已经明白地说出生命短促、时不我待的忧虑，可见诗人用此典故其实不仅是比喻，而且直指少司命的本意：他所期待的是能够赐予人类生命和时运的命运之神，这就和开头攀摘幽兰的象征意义完全取得了一致。

这首诗首尾都用《楚辞》的典故，与山中夜景的描写结合起来，构思非常新颖。《楚辞》的传统是以芳草美人比喻君子。诗人所取的幽兰比喻孤高幽独的品格，所取的美人既比喻君子又取其司命之神的本意，二者前后照应，将自己独宿山中的寂寞感提升到更高的精神境界，塑造了一个孤独高洁而又珍惜光阴的主人公形象。这就消解了枯燥的玄言，为后代山水诗提供了在景物描写中融入比兴的成功经验。

庾信（三首）

幽居值春

山人久陆沉，幽径忽春临。
决渠移水碓，开园扫竹林。
欹桥久半断，崩岸始斜侵。
短歌吹细笛，低声泛古琴。
钱刀不相及，耕种且须深。
长门一纸赋，何处觅黄金？

庾信（513—581），字子山，祖先原是南阳新野人。八世祖时家族随晋王室南渡。庾信出身文学世家，早年与父亲庾肩吾并仕于梁朝，都是当时著名诗人。庾信与徐陵一起被简文帝选为文德省学士，文章绮丽，世称“徐庾体”。“侯景之乱”

中，他逃到江陵辅佐梁元帝。梁承圣三年（554），奉命出使西魏，正值魏军南侵，江陵沦陷，他被拘留在长安。后西魏被北周所代，他虽因文才受到北朝皇帝和王公大臣的优宠，但含垢忍耻、屈仕敌国的行为使他面热心寒，悔恨终生。在乡关之思和羞辱之心的激发下，他创作了不少优秀的诗赋，为那个黑暗动荡的时代留下了真实的面影。杜甫称“庾信平生最萧瑟，暮年诗赋动江关”（《咏怀古迹五首·其一》），正是对他后期作品最公正的评价。

庾信后期在不少作品中反复叹息自己归乡不能、退隐不得，“未能采葛，还成食薇”的处境。虽然没有真正归田，但他在长安有一座小园，曾作《小园赋》详细描写园中萧疏的景色，表白隐居的愿望，以寄托身在朝廷、心在世外的志趣。这首《幽居值春》便以隐士的心境抒发了他在春天来临之时的愉悦和自得之情。

诗一开头就称自己为久已陆沉的山人。《庄子·则阳》说：“方且与世违，而心不屑与之俱，是陆沉者也。”陆沉是指人中隐者，违世离俗，譬如无水而沉。庾信在北周官位荣显，固然不能称为隐士、山人，但他心如槁木死灰，无情于荣华富贵，只愿适闲居之志，实际上是与世相违之人。因此自称久已陆沉，并非矫情，而是真切地写出了自己长久以来沉陷在屈仕的耻辱和痛苦之中的精神状态。

当然，即使是枯木，逢春时也可能萌发出欣欣生机。诗人在苦闷落寞的生涯中，忽然感到春天已降临在园中深幽的小径上，他那枯涩的心田也会滋生出一点春意。于是他开始整理自己的小园了。掘开水渠，移动水碓，准备迎接降雨。打开园门，清扫竹林，便可理出人径。小桥已经欹斜，而且早已断了半边，崩塌的河岸开始斜斜地浸入水中。园子本来就是几亩野田，加上一冬天没有整治，更显得荒凉破败。然而越是如此，越有一种清寒的野趣，能使诗人渴求离世远遁的心灵得到慰藉。因此，在这里用细笛吹起短歌，古琴弹出低低的泛音，那种幽雅、古朴的意味是富贵乡中的人不能领略的。而小园的好处也正在钱刀之祸不能相及，可以深自耕种，与世事无涉。《风俗通》说："钱刀，俗说利旁有刀，言治生得金者，必有刀钱之祸。"这里指贪图利禄而招致灾难。"耕种"虽是代指隐居的用语，但也正扣住"值春"的时令。

末二句用陈皇后被汉武帝冷落，用黄金百斤求司马相如写《长门赋》的故事，立意与一般用法不同。这一典故向来借指遭到君王冷落或遗弃的后妃，并以此比喻被皇帝疏远的臣子。这里却是借喻庾信本人虽有相如之赋才，却因在此幽居，无人以黄金相求，在"钱刀不相及"的意思上再进一层。事实上，庾信在北朝深受皇帝和宗室的宠遇，王公大臣慕其文名争相结交，以黄金求赋之事并不少。结尾这样说，不过是表示自己不愿与权贵交游的本心罢了。

这首诗写小园遇春的景象，并不细致刻画园中各处景物，而是随诗人的兴之所至，漫笔勾勒出小园荒芜失修的状况，诗人迎接春耕的准备工作，以及悠闲自在的意趣。“陆沉”“幽径”“细笛”“低声”“且须深”等语感一致，形成一种幽细、深婉的韵调。全诗正是藉这种意象内含的语感，恰到好处地表达了作者在小园春临时淡淡的喜悦和低回的意味。

山斋

寂寥寻静室，蒙密就山斋。
滴沥泉浇路，穹隆石卧阶。
浅槎全不动，盘根唯半埋。
圆珠坠晚菊，细火落空槐。
直置风云惨，弥怜心事乖。

如果说庾信在《幽居值春》诗中是力图从春意初临的荒园里开辟一块“寂寞人外”的小天地，那么《山斋》这首诗则是在深秋静夜的幽斋中为自己寻找一个遗忘世事的蜗居。全诗着力描写山斋的深幽寂静：因为需要一间寂寥无人的静室，诗人来到了被蒙茏茂密的树木所遮蔽的山斋。晋代诗人郭璞《游仙诗》有“绿萝结高林，蒙茏盖一山”的句子，可作“蒙密”的注脚。首二句先将山斋静室隐蔽在深山密林中的环境勾出，然后再写一路行来，唯见滴沥的泉水浇在路面上，巨大的山石卧于阶沿下。清泉、巨石固然是形容山斋附近山路的难行，却也透出一种使人寒噤的清冷。同时，泉水浇路与巨石卧阶又造成山斋被阻隔在深山里的感觉，更显出此地人迹罕至的阴冷幽深。

“浅槎”二句写树桩一动不动，唯见盘根半埋在土中。“槎”有二义，如作“浮槎”解，与上句“泉水”相应，亦可通。但从它下句“盘根”的对仗来看，作“伐木之余”解更好。由此二句看来，山斋是在蒙密的树林里砍掉树木之后的空地上搭建的，“浅槎”和“盘根”正是为建山斋砍剩下的树根。则山斋选址的深僻和建筑的简朴可想而知。树桩自然是不会动的，但以“全不动”与“惟半埋”相对仗，更强调了山斋周围不但幽深，而且寂静得好像一切都凝固了。再与“圆珠”二句参看，可知诗里写的是夜景。在一片暗夜中，砍残的树桩和半埋的树根黑魆魆地散布在地上一动不动，更增添了令人心惊的神秘感。这时唯有圆珠般的秋露从晚菊上滴下，细小的磷火从空槐上飘落，才使山斋周围有了点动静。这是暗夜中仅见的亮点，还那么暗弱微小，却能感觉得如此分明，可见山斋之夜是何等静谧幽暗了。这两句点出晚秋节气和暗夜时分，并借几点细火的反照，使山斋周围蒙密的树荫、滴沥的泉水、巨大的怪石、砍剩的树桩都一起沉入黑暗之中，构成了清奇、空静而又阴沉的境界。

然而就是躲进这样一个幽深黑暗、与世隔绝的山斋中，诗人仍然不能忘却他的心事。“直置”句意思含混，可作两种相反的理解：一是直接置身于这风云惨淡的山斋秋夜中；二是在这山斋秋夜中，可置风云惨淡的世事于度外。而诗人之意，或许正是要在这含混的句法中将两层意思都包括在内：本来置身于这昏惨幽黑的山斋中，是想忘却自己曾经历过的历史风云。谁知更深夜静，远离世俗，反而更加勾起身世可怜之感，为自己一生遭际和心愿相悖而深深感叹。

此诗选择山斋周围的景物构成隔绝世俗的环境特征，着力烘托寂寥静谧的氛围，最后却反衬出诗人心头不能平息的政治风云。前八句写景和后二句抒情形成强烈的对比，令读者感受到诗人无论怎样营造精神自我封闭的小天地，都不能从自怜自责的负罪感中解脱。因而构思虽然精巧，却不伤自然之致。

奉报穷秋寄隐士

王倪逢齧缺，桀溺耦长沮。
藜床负日荷，麦陇带经锄。
自然曲木几，无名科斗书。
聚花聊饲鹤，穿池试养鱼。
小村治涩路，低田补坏渠。
秋水牵沙落，寒藤抱树疏。
空枉平原骑，来过仲蔚庐。

庾信在北朝深受赵王招、滕王逌器重，过从较密。他的文集里有不少写给赵王的谢启。从中可以看出赵王对他的日常生活多有照顾。这首诗即为报谢赵王来访而作。

诗中所写的是庾信闲居的生活。从诗题推测，赵王来访后有诗相赠，并称庾信为隐士。因此全篇均写自己穷秋隐居的闲情以奉报。传说王倪和齧缺都是尧时人。《庄子 · 应帝王》有“齧缺问于王倪”之句。桀溺和长沮是《论语 · 微子》里提到的两个隐居耦耕的人，这里以两对先秦的隐者暗喻自己和来访者，先将隐士塑造成格调极为高古的人物。“藜床”句用东汉“向栩常坐藜床上”的故事。向栩性格狂放，喜读《老子》，常坐在灶北的板床上。“负日”即晒太阳取暖。《列子·杨朱》篇说：“负日之暄，人莫知者。”这句诗说自己像向栩那样经常坐在板床上晒太阳。“麦陇”句用汉代隐士的故事，儿宽和常林都有带经耕锄的事迹见于史书。开头四句杂取先秦两汉各种有关隐士的典故，描写自己平时闲坐藜床、读书耕作的平静生活，已经大略勾勒出一个清高古朴的隐士形象。

隐士远离尘俗，目的是回归自然。因此，生活中的起居用品也以古朴为上。“曲木几”的典故出自东晋裴启的《语林》：“任元褒为光禄勋，孙翊往诣之，见吏凭几视。孙入，语任曰：‘吏几对客，不为礼。’任便推之，吏答曰：‘得罚体痛，以横木扶持，非凭几也。’孙曰：‘直木横施，值其两足便为凭几，何必孤鹄蟠膝，曲木抱腰。’”这个故事里的小吏靠着矮几，见到孙翊不起身，是不礼貌的。孙翊责问他，他说是受了体罚，靠横木扶持身子，不算凭几。孙翊说，用直木头横放，靠着它的两足就可以算是凭几，不一定要讲究弯曲合体。庾信用此典故是说自己用的“几”只以自然弯曲的木头做成，不需要人工雕琢，所以特意在“曲木几”之前以“自然”来修饰。这句写隐士家具的简朴以及在日常坐卧中的随意和不拘俗礼。书以蝌蚪为文，则取文字草创之时的淳朴之意。能看蝌蚪文的自然是上古时代的人，这就通过曲木几和蝌蚪书这两个细节，把隐士进一步写成了陶渊明所追慕的羲皇上人。

如果说以上两句赞美了隐士直追古人的高风，那么“聚花”两句描绘的则是隐士情致的闲雅。鹤以高标脱俗而见爱于隐者，鱼以濠上之乐取悦于游者。聚花饲鹤，穿池养鱼，正可见出诗人日日唯以鱼鹤为伴的孤清和优雅。有时，隐者还在村里修一修泥涩的小路，到田里补一补塌落的坏渠。这两件平平常常的农家琐事，又使诗人进入了田家野老的角色，而且在秋水、浅沙、寒藤、疏树的背景衬托下，平添了几多诗意。这是完全洗净了富贵气息的田园景象，景色的萧瑟枯败，又展现出隐者落寞枯槁的心境。庾信成长于齐梁贵族的生活环境。齐梁诗人写景多取春花秋草、月露风云，唯求鲜丽轻倩。而此诗却选取“涩路”“坏渠”这类向来不入齐梁诗人之眼的景物，为萧散疏淡的穷秋之景添上了几分村野的意趣，也是庾信晚年诗风更趋老成的体现。

在这样一个荒芜破败的环境中居住的人，对于世俗中的一切事物自然是不关心的。所以末二句说：平原君带着骑从枉驾前来，访问张仲蔚的茅庐，也只能是徒劳往返。平原君是战国时赵国的公子，所以用来借指被封为赵王的宇文招。张仲蔚是汉代的高士，不与俗人来往，居处蓬蒿长得没过人头。由于诗里刻意突出了隐士住处的村野和荒僻，因此末句以张仲蔚自比，恰好是对全诗的一个总结。

这首诗撷取隐士锄田、读书、饲鹤、养鱼、治路、修渠等农居生活中的杂事，又化用《庄子》《论语》《汉书》中的各种有关隐士的典故，以拙语涩字与秀句雅调相间，表现隐士胸襟的恬淡和志趣的高古，于生新中见亲切自然之意，体现了庾信有意追求高古朴拙的自然美，以矫正齐梁诗软媚浅滑之弊的创新精神。从田园诗艺术表现的传统来看，通过描写田园的环境和农务以寄托隐居的自然之乐，虽自陶渊明始，但陶诗取材不杂，以抒情写意为主；而庾信诗则以田园景物动态的描写和日常细节琐事的堆砌为主，又大量用典。这就使隐居的意趣从深层转为表层，由诗人内心对自然的领悟，变成了外在的隐居姿态的渲染。庾信将齐梁诗注重景观刻画、长于用典的技巧融入田园诗，形成了与陶诗迥然不同的表现艺术，对于唐代田园诗产生了新的影响。

孟浩然（一首）

夜归鹿门歌

山寺鸣钟昼已昏，渔梁渡头争渡喧。
人随沙岸向江村，余亦乘舟归鹿门。
鹿门月照开烟树，忽到庞公栖隐处。
岩扉松径长寂寥，惟有幽人自来去。

孟浩然早年长期在家乡襄阳居住，诗题中的“鹿门”，据唐诗专家陈贻焮先生考证，就是离他家乡住所不远处的鹿门山。孟浩然的好友王迥在此隐居，孟浩然经常来这里登览，偶尔也住在山中。这里是东汉高士庞德公曾经采药的地方。孟浩然曾在《登鹿门山怀古》诗中表达过对他的仰慕：“昔闻庞德公，采药遂不返。……纷吾感耆旧，结缆事攀践。隐迹今尚存，高风邈已远。……探讨意未穷，回艇夕阳晚。”可见他曾不止一次地来鹿门山探寻庞德公的遗迹，追步隐士的高风。

这是一首七言古诗，写诗人在傍晚时渡过沔水，回到鹿门山去的悠闲意兴。前半首着重写江村渡口的喧闹，后半首着重写鹿门山中的幽静，前后相映，反衬出鹿门山里隔绝世俗的清幽。

开头两句从钟声和人声入手，却勾勒出一幅生活气息浓郁的江村晚归图：山寺传来暮钟，天色已到黄昏，渔梁渡头响起了争渡的人们的喧哗声。黄昏是江村最热闹的时候，而渡口又是人群最集中的地方。白天人们分散在田畴山野，不一定常有人摆渡过河，只有一天农务结束之时，农夫樵子、男女老幼、过往行人都要经过渡口来来去去，才会形成争渡的局面。诗人就选择了这一天之中最喧闹的时间和地点，开始他的夜归之旅。一则是因为渡头本是夜归的必经之地，是现成的途中之景；二则因为渔梁洲与下文的鹿门山一样，都是东汉隐士庞德公住过的地方，诗人的归途正沿着庞德公的足迹；三则是因为诗人从人境返回深山，渡头正是由闹趋静的起点。以下几句所展示的就是诗人离人境越来越远的过程。

渡头的人们沿着沙岸各自走向江村，诗人自己也坐着船回归鹿门山。从“沙岸”和“乘舟”可以看出诗人与争渡的人们在渡头相遇，又从渡头乘舟出发，去向与归村的人们相反，也就点明了他要去的鹿门是离人境很远的地方。这两句从“人”与“余”的不同归途分出了村人和隐者的向背，可以见出陶渊明与孟浩然的差别。陶渊明的隐居是“结庐在人境”，在生活上和村人打成一片，并不刻意追求远离人境的隐居场所。而孟浩然本来居住在襄阳故乡，已经在江村生活，但是对于他所向往的庞德公式的隐居而言，江村依然是世俗人境，所以还要避入更远的深山。

鹿门山在夜雾笼罩下，密林深邃，不见人径。经月光照射，才显出路来。“开烟树”句画面鲜明而又富有神秘感，令人如见深不可测的树林中烟雾四合，被月光开出一条路来，忽然就来到了庞德公的栖隐之处。“开”字是“闭”字的反义词，既然说“开”，那么给人的感觉是这“烟树”原是封闭无路的；“忽到”一词也有不期然而相遇的语感，似乎在月光的引导下忽然来到了某处人境之外的地方，这“庞公栖隐处”的深幽和隔绝人世也就可以想见了。

庞公栖隐处是什么样的呢？“岩扉松径长寂寥，惟有幽人自来去。”岩石凿成的大门，松树夹道的小径，永远寂寥无声，只有幽人自来自往。如果直承上两句语意，这两句可以理解为庞德公虽然早已辞世，但他遗下的岩扉松径，尚可令人追想他当年在此独来独往的情景。但是诗人在这里实际是以庞公自比：自己住在庞公栖隐过的鹿门，现在又在夜间独自归来，正是当年“幽人自来去”的情景的再现。所以“幽人”也是自指。结尾的巧妙就在通过夜归鹿门的神秘景色的描绘，将庞公的神魂与自己合而为一了。那在月下烟树中自来自往的“幽人”确也像一个幽灵，从而又增加了后半首诗的神秘感，使全诗的意境更加空灵幽深。

这首诗在诗人夜归鹿门的旅途中，描绘了江村渡头到鹿门山中的优美景色，时间从黄昏到深夜，环境由喧闹到幽静，而渔梁洲与鹿门山两个地点又都是庞德公住过的地方。通过这条旅途，表现了诗人决心步前代隐士之后尘、弃绝世俗的孤高情怀。诗人虽然身在田园，展示的却是山林栖隐的意境，这种远离人境的幽独冷寂，正是隐居类诗歌情调与田园诗的主要差异。更巧妙的是诗里隐含的理趣：盛唐诗人常常将离开人境、独游山林称为“独往”。“独往”一词，原出于《庄子·在宥》：“出入六合，游乎九州岛，独往独来，是谓独有。”《列子·力命》也说：“独往独来，独出独入，孰能碍之？”这种独往独来是指在精神上独游于天地之间，不受任何外物阻碍的极高境界。东晋以后，“独往”被广泛使用于一般的游览山水的语境中。这一语词不仅概括地表现了盛唐诗人在山水中体悟的任自然的玄理，而且常常不露痕迹地化入艺术表现之中。诗人在体悟“独往”的境界时，往往有意无意地突出诗人独往独来的形象，“忽然入冥”（《淮南鸿烈解》）的行迹，从而创造出清空幽独、令人神往的意境。孟浩然这首诗就是典型的代表作，诗里虽然没有用“独往”一词，但正如李白诗所说：“我心亦怀归，屡梦松上月。傲然遂独往，长啸开岩扉。”（《赠别王山人归布山》）所写的也是在明月下进入岩扉松径的“独往”情景，这正是孟浩然诗中意境的注解。杜甫说得更清楚：“浮俗何万端，幽人有独步。庞公竟独往，尚子终罕遇。”（《雨》“山雨不作泥”），明白地说出那独步的幽人就是独往的庞公。对照李、杜二诗，更容易见出孟诗在夜归途中寄寓“独往”之理的巧妙和现成。

王维（十五首）

桃源行

渔舟逐水爱山春，两岸桃花夹去津。
坐看红树不知远，行尽青溪不见人。
山口潜行始隈隩，山开旷望旋平陆。
遥看一处攒云树，近入千家散花竹。
樵客初传汉姓名，居人未改秦衣服。
居人共住武陵源，还从物外起田园。
月明松下房栊静，日出云中鸡犬喧。
惊闻俗客争来集，竞引还家问都邑。
平明闾巷扫花开，薄暮渔樵乘水入。
初因避地去人间，更闻成仙遂不还。
峡里谁知有人事，世中遥望空云山。

不疑灵境难闻见，尘心未尽思乡县。
出洞无论隔山水，辞家终拟长游衍。
自谓经过旧不迷，安知峰壑今来变。
当时只记入山深，青溪几度到云林。
春来遍是桃花水，不辨仙源何处寻。

这首诗根据陶渊明的《桃花源诗并记》发挥而成。但陶渊明笔下的桃源是一个没有王税、自给自足的空想乐园，而王维却描绘了一个景色优美的神仙世界。

全诗以《桃花源记》中武陵人误入桃源的经过为主线，一开始就展现了渔舟在桃花林中沿溪而上的情景。诗人用饱蘸水分的彩笔，染出大片粉红色云霞般的桃林，潺潺流过的碧溪，独自在清波中荡漾的一叶小舟，为全篇确定了明快鲜丽的色调。陶记写渔人“复前行，欲穷其林，林尽水源，便得一山。山有小口，仿佛若有光，便舍船从口入，初极狭，才通人。复行数十步，豁然开朗；土地平旷，屋舍俨然，有良田美池桑竹之属”。记述详明真切，颇有诗意。王维运用歌行的对偶重叠句式，将出口潜行的狭窄曲折与出山后旋即四望平旷的感觉加以对照，两句道尽渔人从山中进入武陵源的经过。然后就“良田美池桑竹之属”一句展开想象，将渔人走近村舍的过程，化为一联精美的对句：遥看只见村庄树林如云朵簇聚，走近方知是家家种植的花竹。这里不仅从渔人远近不同的视觉印象写出了桃源中远近景色的不同美感，而且在不知不觉中，将陶记中原来富有泥土气息的记述改成了带有仙境意味的描绘。所以下面“樵客初传汉姓名，居人未改秦衣服。居人共住武陵源，还从物外起田园”四句，虽然仍照陶记中的原意，铺叙此中居人仍着秦衣，“乃不知有汉，无论魏晋”的情景，但其所写田园已从逃避世乱之地变成了超然物外之境。于是，陶诗和记文中所说居人往来种作、“春蚕收长丝，秋熟靡王税”的乐土，也都变成了隐士优游逍遥的林泉。

这里晚上唯见月照松林，阒无人声。早晨唯见日出云中，鸡犬相闻。久离世俗的桃源中人惊奇地听说世间的俗客来此，都争着请他到自己家中询问乡邑的情况。“平明闾巷扫花开，薄暮渔樵乘水入”二句写村人邀渔人还家“设酒，杀鸡作食”，“馀人各复延至其家，皆出酒食”（《桃花源记》）的情景，表达含浑而极富诗意。平明闾巷打扫落花以迎客，薄暮渔人又乘舟到了另一家。这就借家家迎客的场面铺叙将村中遍地桃花水的美景补足了一笔，使渔人在桃源中受到款待的过程亦在处处飞花碧波的静美景色中展现。

“初因避地去人间，更闻成仙遂不还。峡里谁知有人事，世中遥望空云山”四句写桃源中人初因避乱而离世，现已成仙，与人间云山阻绝。至此已将陶记中的乌托邦完全改造成一个世外仙境，同时由此自然引出尘心未泯的渔人思念家乡、辞别桃源的结尾。《桃花源记》说，渔人出洞后，“便扶向路，处处志之”，后“寻向所志，遂迷，不复得路”。这一富有传奇性的结局写得很简单，但给诗人提供了不尽的想象馀地，因而用了将近三分之一的篇幅来渲染，这样就更进一步突出了桃源的仙境色彩：“不疑灵境难闻见，尘心未尽思乡县。”这两句直接把桃源称为“灵境”，也就是仙境，又说渔人在此“尘心未尽”，可见诗人认为桃源就是一个神仙世界，当然离开以后就不可能再回去：“出洞无论隔山水，辞家终拟长游衍。自谓经过旧不迷，安知峰壑今来变。”渔人离开桃源后，不管相隔多远，总想辞家到那里去游玩。自以为不会迷失旧路，谁知峰壑已经发生变化。这四句还是大体依据原记的意思。但又进而从体会渔人此时迷惘的心情出发，再度展现了那记忆中的路径和两岸桃花夹津的美景：“当时只记入山深，青溪几度到云林。春来遍是桃花水，不辨仙源何处寻。”当时只记得沿着青溪，几度曲折，进入深山，来到云林，如今却是遍地春水桃花，已难以辨认从何处再寻仙源了。结尾与开头对桃溪的描写相呼应，但更清深杳远，并留下了无穷的惆怅。

这首诗本于《桃花源记》，而又不符合陶记原意，可以代表一般士大夫对世外桃源的理解。虽然韩愈曾批评道：“神仙有无何渺茫，桃源之说诚荒唐。”苏轼也指出：“世传桃源事，多过其实。”但陶渊明所创造的桃花源成为隐士乐土的代名词，并带有神踪仙境的色彩，是因王维的《桃源行》而得到大多数士大夫确认的。全诗以桃红水绿为主色，绘出了一个优美空静的神仙世界。不过，由于这个仙境的原型还是《桃花源记》中的乐土，因此虽被诗人蒙入了一层遥隔云山、不知人事的空幻情调，却仍然富有田园风味，透着春天的蓬勃生机，洋溢着诗人对人生和美好事物的热爱。因为王维写作这首诗时，毕竟只是一个十九岁的青年。

山居秋暝

空山新雨后，天气晚来秋。
明月松间照，清泉石上流。
竹喧归浣女，莲动下渔舟。
随意春芳歇，王孙自可留。

此诗描写秋天傍晚雨后的山村风景，是一首五律。起句平淡自然，绝无雕饰，只是点出季节、时间、环境；一片空山之中，刚下过一场雨，又正是傍晚秋凉的天气。简明直白的十个字，与山中秋色同样清新疏淡，却令人直接呼吸到了雨后清爽湿润而略带凉意的空气。

第二联以概括的笔墨描绘山中夜景，很能见出作为诗人兼画家的王维在构图取景方面的功力。“明月松间照”从天上写，通过月和松的关系画出这幅图画的背景：山上松林间露出一轮皎洁的明月，深蓝色的天空衬出剪影般的墨绿的松林。“清泉石上流”从地下写，泉水流过山溪中的白石，令人想见水的清澈，以及流过石缝间激起的清响。这类写景最难之处在于构图，既要选取能表现山间秋暮的最有特征的景物，又要准确地传达出作者心中清新畅快的感受，同时要使这些景物构成有机的联系，一望便能想象出一幅画面。这一联的成功之处就在于用最简单的构图概括了山中秋夜的主要特征，并且在鲜明、完整的画面上突出了清朗爽净的基调。因此成为王维的名句，而且经常被后世的山水画家用来题画。

第三联则是在第二联勾出的背景上再做一些动态的、富有生趣的描写。“竹喧归浣女”从岸上写，与“清泉”句暗中相扣。这句就听觉落笔，因听到竹林里传来的喧闹声，再点出一大群嘻嘻哈哈洗衣归来的女子，是闻声而见人。虽然只用五个字，但竹林的深密，山村女子的活泼天真和无拘无束的性情，都烘托出来了。“归”字又与“晚来秋”相呼应，浣衣女子晚归正是山村秋暝时特有的景象。“莲动下渔舟”是从水里写，就视觉落笔：清溪中的莲花莲叶摇动起来，原来是归来的渔舟顺流而下。这两句从句子结构和捕捉动态的方式来看，应是直接受到北朝诗人庾信“竹动蝉争散，莲摇鱼暂飞”（《咏画屏风诗》其二十二）的启发。但王维更进一步融入了作者的心理活动，使句子的结构与人的感觉顺序相切合：先闻竹喧，而后再听出那是洗衣女的嬉笑声；先见莲动，而后才看到渔舟从上流下来。这种按照心理感觉顺序构句的方式后来被杜甫进一步发展，便出现了“绿垂风折笋，红绽雨肥梅”，“青惜峰峦过，黄知橘柚来”这样的佳句：先听到响动或先看到颜色，然后才分辨出那是什么景物，这是一般人感知事物的自然顺序，所以把先听到的或看到的放在句子开头，然后把分辨清楚的景物放在句子的后部，这样就可以不露痕迹地将诗人的审美心态化入景物描写之中，表达也更加曲折有致。由此也可看出从南北朝到盛唐律诗构句方式发展之一斑。王维这两句诗的好处还在于极富情趣，如果没有这种热闹的动景相映衬，前两联静景描绘就过于冷清平淡。有了这一联绘声绘色的名句，全诗便在丰富的色彩和声响的交织中显现出自然而多样的美。

诗人把山间的秋夜写得这样优美，实际上反映了他对当时官场生活的厌倦和对隐居生活的向往。所以最后一联说：“随意春芳歇，王孙自可留。”“随意”即自然而然地。“春芳”指春花春草。这两句说任凭春天的芳菲自然凋谢，秋色仍然很美，王孙自可留在山中，不必归去。这是反用《楚辞·招隐士》中“王孙游兮不归，春草生兮萋萋”“王孙兮归来，山中兮不可以久留”等句的意思。典故的原意是写山里的环境寂寞可怕，不能久留，要招那里的隐士回家。所以说春草已经生得很茂盛了，王孙为什么还不归来？春天往往被看作表现岁月更替、思念远人的最好季节，现在诗人是见秋色而希望隐居，足见山中美景是多么令人留恋。常见的典故经诗人如此活用，便觉得格外新鲜。

明人胡应麟称王维的诗是“清而秀”，这首诗是最具代表性的。它不仅完整地表现了空山秋夜清秀明净的意境，而且声情并茂、生趣盎然，读来犹如一首优美的山村抒情小夜曲，体现了王维在诗歌、绘画和音乐方面的深厚造诣。

辋川集（选十三首）

孟城坳

新家孟城口，古木馀衰柳。
来者复为谁，空悲昔人有。

华子冈

飞鸟去不穷，连山复秋色。
上下华子冈，惆怅情何极。

文杏馆

文杏裁为梁，香茅结为宇。
不知栋里云，去作人间雨。

鹿柴

空山不见人，但闻人语响。
返景入深林，复照青苔上。

木兰柴

秋山敛馀照，飞鸟逐前侣。

彩翠时分明，夕岚无处所。

临湖亭

轻舸迎上客，悠悠湖上来。
当轩对樽酒，四面芙蓉开。

南垞

轻舟南垞去，北垞淼难即。
隔浦望人家，遥遥不相识。

欹湖

吹箫凌极浦，日暮送夫君。
湖上一回首，山青卷白云。

栾家濑

飒飒秋雨中，浅浅石溜泻。
跳波自相溅，白鹭惊复下。

白石滩

清浅白石滩，绿蒲向堪把。

家住水东西，浣纱明月下。

竹里馆

独坐幽篁里，弹琴复长啸。
深林人不知，明月来相照。

辛夷坞

木末芙蓉花，山中发红萼。
涧户寂无人，纷纷开且落。

漆园

古人非傲吏，自阙经世务。
偶寄一微官，婆娑数株树。

北宋词人秦少游在汝南做官时曾患肠疾，他的朋友带着一卷王维的《辋川图》前来探望，说看了这图病就会好。秦少游在枕上细细观看，“恍然若与摩诘入辋川，度华子冈，经孟城坳，憩辋口庄，泊文杏馆，上斤竹岭，并木兰柴，绝茱萸沜，蹑槐陌，窥鹿柴，返于南北垞，航欹湖，戏柳浪，濯栾家濑，酌金屑泉，过白石滩，停竹里馆，转辛夷坞，抵漆园，幅巾杖履，棋弈茗饮，或赋诗自娱”（《书辋川图后》），竟忘了自己身在他乡，几天后果然病愈。图画竟可以疗疾，这也算得是一则文坛佳话了。不过，一幅大全景式的《辋川图》能有这样的神效，恐怕不仅有赖于画家的丹青妙笔，更要借助于王维《辋川集》绝句所启示的动人遐想。

辋川在陕西蓝田县西南二十里，这里山明水秀，原是初唐诗人宋之问的别业。天宝三载（744）后，王维因不满当朝权贵，便将这处产业买下，供母亲奉佛修行，同时也作为自己半官半隐的居所。王维很喜欢这个地方，曾画了一幅《辋川图》，还与他的好友裴迪赋诗唱和，为辋川二十景各写了一首五言绝句，共得四十篇，结成《辋川集》。王维的二十首诗大多数写得空灵隽永，成为传世名作。而裴迪的那一组诗却不见特色，很少有人提及。为什么描写同样的景色，两人的作品竟如此悬殊呢？首要的原因当然是他们的审美感受有深浅的不同。此外，在艺术上处理虚实关系得当与否也是一个重要的因素。中国古典文艺批评中所说的虚实关系含义很广。用在写景诗中，实写往往指直抒感慨和忠于客观形貌的精确描写；虚写可以指景物布局中“藏、减、疏、略”的手法，或“言在此而意在彼”的表情达意方式，也可以指作者结合生活感受，通过艺术想象概括意境的方法。王国维《人间词话》中说词“有写境，有造境”，诗歌也是一样。造境是更富有艺术想象、具有高度概括力的境界，写境是较偏重于写实的境界。高明的诗人往往能通过虚实关系的巧妙处理将这两种境界结合起来，浑然天成，毫无人工的痕迹。王维《辋川集》的主要成就正在这一点。现在让我们循着诗人的足迹，看他是怎样用五绝这种最短小的诗歌形式表现辋川各处景物的不同特征的。

诗人新搬到这处昔日属于宋之问的庄园来，自会有一番人事兴废的感慨。当他在孟城坳发现古城旁有一株衰柳后，便不禁由此兴叹：“来者复为谁，空悲昔人有。”新居与古城的对照已足以使人感喟，更何况还有这株前人留下的衰柳作为见证呢？诗人既悲叹这处胜景已空为昔人所有，又揣测将来继自己之后的来者当是谁人，那么他日来者之悲自己不也正和今日自己悲昔人一样吗？但诗人没有把这层意思直接写出，而是以自解的口气说：目前尚不知后我来此居住的是什么人，又何必徒然为此地昔日的主人而悲伤呢？这样用实写思来者、悲昔人的字面虚写悲今人的意思，将古城勾起的感触融入关于过去、现在、未来的哲理性思索中，启发人从眼前新与古的对比想到新旧兴废的永恒循环，诗意就比裴迪实写“古城非畴昔，今人自来往”要含蓄隽永得多。

诗人为孟城坳所触发的感慨似乎在登华子冈时犹存余波。

所以他没有具体描写华子冈的景色，而是使若干无尽无极的印象连成寥廓、惆怅的意境：飞鸟远去似乎永远飞不到尽头，连山的秋色也同样杳无边际。如果说《孟城坳》抒发的是由时间的无穷引起的人事代谢的伤感，那么《华子冈》正是以空间的无极烘托人在登临时的无限惆怅。景之无限正由情之无限而见，情之无限又由景之无限而生。由于诗人仅以飞鸟和山色拓开空间，没有拘泥于上下华子冈所见的具体景物的细致刻画，因而使情与景都融合在无限开阔邈远的境界中。

《辋川集》中虚实关系的处理是变化多端的。王维、裴迪的《文杏馆》都极写山馆的高远。裴迪说："迢迢文杏馆，跻攀日已屡。南岭与北湖，前看复回顾。"实写文杏馆路远山高，几度攀登。到达之后，前看南岭，后看北湖，远近风光尽收眼底。虽然精确地标出了文杏馆的地势，可惜诗味索然。王维则扣住馆名"文杏"二字，略带夸饰地写出山馆结构的精致："文杏裁为梁，香茅结为宇。"用司马相如《长门赋》"饰文杏以为梁"，以及左思《吴都赋》"食葛香茅"的典故，写屋宇栋梁的精美，是实中有虚之笔。接着又生发出栋里彩云飞到人间化而为雨的优美想象，则纯用虚笔写山馆的高峻和远离人境的幽静，不但使这所临湖踞山的文杏馆幻化出如同巫山阳台般的神秘意境，而且将本因高远而与山外阻隔的文杏馆与人间联系起来，令人联想到诗人洁身自好却又不愿意高蹈出世的精神境界。

当景物自身具有足够的特色和魅力的时候，诗人取景布局便更多地显示出画家的匠心。该藏的藏，该露的露，通过巧妙的剪裁使这些景物的特色更加鲜明。《鹿柴》《木兰柴》《栾家濑》是全篇实境，论描绘的生动逼真更胜过如实写景的裴迪。《鹿柴》写空山深林傍晚的景致，着意刻画了一束斜晖透过密林的空隙，返照在林中青苔上的一角画面。“空山不见人，但闻人语响。”山谷中传来人语的回响，却不见人影，越发显出深林里人迹罕至的幽冷。“返景入深林，复照青苔上。”夕阳的暖色淡淡地笼罩在阴寒的青苔上，更衬出空山中的幽冷。画面色调的冷暖互补，与画面内外的动静对比相互烘托，使有限的空间延伸到画外无限的空间，因而蕴含着可以想见的无穷意趣。裴迪同咏鹿柴的深幽：“日夕见寒山，便为独往客。不知松林事，但有麏麚迹。” 通过鹿的足迹点出此处名“鹿柴”的特点，较之王维的具体刻画稍为脱空一步。但王维从林中往外写，令人由深林返景想见空山落照，从山中人语的回响体味独往之意，是以实写的一角显示整体的空灵意境。裴迪从山外往里写，既不知松林里更深一层的幽趣，寒山夕阳又一览无余，所以写得虽空，反而使诗意过于坐实。

王维的《木兰柴》也是选取景物最鲜明的特色加以渲染：秋山收敛起夕阳的馀晖，晚归的飞鸟联翩相逐而来。满山秋叶在霞光中闪现出斑斓的色彩，渐渐与云气融成无边的夕岚。王维在《送方尊师归嵩山》中说："夕阳彩翠忽成岚。"可以解释"彩翠时分明，夕岚无处所"两句的意思。在这幅宛如油画般绚烂明丽的秋山夕照图中，洋溢着无限新鲜的生命力，毫无悲秋的感伤情调。裴迪同咏《木兰柴》："苍苍落日时，鸟声乱溪水。缘溪路转深，幽兴何时已。"以鸟声和溪水声相乱，暗写此处水声潺潺、飞鸟群集的特点，实写游人随着溪回路转深入林中的幽兴。与王维诗都突出了这里多鸟的特点，但迥异其趣。王维抓住了木兰柴因秋色丰富而动人情思的一面，在小诗里开拓出壮阔绚丽的境界。裴诗以声代色，虽也有兴致，但不能造成王维诗那种鲜明热烈的艺术效果。

《栾家濑》历来被看作王维善于以动写静的名篇。"飒飒秋雨中，浅浅石溜泻"两句连用叠字渲染雨中山溪清清冷冷的气氛。"飒飒"写秋天雨丝的连绵和雨声的细密，"浅浅"用《楚辞·云中君》"石濑兮浅浅"的典故，写濑水流泻的急速，都能得天然之趣。"跳波自相溅，白鹭惊复下"两句摄取白鹭被石上急流溅出的水珠惊飞这一有趣的镜头，给水波的"跳""溅"和白鹭的"惊""下"以一连串分解动作的特写，便使幽静冷清的栾家濑充满了活泼的生趣。裴迪同咏：“濑声喧极浦，沿步向南津。泛泛凫鸥渡，时时欲近人。” 则如同摇出一个长镜头，写鸥凫近人，也很亲切有味。只是没有集中描绘对景物最深刻的印象，所以不如王维诗鲜灵活跳。可见，当虚而不虚，固然容易平板无馀味，当实而不实，也会失之泛泛无特色。王维这几首小诗之所以能描绘出生动鲜明而各具特色的情境，就因为他善于抓住这三处景观最基本的特点，精心选择不同的表现角度，对景物动态加以剪裁或放大，以突出其最鲜活而又最能引起丰富联想的意境，所以画一隅而见全景，实处皆觉空灵。

虚实关系处理得是否巧妙，有时取决于能否使人与景完美和谐地融合在一起。裴诗有些篇章失于过实，多因有景无人。而王诗之空灵则多因由人见景。自然美只有通过人的深切感受才能展现出它的全部魅力。试看王维笔下的《临湖亭》是何等令人心旷神怡：迎客的轻舟在湖上优哉游哉地荡来，亭亭的荷花在轩外四望无际的湖上盛开。由主人轻舸迎客、徜徉湖上的悠闲情趣正可见出波平风软、清碧无限的湖光水色。而四面芙蓉一起开放的美景也要在当轩对酒、一快胸襟的雅兴中才能充分领略。《竹里馆》表现的是另一种高雅的情致：诗人独坐在深幽的竹林里，夜深人静，万籁俱寂。谁能理解他那悠扬的琴音和清厉的长啸？或许只有天上的明月能用它的清辉抚慰诗人寂寞的心灵。如果没有这样一位弹琴啸咏、对月抒怀的诗人形象，那么这处竹林不过是一片“荻笋乱无丛”（卢象《竹里馆》）的荒凉角落罢了。裴迪同咏只老老实实地写出这里“出入惟山鸟，幽深无世人”的清幽，却不能将抒情主人公孤清的心境与竹林的幽寂融为一体，化荒僻为清雅，所以终逊王维一筹。《南垞》所写的南垞，只是湖边的一丘小山，似乎景致平常。但王维不写南垞的风景，只写湖上泛舟、隔浦远眺的兴致，从遥望北岸反写南垞，以南朝乐府民歌般的天真语调表现对隔岸人家生活的向往。不但湖上清波淼漫的风光和天边远村人家的轮廓依稀可见，而且觉得分外情韵深长。裴迪未解其中三昧，难怪他笔下的《南垞》除了“落日下崦嵫，清波殊淼漫”这样泛泛的描写外，就别无可记了。

有些本来可能是缺乏特色的景物，往往需要诗人调动丰富的生活经验，经过艺术想象和概括才会呈现出特殊优美的意境。如果比较王维和裴迪同咏的《欹湖》《白石滩》这两首诗，就不难看出王维所创造的两种不同风味的清丽境界实际是理想美和自然美结合的产物。欹湖只是一片“青荧天色同”（裴迪《欹湖》）的空阔湖水。白石滩也是一片“日下川上寒，浮云澹无色”（裴迪《白石滩》）的水滩。所以在裴迪诗里，这两处和南垞几乎没什么区别。王维却借用《楚辞·九歌》中凄清美丽的意境想象出一个女子在日暮时分在欹湖上吹箫送别夫君的情景："吹箫凌极浦，日暮送夫君。湖上一回首，山青卷白云。"呜咽的箫声在水上回荡，直达湖口。天边斜阳里，送别的人儿两情依依。蓦然回首处，唯见青山无语，白云自卷。那凌波极浦的女子是人是神？那消逝在暮霭中的箫声是真是幻？似都恍惚无定，渺然难测。曲终人去之后的欹湖依然轻笼着迷惘的意绪，令人回味不尽。

同样，寒淡无色的白石滩在王维诗里又展现出春夜月下少女浣纱的优美意境："清浅白石滩，绿蒲向堪把。家住水东西，浣纱明月下。"白石滩上的流水又清又浅，水边青嫩的蒲草将可盈握。流水环抱着附近的人家，少女趁着明月来到滩边漂洗轻纱。轻纱在清水中漂动，宛如乳白的月光在浅滩上流泻。青青绿蒲与青春少女相映成趣，为春夜又增添了无限春意。整个情境在柔和明净的色调中沁透着青春的气息。如果没有"景中人"和"情中景"的浑融为一，没有诗人根据生活感受加以高度提炼的艺术想象，这几处景点不过是大同小异、平淡无奇的水泊罢了。

通过艺术提炼使人与景达到完美和谐地交融，固然能产生优美的意境，但这并不等于说景中必须有人。有时无人甚至更胜于有人。比如裴迪认为像辛夷坞这样美的地方，当有王孙留玩，才不负佳景：“绿堤春草合，王孙自留玩。况有辛夷花，色与芙蓉乱。”（《辛夷坞》）初春天气，长堤上芳草连碧，自堪玩赏。更何况还有辛夷花展瓣怒放，艳色可与芙蓉相乱，确实使人流连忘返。辛夷花别名紫玉兰，树高数丈，花朵密集，盛开时繁花满树，云蒸霞蔚。设计王孙留赏，更添富贵气象，但未免落入俗套。王维的《辛夷坞》却既无春草映衬，也无王孙流连：“木末芙蓉花，山中发红萼。涧户寂无人，纷纷开且落。”诗人从辛夷花盛开的繁盛热闹反过来想到它们终年寂寞的生长环境，描写繁花虽如芙蓉般美丽，却在山涧旁静悄悄地随着春光憔悴而无人留赏的情景。从初发红萼写到鲜花盛开而后纷纷凋落，整个过程平平叙来，似乎未经提炼，与裴迪的立意正相反。但诗人就以平实的笔触烘托出辛夷坞春景在热闹中透出的幽静和寂寞，令人从辛夷花自开自落的过程产生年年岁岁花相似的联想，体味孤芳自赏的高格，更能从中感悟到青春的短暂和繁华的空幻，以致有的读者认为此诗内含禅理。所以，这样的无人之境比有人之境更值得玩味。

《漆园》可看作是与《孟城坳》首尾呼应的一首诗。倘若说《孟城坳》抒发了新迁辋川的人生感喟，那么《漆园》则点出了隐居此地的真实原因：“古人非傲吏，自阙经世务。偶寄一微官，婆娑数株树。”庄子曾任蒙漆园吏，晋诗人郭璞称他“漆园有傲吏”（《游仙诗》）。王维借漆园之名隐喻自己卜居在此非为性傲，实在是因为缺乏经邦济世的才干。虽说偶尔寄身于一个卑微的官职，然而终日婆娑于几棵树下，过着半官半隐的生活，已无更求荣华之心了。“婆娑数株树”用《晋书》故事：殷仲文与众人到大司马府，见府中有老槐树，观看良久，叹息道：“此树婆娑，无复生意。”所以此句一语双关。“婆娑”原意是起舞的样子，引申为盘旋、徘徊。从“婆娑”的字面意义看可以理解成徘徊于树下的闲居生活；从典故的含义看，又是指诗人虽寄身微官，但已如老槐树一样没有生机，难以复荣了。全诗明咏庄子，暗以自比，虽是巧用庄子所谓浮生如寄、偶游天地之间的虚无主义人生观解释自己亦官亦隐的行迹，但愤世嫉俗之情和心灰意懒之叹深含于自嘲的语气之中，只可意会不可言传。裴迪同咏：“好闲早成性，果此谐宿诺。今日漆园游，还同庄叟乐。”直接点明诗人漆园之游与庄子之乐相同，却将含义局限在“好闲”和隐居之“乐”上，就失于语露意浅，不及王维诗意味深长。

人们常常用“诗中有画”来评价王维的山水诗，这话虽然说得很准确、很形象，但过于强调了王维诗再现自然美的一面，而忽略了他创造理想美的一面。其实，宋人方回说王维《辋川集》“虽各不过五言四句，穷幽入元”（《瀛奎律髓》），倒是更为精当的评语。也就是说，王维善于使五绝这种最短小的诗歌形式容纳最大的精神意蕴，使他所描写的每一处景物都能表现出最美的意境，引起穷幽入微的联想。无论虚写实写、明写暗写，既忠于生活原貌，又比客观真实更美，所以虚中有实，实处皆虚，空灵之中自能见出情境的鲜明特征，精描细绘之处又留下无穷的回味余地。“有一唱三叹，不可穷之妙”（方回《瀛奎律髓》）。唯其如此，诗人为辋川各景留下的这些精妙传神的写照才会引起后人的无限向往，以致有秦少游以《辋川图》疗疾的美谈，使这组绝句的艺术魅力臻于神境。

韦应物（一首）

寄全椒山中道士

今朝郡斋冷，忽念山中客。
涧底束荆薪，归来煮白石。
欲持一瓢酒，远慰风雨夕。
落叶满空山，何处寻行迹？

韦应物（约733—793），京兆杜陵（今陕西西安）人。生长在一个富有艺术修养的家庭，父亲韦銮和长兄韦鉴都善画。他十五岁到二十岁期间，担任唐玄宗的侍卫。“安史之乱”爆发后，发愤读书。二十七岁后历任各地县官郡守，中间也有时因病辞官闲居。四十五岁后担任过滁州刺史、苏州刺史等职，卒于苏州。韦应物一生主要在地方任官，对于时政和民生疾苦非常关心。为人正直，注重道德操守。他的山水诗大多写在郡县州府和闲居时期，高雅闲淡，自成一家。

这首诗是寄给安徽全椒县山里的一位道士的。从诗意可以揣测这时他在滁州刺史任上。因为滁州在安徽滁县，与全椒相距不远。他在滁州期间颇有一些写山水的名作，一般都是写闲游城郊或附近县邑所见景色。这首诗里的山中道士也应该是这一时期结识的。道士隐居在山里，养生修道，行迹与隐士相近。但他们主要的生活方式是炼丹求仙。所以在韦应物之前，对于道士的描写都着重在炼丹采药、修身养性的主题。这首诗却将道士当成隐士来写，因而意境与一般的仙道诗大异其趣。

开头两句写寄诗给山中道士的原因：因为今天早上感到郡斋里很冷，所以忽然想念起山中的道士来。天气变冷暗示季节变易，已经进入秋凉时节。诗人对“山中客”的惦记暗示这位道士是独自在山里修炼，对于岁暮的即将来临一定比身在郡斋中的诗人更为敏感。首句的“冷”字奠定了全诗冷寂的基调。不说道士，而称“山中客”，固然与五言诗的行文需要有关，但也是有意在字面上隐去道士的身份，为全篇将道士写成隐士提供方便。

道士生活虽然与山水有关，但他们的生活方式主要是饵玉餐霞、采药炼丹，即对着朝霞和晚霞呼吸吞吐，将玉磨成碎屑，用铅、汞等金属烧炼丹药，服用以求长生成仙。所以，从来写道士必定以这类生活为主要内容。这就导致诗里的道教气息过于浓厚，不利于山水美的表现和清空意境的创造。王维、孟浩然一派山水诗人在描写与佛寺道观有关的山水时，往往尽量减少有关宗教生活的内容，突出佛寺道观的清净，使之和山水的幽静融为一体，创造出优美清空的意境。韦应物也继承了这种表现方法，这首诗的创意正在于虽然正面描写道士炼丹采药的生活，却令人感觉不到宗教气息，这与“涧底束荆薪，归来煮白石”两句的描写技巧有关。道士在山涧里捆扎荆条柴草，目的就是填入丹灶用作炼丹的燃料。而煮白石就是炼丹的过程。这里用了《神仙传》中的一个故事：古仙人白石先生，“常煮白石为粮”。其实白石就是石英，所谓煮白石，也就是炼丹，以丹药作为食粮，当然是仙人。这里用这个故事指道士在山里过着像白石先生那样的神仙生活。但是“白石”字面上并没有炼丹的道教气息，而且与上句“涧底”呼应，只能使人联想到山里的清泉白石。同样，“束荆薪”从字面上也看不出炼丹的目的，只是使人联想到山里的樵夫生活。于是诗人通过巧妙地将炼丹过程分解成采柴和煮白石两个情节，把一个炼丹的道士写成了在山里独自过着清苦生活的隐士。

正因为道士在诗人笔下已经变成一个寂寞清苦的隐士，所以诗人在此风雨之夜，想拿着一樽酒去山里慰问他。这两句既写出诗人对道士的真诚友谊，又进一步消解了道士的宗教色彩。因为一个不食人间烟火的神仙是不需要人间的感情慰藉的，风雨夕更不会引起他们对岁暮的感伤，只有寂寞的隐士才需要同道知己的理解。但是秋天的风雨中，只见满山落叶纷纷，又到哪里去寻找道士的踪迹呢？“风雨夕”和“落叶”说明了首句“郡斋冷”的原因，同时与第二联的清涧、白石组合在一起，在想象中幻化出空山秋雨之夜萧条凄冷的意境。至此，可以进一步理解为什么诗人要将道士写成隐士，因为只有这样一个冷寂的隐士意象才可以与全诗、特别是后半首的空寂境界融合无间。最后冷然一问，更使渺然不知去向的道士连同空山化为一片虚无，留下了无穷的惆怅和回味。

这首诗题为《寄全椒山中道士》，道士采柴煮石的生活，空山秋雨、落叶纷飞的情景都出自想象。而意境的清空淡冷，既是韦应物山水诗的特色，又是对王、孟山水诗派空灵意境的进一步发展。能将道士的修炼生活写得如此冷寂孤清而丝毫没有铅汞气息，在盛唐的山水诗里也是相当罕见的。由此也可以明白后人往往将韦应物和王维、孟浩然相提并论的原因。

游览篇

游览与山水诗的关系最为密切。中国文人自觉地在诗歌中描写游览山水的审美体验，始于南朝。唐代诗人为了开阔胸襟和视野，更有壮游的风气，从青年时代起就遍游天下名山大川，描写黄河、长江及五岳的名篇不可胜数。日常生活中的寻幽觅胜也是常见的游览方式。由于佛教和道教盛行，寺庙道观往往建在风景优美的山林，因此游览寺庙也成为山水诗的重要题材来源。这类诗歌的主题大多是赞美祖国山河的雄奇秀伟，以及从自然风光中得到的人生感悟和哲理启示。

阴铿（一首）

开善寺

鹫岭春光遍，王城野望通。
登临情不极，萧散趣无穷。
莺随入户树，花逐下山风。
栋里归云白，窗外落晖红。
古石何年卧，枯树几春空？
淹留惜未及，幽桂在芳丛。

阴铿（生卒年不详），字子坚，武威姑臧（今甘肃武威）人。在南朝梁代当过湘东王法曹参军，至陈代屡迁为晋陵太守、员外散骑常侍。他博涉史传，尤工五言诗，为当时所重，可惜传下来的诗篇不多。他是继晋宋谢灵运、南齐谢朓之后最重要的山水诗人，其诗以构思新颖、色彩明丽、意境开阔为主要特色。

这首诗写作者闲游开善寺所见春景以及疏散的野趣。开头两句写开善寺所在的地理位置。“鹫岭”本来是指中印度的灵鹫山，如来曾在此讲经，成为佛家圣地。后来被借来比喻著名佛寺所在之山。南朝佛教流行，京城建康（今南京）佛寺尤多。唐代著名诗人杜牧曾写过一首《江南春》：“南朝四百八十寺，多少楼台烟雨中。”开善寺在南京城郊的钟山上，是梁代所建的著名佛寺，可见阴铿将钟山称为鹫岭，既是赞美开善寺在诸多佛寺中的重要地位，也写出了南朝佛寺兴盛的景象。钟山屹立在长江岸边，可以俯瞰建康城，所以说“王城野望通”。“野望”即眺望四野，这是古诗中写山水田园常用的一个词语，但是眺望的立足点可以因景而异。从下面两句“登临情不极，萧散趣无穷”可以看出，此诗是写登上钟山居高临下的野望之趣，所以视野开阔，有无穷的情趣，这两句没有直接写野望所见风景，而是抒发登高远眺的情怀和从中体悟的疏散自然的意趣，令人从“情不极”和“趣无穷”想见天空和郊野的无限空阔。

如果说前四句还只是写了钟山登高的开阔视野，那么以下四句才是对开善寺的正面着墨：“莺随入户树，花逐下山风”

两句颇有奇趣：由于树枝伸进了户内，于是树上栖息的黄莺儿也随着树枝一起进了门里。而风将落花吹得纷纷飘下山去，看起来倒像是落花在追着风儿下山。这就使“莺”和“花”也有了人的情趣，并通过莺与树、花与风相互依存、相互戏逐的关系写出了大自然内在的活泼生趣。同时从这两句还可以看出：诗人这时观景的立足点已在开善寺内，所见的景物都是从寺庙的窗户里向外眺望所见。所以下面两句接着说：“栋里归云白，窗外落晖红。”白云归来，进入了寺庙的栋宇之中，从窗内向外望，落日的馀晖红了半边天空。“白”和“红”的对偶为全诗增添了鲜明亮丽的色彩。从云归栋里还可以想见寺庙所据地势之高，以致为白云所缭绕。将这四句联系起来，开善寺暮春时节的优美环境便了然在目：它高踞于山顶的白云深处，远望王城连接郊野，落晖映红半天。近看四周绿树环抱，鲜花开满山坡。虽然作者观景的立足点是在栋宇的窗户之内，但由于打通了内外，所见景物都在寺外。这就巧妙地将开善寺景观清幽秀美的主要特点完整地勾勒出来了。

最后四句由暮色生出感想：看到归云和落晖，难免感慨时光的流逝，因而连发两个问句：山上的古石从何年开始卧在此地？路旁的枯树又是经历了多少个春天才变成朽空的树干？这两句提问暗中转到下山归去的过程。古石和枯树都是下山途中见到的景物，其中又隐含着很深的含义：古石的存在与山岭一样永恒，“何年卧”其实是追问到了天地开辟之初。树木虽然每年秋冬便会凋零，但逢春即可生出新叶。但是连树木都枯朽了，这又要经过多少个春天？这两句以无生命的古石和原来有生命的枯树对偶，强调大自然的永恒和时间的悠久。而人的生命既不能与草木相比，更勿论古石，这就难免感慨人生的短促和虚无。所以最后遗憾自己来不及淹留在山中，空使芳桂独处幽谷。这里表示自己想留在山中，从字面上看是用《招隐士》的典故：“桂树丛生兮山之幽……攀援桂枝兮聊淹留。”但联系这首诗的题目来看，诗人所想的不仅是隐居，而是留在佛寺中静修。佛教的宗旨是视一切为空无，以此解脱对于短促人生的烦恼。不过诗人并没有把这层意思明白说出，而是寄托在对景物的描写中。因此从全诗的意象来看，仍然是连贯的：在前面对莺树、风花、归云、落晖的描写之后，继续描写了归去途中所见山上的古石、枯树、芳桂等景物，这就使全诗的笔墨始终环绕着开善寺周边的环境，完整地记述了诗人游寺昼出暮归的全过程。

南朝的五言古诗有一种每篇十二句的定式，四句一层，全诗三层意思。这一首就是如此。首四句写登临野望的情趣，中四句写从寺内窗户中所见的景物，最后四句写游览归来途中的所见和感想。三层意思虽然角度不同，但构成了开善寺内外环境的完整描写。诗人的感慨并不直接表达，而是通过景物暗示。山水诗从谢灵运开始，一直面临着如何处理情景关系的问题。阴铿的贡献在于发展了由景见情、融情于景的表现艺术，经过这个阶段，才会进化到后来唐代山水诗情景交融的意境。这首《开善寺》就是体现阴铿这一贡献的代表作之一。

杜审言（一首）

和晋陵陆丞早春游望

独有宦游人，偏惊物候新。
云霞出海曙，梅柳渡江春。
淑气催黄鸟，晴光转绿苹。
忽闻歌古调，归思欲沾巾。

杜审言（约646—708），字必简，襄阳（今湖北襄阳）人。是杜甫的祖父。唐高宗时进士，曾任洛阳丞，后贬官。武则天时先后任著作郎、膳部员外郎。唐中宗时流放峰州，不久回朝任修文馆直学士，病卒。

这是一首五言律诗，描写大江两岸早春景色，以及由春色触动的归思。从题目可以看出，一位姓陆的晋陵县丞先写了一首《早春游望》诗给作者。晋陵在今江苏武进，离长江很近。“游望”是游览远眺的意思。这是作者的和诗，那么当时诗人很可能是和陆丞一起在大江岸边游览。开头两句说“独有宦游人，偏惊物候新。”为什么这样说呢？宦游的意思是在外游历做官的人，唐代士人为求入仕，或通过科举，或请托权贵，都要离开家乡在外面奔波，常常经年不归。所以当节物气候变化时，总会感伤光阴太快，离乡太久，这是宦游之人的常情。而作者在两句中分别用了“独”和“偏”字，强调只有宦游人，对于新春物候的变化格外惊心，便更突出了早春来临时万象更新的景观对内心的触动。而以下对大江景色的描写也处处在这“新”字上落笔。

“云霞出海曙，梅柳渡江春”是杜审言的名句。前一句写一天之新，后一句写一年之新：曙光从海上显现，云霞布满了天空，日出的壮观景象预示着新的一天的来临。江南遍地梅开柳绿，江北也到处透出了春意，好像春天随着梅柳渡过了大江。梅柳的美景预示着新的一年的来临。这两句不仅视野开阔、景色壮美，而且立意造句也颇有新创。早在北朝，王褒就有“平湖开曙日，细柳发新春”（《别陆子云诗》）这样的佳句。写江边送别友人的情景：湖面云开雾散，曙光初升，岸柳细叶吐绿，春意始发，可说是初次以阔大的境界表现黎明和早春所给人的新鲜、开朗的感受。杜审言这两句诗显然受到王褒的启发，但是杜诗成为名句而王诗不为人知，除了杜诗气象之宏丽和对仗的精工为王诗所不及以外，还与杜审言这两句在“物候新”的自觉提炼上超过王诗有关。王诗虽然也是写一日和一春之景，但只是就眼前景如实描写。而杜诗则提炼了曙光“出”和江春“渡”的动态和景象，强调了节物令人惊心的“新”意。尤其是“梅柳渡江春”的句法，在初唐五律山水诗中出现，值得重视。类似的构思，梁代诗人吴均有“春从何处来，拂水复惊梅”（《春咏》），把春天写得就像一个调皮的女子，一路拂绿了春水，惊开了梅花，好像能够到处来去。唐代诗人张说也说：“忽惊石榴树，远出渡江来。”（《戏题草树》）也是写江北石榴树发春，好像从江南渡江过来的。虽然难以判断张说和杜审言的诗谁先谁后，但是比较之下，可以看出，吴均、张说的诗句比较直白，而杜审言“梅柳渡江春”的构句更凝练，已经不是单纯地描写物态和比喻。甚至句子结构都不符合常规的语法逻辑，它所给人的直觉感受已经无法用散文语言来直译：春是梅柳渡江的原因还是结果呢？是春渡梅柳，还是梅柳渡春？意义的含混反而使人浮想联翩。这就为五言律诗提供了一种更新的构句造境的方式。

如果说第二联是从江海日出和南北春色的宏观气象来写节

物之新，那么第三联则是从“黄鸟”和“绿苹”等微观景物来写气候之新。“淑气”指温暖美好的春气，黄莺啼鸣，是春天常见的景象，但诗人用一个“催”字，就好像黄鸟的娇啭是被“淑气”催发的；同样水里的苹草转绿，也是春天到来的自然结果，但诗人借用江淹的“东风转绿苹”与“催”字对仗，又更进一步强调了苹草也是因为春光而转绿的。“东风转绿苹”改成“晴光转绿苹”，虽是两字之改，但与“淑气”相对仗，令人如见晴光浮动、暖风轻漾，比“东风”更能渲染春天风和日丽、温暖宜人的气息。所以这两句扣住人对春天的感觉，突出了气候促使万物更新的主动作用。

由于这是一首和诗，所以结尾需要对陆丞的诗有一个回应。最后两句说忽然听到陆丞所歌唱的古调，不禁归思难忍，几乎要流下泪来。这里赞美陆丞的诗为“古调”，是因为唐人传统的诗学观以古为上，“古”相对于“近”而言，格调近于唐以前古诗的诗歌都可以赞为“古调”，这是一种唱和的礼貌。事实上，杜审言这首诗是标准的近体，并没有按照所谓“古调”来写。而面对如此美好的春色引起归思，倒是自古以来诗歌中常见的表现，在山水诗中也屡见不鲜。不过联系开头“独有宦游人，偏惊物候新”两句来看，诗人的归乡之思还是出自宦游之人的真实感情，同时也说明了惊心的原因。

从齐梁到初唐，五言律诗的形成经历了一个漫长的过程。杜审言是对于五律的成熟做出过重要贡献的作家。从这首诗可以看出，他的五律不仅格律严谨、对仗精工，而且气象宏阔、构思巧妙，这些特点都对杜甫产生了深远的影响。

孟浩然（二首）

临洞庭

八月湖水平，涵虚混太清。
气蒸云梦泽，波撼岳阳城。
欲济无舟楫，端居耻圣明。
坐观垂钓者，徒有羡鱼情。

这首诗还有一个题目《望洞庭湖上张丞相》。张丞相是谁呢？一般的说法是张九龄。因为张九龄在唐开元二十一年（733）任同中书门下平章事（即丞相），三年后罢相。唐开元二十五年（737）贬为荆州大都督府长史，请孟浩然到幕府中任从事。荆州离洞庭湖不算太远。所以很可能是这一时期写的。但也有学者认为这首诗是献给盛唐的另一位丞相张说的。张说曾在唐开元四年（716）后被贬到岳州，就在洞庭湖边。孟浩然三十岁左右经过湖南，可能谒见过张说。这两位张丞相都是盛唐著名的宰相，也喜欢引荐下层文人。所以无论是哪一位，都不妨碍我们对诗意的理解，只是在判断创作时间上，要相差二十年左右。

这是一首五言律诗。前四句描写洞庭湖的壮美景色，后四句寄托自己希望得到张丞相引荐的心情。洞庭湖在湖南省北部，长江南岸，是中国第二大淡水湖，面积二千八百二十平方千米，素有“八百里洞庭”之称，湘水、资水、沅水、澧水在此汇合，在岳阳县城陵矶流入长江。自先秦以来，已经有不少诗赋对洞庭的辽阔壮观极尽形容。那么如何才能在短短四句诗内写出新意呢？孟浩然没有拘泥于对眼前湖水的实景描写，而是突破了视野的局限，从渲染它的气象着眼：八月正是波平水满的季节，天水相接，浩茫无际。澹荡的湖水仿佛包含着虚空，和青天连成了混沌的一片。这就将望水的视野扩大到无尽的天外，洞庭湖也随着这视野的无限放大而与太清浑然一体了。古代有云、梦两个大泽，后来逐渐淤塞成为陆地，位于洞庭湖南岸。岳阳楼在岳阳市西门，矗立在洞庭湖东北。“云梦”和“岳阳”二句，通过地名和方位的对仗，勾勒出洞庭湖的地理位置和南北名胜，同时又藉以进一步烘托洞庭湖的壮观：上一句“气蒸”二字，容易引起水汽迷蒙和烟气氤氲的联想，这里不但渲染出洞庭湖烟水混茫的浩瀚气象，而且通过对动态的强调，令人悟出那蒸腾在云梦大泽上空的不仅是湖中的水汽，更是大自然不断勃发的生气。由此不难理解下一句“波撼”二字的用心：湖水平满，远看岳阳城仿佛在起伏的波浪中摇晃，这本是视觉印象。但“撼”字的力度，又充分地表现出洞庭湖撼动天地的伟力。由此可见，诗人对洞庭湖的描写没有停留于一般的观察，而是让自己的整个身心融入宇宙，深刻地领悟其中蕴含的气势和力量，才能开拓出如此雄壮阔大的诗境。

后半首借眼前景观寄托自己的志向：湖水浩渺，想要渡湖却没有船桨。这句话是比喻自己希望出仕做一番济时的事业，却没有人引荐。为什么这样比喻呢？因为唐太宗曾经在《春日登陕州城楼》诗里说过这样两句话：“巨川何以济，舟楫伫时英。”意思是靠什么渡过大河呢?我用船和桨等待着时代的精英们。“济”的本义是渡水，但是古人常说的“济时”或者“兼济天下”的“济”又是救济苍生的意思，所以“济”字一语双关。而在古代要有救济天下的能力，就要踏上仕途，这就必须靠人引荐。唐太宗开创的“贞观之治”，是一个善于用人的清平时代，他的诗表示了对人才的期待，以及引荐精英的意愿。

孟浩然生逢“开元之治”，自然希望“张丞相”这样的在位者也能具有唐太宗那样的胸怀，提供“舟楫”让自己得以实现“济”时的抱负。所以下一句“端居耻圣明”就更清楚地说明了自己“欲济”的理由：闲居在家里感到有愧于这个圣明的时代。最后两句化用了两个典故：一个是《淮南子·说林训》里的“临河而羡鱼，不如归家织网”；一个是张衡《归田赋》里的“徒临川以羡鱼”。典故的原意是说与其在河边羡慕人家打鱼，不如回家自己去织网来捕鱼。孟浩然只是强调了“羡鱼”的意思：坐着看人家钓鱼，却只是空有羡慕之情：那么言外之意就是感叹自己没有钓鱼的条件，希望引起对方的同情了。钓鱼的故事在唐代也常含寄托：姜太公八十在渭水边垂钓，后来被周文王请去做了辅臣。所以“羡鱼”并不是真的想钓鱼，而是羡慕一种政治机遇。最后两句的含意正是委婉地表白：希望谒见张丞相能够成为自己被引荐出仕的一次机遇。

这首诗后四句表现了诗人不愿辜负时代，渴望出来做一番事业的雄心大志。这种大志所显示的宽广胸襟和前半首描写洞庭湖的气魄是完全相称的。而且用来寄托大志的“济”水、舟楫、羡鱼等比喻和典故又正是就眼前观看洞庭水景产生的联想，所以比兴寄托非常自然现成。写景和言志的完美统一，使这首诗和后来杜甫的《登岳阳楼》并列为唐诗中咏洞庭的最佳之作。

晚泊浔阳望庐山

挂席几千里，名山都未逢。
泊舟浔阳郭，始见香炉峰。
尝读远公传，永怀尘外踪。
东林精舍近，日暮但闻钟。

孟浩然在四十岁以后离开家乡襄阳到长安求取功名，失意而归。后来又到洛阳盘桓，从洛阳南下，游览吴越山水。据陈贻焮先生考证，他南下的路线是自汴河入淮水，到长江京口，再南下到杭州、富春江、天台山，最后到永嘉（今温州）。从永嘉返回扬州，到浔阳庐山，沿长江回到襄阳。沿途写下了许多脍炙人口的山水诗。

这首诗写傍晚在浔阳城下泊舟，眺望庐山的情景。诗题虽然是“望庐山”，却没有直接描写庐山的景色。开头四句从几千里以外写起：说自己挂起风帆行船几千里，都没有遇见名山，直到泊舟在浔阳的外城下才看见了香炉峰。一首五言古诗一共八句，诗人却用了一半的篇幅来强调他在见到庐山之前没有遇见名山，为什么这样写呢？如果从孟浩然离开洛阳南下的路线来看，他这一路经过的名山大川不少，说没有遇见过名山，未免夸张。而如此夸张的原因正是为了突出庐山的著名。这四句笔意连贯，一气呵成，三、四句对得虽然工整，但完全是古体诗的叙述句写法，对于篇幅仅八句的一首诗来说，是否过于浪费笔墨？

那么再看后半首，诗人还是没有正面描写庐山，反倒追溯到更远的回忆之中，说自己以前就读过庐山高僧慧远的传记，一直很追慕他超脱于尘世之外的踪迹。慧远是东晋高僧，在庐山东林寺修行，创立了佛教的净土宗。他在世时，还设立了白莲社，吸引了很多隐士名流来山上学佛谈道。谢灵运就曾经慕名前往，还写过一些佛学方面的论文。相传慧远还和陶渊明，以及著名道士陆修静经常来往谈笑。虽然经现代权威学者考证，慧远和陶渊明直接交往的证据不足，传说并不可信。但陶渊明确实与慧远是同时代人，而且就住在庐山脚下，很可能了解彼此的情况。更何况陶渊明参加白莲社的传说在唐代就已经流行。因此孟浩然对于慧远的追怀，不仅是表示自己对慧远超脱世俗、隐居尘外的踪迹的向往，而且借这一典故带出了有关庐山的种种历史传说，其中当然也包含着对陶渊明、谢灵运等山水田园诗人的怀念。也就是说，诗人虽然没有正面写庐山，但是已经通过他对庐山东林寺慧远的追怀，写出了庐山最有名的掌故。

对于慧远的追怀自然联系到东林寺，所以结尾说，望见庐山，就想到东林寺近在眼前。果然在落日暮色之中，远远传来了寺里的钟声。直到结束，诗人也没有写他望见的庐山景色如何，连东林寺也是在想象之中，只听到钟声而已。由此看来，诗人从一开始其立意就不在正面描写庐山的景色，而是着意渲染庐山的神韵：先是一笔抹煞自己挂席几千里的旅途中见到的所有山水，以突出庐山之不愧为名山；然后通过对慧远的追怀写出庐山之所以称为名山，在于有慧远这样的名僧。而慧远在庐山隐居尘外的踪迹则自然令人联想到庐山的深幽清静和远离世俗。最后又借东林寺的暮钟引起对庐山的无限神往，馀韵悠然，意味无穷。

盛唐的王、孟诗派都善于在山水诗中创造空灵的意境，清初著名文学家王渔洋称赞他们的诗“色相俱泯”“羚羊挂角，无迹可求”。羚羊晚上睡觉时喜欢把角挂在树枝间，角和树枝浑然一体，分辨不出来。这个比喻的意思是说王、孟的诗并不刻意描写景色的外貌特征，却能创造出优美的意境，使人看不出刻画的痕迹。从孟浩然这首诗可以看出，诗人创造空灵意境的方法之一是避免对山水光色动态特征的正面描写，而是通过想象、烘托传达出描写对象的神韵，引起读者更多的联想。当然，这种传神的表现难度更大，这也正是孟浩然的山水诗能够在盛唐诗中独标一格的原因。

王维（四首）

蓝田山石门精舍

落日山水好，漾舟信归风。
玩奇不觉远，因以缘源穷。
遥爱云木秀，初疑路不同。
安知清流转，偶与前山通。
舍舟理轻策，果然惬所适。
老僧四五人，逍遥荫松柏。
朝梵林未曙，夜禅山更寂。
道心及牧童，世事问樵客。
暝宿长林下，焚香卧瑶席。
涧芳袭人衣，山月映石壁。
再寻畏迷误，明发更登历。
笑谢桃源人，花红复来觌。

王维晚年住在蓝田的辋川别业，过着半官半隐的生活。蓝田山，又名玉山，在陕西蓝田县。这首诗写山居时泛舟寻胜的兴致，发端便见佳趣，又出人意料：一般写游览，都是按出游的时间顺序，由早到晚，由前至后。但这首诗开头就写归途：在落日映照的山水之中，诗人任凭好风吹荡着小舟，将自己送上了归途。一天游览已经结束，按理已无可再写，然而诗中的佳境正由这笔意当断之处生发；人虽归来，而兴犹未尽，不禁又回想起一天来搜奇寻幽的情景，顺便交代了一路溯流而上，直追到水源尽头的原因。王维住在蓝田辋川别业，据《长安志》，辋水北流入灞水，又据《陕西志》，辋川在蓝田县南峣山之口，川尽头即王维别业。所以诗人可乘舟寻源。这一倒叙既简洁地概括了两岸的优美风光，又为下文转入另一洞天埋下了伏笔。原来本诗要写的就是归途中的奇遇，所以才用归途作为开头。

在任船漂荡的归途中，遥看前方林木苍翠、云霞掩映，不觉为它所吸引，待到了眼前，方才疑心已非来时的原路。哪知这清流回转，通向前山，又使自己偶然进入了一个更惬意的天地。“遥爱云木秀，初疑路不同。安知清流转，偶与前山通。舍舟理轻策，果然惬所适。”这六句写诗人因贪恋美景而不觉迷路，而后又豁然开朗的惊喜心情，在细腻地描写心理变化的过程中，展示出山回水转、云木葱茏的景色，情随景生，景因情现，而措辞用意又暗合陶渊明《桃花源记》中武陵渔人闯入桃源的故事：“缘溪行，忘路之远近”，“林尽水源，便得一山，山有小口，仿佛若有光。便舍船，从口入。”只是武陵人所看到的是在良田、美池、桑竹中往来种作的村民，而诗人所看到的则是四五个逍遥于松柏荫下的老僧：“老僧四五人，逍遥荫松柏。朝梵林未曙，夜禅山更寂。道心及牧童，世事问樵客。”这里早晨只有诵经的梵音在林中回响，夜里只有静坐参禅的僧人守着寂寞的空山。仿佛连牧童也受了僧人道心的影响，甘作方外之人；欲知世事，只有去问出外卖柴的樵夫。这个与世隔绝的天地就是石门精舍。石门，即石门泉，在陕西蓝田县西十里。据《图经》说：“唐初有异僧止于此，大雪，其地融雪不积。僧曰：必温泉也。掘之，果有汤泉涌出，遂置舍两区，凡有病者，就浴多痊。后立玉女堂于泉侧。明皇时赐名大兴汤院。”精舍即佛寺。石门精舍或即指大兴汤院。但诗中没有一字言及佛寺建筑和温泉，反而有意隐去所有与世俗有关的事物，仅仅突出佛地远绝尘俗的特点，将老僧、牧童和樵客都置于林岩之中，构成了一个毫无人间烟火气的禅寂世界。

当晚诗人夜宿精舍，也在这片禅心的笼罩下，进入了超凡绝尘的清净之境：“暝宿长林下，焚香卧瑶席。涧芳袭人衣，山月映石壁。”栖憩于长林之下，静卧于瑶席之上，焚香独对空山，山涧中阵阵花香来袭人衣。石壁上洒满月光，照得四周一片银白。这段描写造成诗人露宿林中的错觉，正与上文描写老僧逍遥于松柏荫中一样，是有意隐去关于精舍的具体描写，以诗人对自然美的独特观照方式，表现此地的淳古、朴野，以及人与自然的融合无间。

山中的美景如此清绝幽雅，使人难忘。因此当诗人第二天黎明登程辞别桃源中人时，还要约定明年花红时再来游赏。末四句翻用《桃花源记》中武陵渔人再寻桃源迷失旧路的故事，与前半首相呼应，结得现成而又富有情趣。

这首诗在偶游石门精舍的过程中完整地化用桃花源的典故，将这次游览比作误入桃源的奇遇，既巧妙地创造出山回路转、别有洞天的境界，又充分渲染了石门精舍如桃源般与世隔绝的静趣。尽管诗中仅两句正面刻画景物，然而一路所见云山溪流、奇花秀木、落晖月色，均随舟行人宿而一一展现。全诗剪裁别具匠心：开头略去一天游览经过，从归途发端，笔势随诗人的心理活动曲折变化，如清溪流转一般纡进缦回，至石门精舍而豁然展开。这就从章法上突出了这次游历的偶然性和传奇色彩。谢灵运有一首《石壁精舍还湖中作》，也是描绘日暮泛舟归来的兴致，却先将一天从早到晚的气候变化和游览过程写足，然后才精细刻画湖上景物。与这种平铺直叙的结构方式相比，王维《蓝田山石门精舍》在艺术表现上的创新是显而易见的。

王维的山水诗以意境优美空静为基本特色，这主要表现在他的五律和五绝之中。因为篇幅短小的诗歌便于简化意象，以最少的文字引起最丰富的联想，表现象外之意。而较长篇幅的游览诗因为要叙述完整的过程，诗里的意象比较丰富密实，就不容易构成空灵的意境。而王维虽然游佛寺，却避免涉及与佛寺建筑有关的实地描写，只是取其境界的幽静和空寂，并使人物的活动、景物的展现都笼罩其中。这就使他在较长的游览过程中同样能创造出空灵的意境，这也是他对游览类山水诗的发展和贡献。

终南山

太乙近天都，连山到海隅。
白云回望合，青霭入看无。
分野中峰变，阴晴众壑殊。
欲投人处宿，隔水问樵夫。

王维既善于用清新的笔调、匀润的色彩，精致地描绘山林清空优美的境界，又善于以疏放的线条和劲健的笔力勾勒雄伟壮丽的名山大川。这首诗描写终南山云烟变幻、干扰阴阳的雄姿，以大气包举的笔势，展现了诗人坦荡的襟怀和宽广的眼界。

终南山在今陕西省西安市长安区南五十里，绵延八百里，是渭水和汉水的分水界。“太乙”古时指太白山，为终南山主峰。所以首联用“太乙”代指终南山，谓其地近京城，山峰相连直达海边。实际上长安到海边有几千里之遥，终南山并不到海。这里只是以夸张的笔致，形容终南山的绵长辽远和占地广大。不说“皇都”而说“天都”，也是作诗的窍门，因为“近天都”容易在字面上造成山峰高大、与天相接的印象。“连山”既可理解成终南山与其他山脉相连直到海边的意思，也可给人以山脉连绵不断的感觉。因此首联十个字充分运用字面意义所给人的直觉感受，写出了终南山延伸得极其辽远的地势。

第二联着重描写山势之高，却脱空一步，从缭绕山上的云霭着眼。回首遥望，白云便合拢在一起。这是站在山外，从远处观看终南山罩在茫茫云雾中的景象。青霭微茫，比云气薄，须远望才能见出，进入其中反倒看不见了，这是在山里从近处看。无论远近，只有山峰高入云际，才能见到这种景致。这两句观景角度大幅度转换，省略了游山人所走过的地面距离，视点跳跃的跨度极大，正与终南山壮阔的气势相应。同时，又真切地写出了一般人在云雾缭绕的大山中出入的新奇感受。

第三联着重强调终南山占地之广。古代中华九州诸国的划分，和天上星宿的方位是对应的，和某星对应的州国称为某星的分野。这两句说终南山中峰两侧分野就变了，可见其占地不止一州。各条山谷的天气也有阴有晴，各不相同，足见山谷与山谷之间相距之远。这里虽是实写游山人在山谷中所经历的天气阴晴变化，视野却超越了山中人实际上所能看到的范围。诗人的视点从空中移到中峰，又下移到各条山谷，犹如在高处俯视全山，这就和运用散点透视的中国山水画一样，以概括的笔墨和线条勾出了终南山的全景。

最后两句是全诗的点睛之笔。如果说前三联分别从长、高、大三方面描写终南山的壮阔，只是交代清楚了它的地理位置、山势特点和姿态面目，那么最后两句才真正传达出了这幅终南山水的气韵。诗人在这壮伟的大山中，点缀了一个晚来想要投宿的游人，正隔着水向樵夫打听附近可有寄宿的人家。这一结尾不仅以人与大山的悬殊比例产生了以小衬大的效果，进一步烘托出终南山的雄伟气势，而且使这幅山水画增添了高雅的隐逸之趣，不至于变成一幅“终南山地图”。

在这首诗里，诗人仿佛是从鸟瞰的高度观照着完整的终南山的全貌，集合了数层和多方的视点，从而为中国文人山水画提供了构图的范例。王维的画因气韵生动、空灵清淡而被后世文人奉为南宗画之祖。其实，他的真迹在宋代便已很难看到，后人认定他的风格可能更多的是依据这类山水诗所创造的意境。从诗歌艺术的角度来看，这首诗也典型地反映了盛唐人写景善于概括提炼，并往往突破正常视野以表现阔大境界的特点。不拘于实景刻画，使实写和虚写的结合达到无迹可求的程度，这正是盛唐山水诗的不可企及之处，而王维的山水诗则代表着这类诗的最高成就。《终南山》之所以成为历代各种选本所不漏的名篇，就在于它又是王维山水诗中最完美地表现出壮伟境界的一首杰作。

华岳

西岳出浮云，积翠在太清。
连天疑黛色，百里遥青冥。
白日为之寒，森沉华阴城。
昔闻乾坤闭，造化生巨灵。
右足踏方止，左手推削成。
天地忽开拆，大河注东溟。

遂为西峙岳，雄雄镇秦京。
大君包覆载，至德被群生。
上帝伫昭告，金天思奉迎。
人祇望幸久，何独禅云亭？

西岳华山，是我国著名的五岳之一。在陕西华阴市西南，以奇拔峻秀名冠天下。《太平寰宇记》说它“远而望之有若花状”，故名华山。汉武帝曾在此修过不少祀庙，它与泰山等五岳都享有三公的祭秩。关于这座名山的传说很多，前人赞咏的角度也各不相同。王维的这首诗，运用金碧山水的画理，传神地写出了华岳的雄威和气势。

唐代的山水画，主要是青绿山水，即以群青色和石绿色为主色调的工笔山水画，用色时需要层层皴染。如果再用泥金线条勾勒景物的轮廓，就称为金碧山水画。据记载，王维创造了“破墨山水”，即主要用墨色的浓淡来表现山水。但是王维也同样擅长青绿山水。所以他很善于将绘画的原理运用到山水诗的创作中去。华岳是一座皇家祭祀过的历史名山，与一般的名山地位不同，而且这首诗的重点是要写华山的庄严气象，希望唐玄宗来封禅，所以用富丽的金碧山水画的原理来表现，就与此山的特色和内容特别协调。

全诗可分为三部分。首六句用浓墨重彩渲染华山的奇拔峻秀：西岳之高，直出浮云之外，以致层层叠翠积聚在太清之中，百里之内的天空都熔成一片混茫的青黛色。“积翠”二字，犹如用积墨法反复敷染石青黛绿，画出峰耸壁峭的山势，笔力分外沉厚。这几句构图铺天盖地，不留空白，如青绿山水画一般满纸苍翠，使天色与山色连为一片，形成堵塞天地的气势。因而连白日都被罩上一层寒气，华阴城也在华山压顶之下显得越发森冷阴沉。

“昔闻乾坤闭”一句承上启下，进一步强调华山与太清连成混沌一片，所造成的天地为之封闭的印象。同时追溯到开天辟地之前，引出巨灵劈山的神话。据《水经注》说：“左丘明《国语》云：华岳本一山，当河，河水过而曲行。河神巨灵，手荡脚踏，开而为两。今掌足之迹仍存。”关于巨灵开山的神话还有很多其他的记载。如《搜神记》卷十三载，昔日华山阻挡黄河水流，“河神巨灵以手擘开其上，以足蹈离其下，中分为两，以利河流。今观手迹于华岳上，指掌之形具在，脚迹在首阳山下，至今犹存。”有人考证说华山东峰仙掌崖壁上有石髓凝结，黄白相间，如歧出的指掌，相传即河神留下的手印，前代多有文人吟咏。但王维在此引用这一神话，其意不在记咏仙掌崖这一名胜，而是借此歌咏华岳自开天辟地以来便雄峙秦中的神威。“造化生巨灵”以下七句写巨灵神右足蹈离其下，左手擘开其上，中分为二，使天地开拆，大河东注，华岳西峙。在原原本本复述神话的过程中，将盘古开天辟地的气魄赋予巨灵开山的形象，使这一古老传说中的神灵成为华山不朽的精魂，从而活生生地展现了西岳的威灵和雄奇。

最后一节转用应制诗的颂圣语气。“大君”两句，意思是说大君的统治包蕴天地，至高的圣德泽被万物。“大君”即天子，“覆载”指天覆地载，即天地之内万物。前面将华山写得如此雄威，而且是神灵创造的奇迹，那么它自然应当与泰山享有同样的待遇。所以末四句说上帝等待明主登封西岳，华岳神民也想有奉迎天子的机会，人与神都久已渴望皇帝临幸，那么为何只有泰山得到封禅呢？按《史记·封禅书》：“昔无怀氏、伏羲、神农、炎帝、颛顼、帝喾、尧舜，皆封泰山，禅云云。黄帝封泰山，禅亭亭。”“云云”和“亭亭”是泰山附近的山名。古代帝王在泰山封禅时曾禅于云云山或亭亭山。“云亭”之语出此，借指泰山。后来也用云亭代指封禅。唐玄宗先天年间曾封华岳神为金天王。唐开元十三年（725），唐玄宗东封泰山，开元十八年（730），百僚及华州父老屡次上表请封西岳，不准。王维这首诗可能作于此时。但末六句与其说是反映当时朝野请封西岳的愿望，还不如说是为华岳遭到的冷遇鸣不平，并借此表达希望圣恩均等地施于万民的要求。这一部分措辞典雅，与颂圣封禅的内容正相协调。“金天”“云亭”等富丽的辞采，犹如在青绿山水底子上以泥金勾染天上云霞和亭台建筑，最后完成了这幅描绘华岳的金碧山水画。

这首诗气势雄浑，笔力遒劲，墨彩浓重，文辞典丽，与王维山水诗一向以清秀空静见长的风格迥然不同，却正适于表现华岳威峙秦京的风貌。足见这位山水诗画的大师是深知“随类敷彩”之妙理的。

汉江临泛

楚塞三湘接，荆门九派通。
江流天地外，山色有无中。
郡邑浮前浦，波澜动远空。
襄阳好风日，留醉与山翁。

王维的山水诗，大多数写于北方。唐开元末年，他因公干到襄阳，写下了这首描写南方山水的五律。

汉江又名汉水，流经湖北襄阳，在汉口与长江汇合。襄阳原属于楚国，所以说楚国的边境与三湘相连。“三湘”有多种解说，一说是古代沅湘、潇湘、蒸湘的总称，在今湖南省境内。开头不直接写襄阳，而先写襄阳所在的楚地，不但起势高远，而且为下一句写汉江造势：荆门是山名，是楚的西塞。九派指九江，一般认为长江到江西浔阳后，分为九道水，所以称九江。这句指汉江与长江汇合以后向东直达九江。这就如同从高空俯瞰，大气磅礴地勾勒出汉江在苍莽的湘楚平野上浩荡东去的流向，先拓开远势，然后才把视线转向眼前“临泛”所见之景。

“江流天地外，山色有无中”两句与“荆门九派通”相呼应：流经襄阳的汉江一直通向九江，当然是流到了眼前能见的天地之外。而隐约可见的山色虽然不一定是荆门，却也让人联想到江流将在山外直通九派的去向。这两句采用平视远眺的角度，以江流对山色，画面开阔壮美，体现了王维特别擅长构图的特色。诗人将他的视界极度放大，随着江水的流去而延伸到无尽的远方。在古人心目中，天地本来已经是空间的极限了。再到天地之外，那么天地的界限又在哪里呢？所以这一句又在眼前景色的描写中拓展出艺术想象的无限空间。后一句淡淡地抹出一痕远方隐现的山色，有无之间是眼睛能够辨别的最淡的色度。这就在可视的范围内将视线推到最远的尽头。一“外”一“中”相对，江山之美既可见于视野之内，又可超出想象之外。其概括程度之高，使这两句诗可以用来形容所有类似的江面景色，因而成为常被后代诗人引用的名句。

第三联写泛舟江上遥望襄阳的动态感觉，再次极写视野的开阔：人在船上，看水近，看城远，所以觉得整个郡城都像是浮在前面的水浦上；波浪起伏，人在船上摇晃，看起来好像是远处的天空也在晃动。上句利用近大远小的视觉原理，下句利用相对运动造成的错觉，强调了“临泛”时亲身感受到的江浪的巨大浮力，展示出汉江波澜壮阔的景象。

前三联由远至近逐层描写汉江的浩大水势和四围景观，每一层都从不同视角由远到近地照应汉江与楚塞、荆门、郡邑的关系，最后自然落到临泛的地点：襄阳。诗人由衷地夸赞襄阳风光优美，令人陶醉，以至想留下来和襄阳郡守一起醉酒观赏美景。“醉”字一语双关，而且包含典故。从典故看，这首诗是写给襄阳地方官的。当时王维既然在襄阳公干，自然要用和襄阳有关的典故来应酬当地太守。但是典故用得很巧妙、风雅。山翁指山简，西晋人，曾任征南将军，永嘉三年（309）镇守襄阳，有政绩，喜欢喝酒，常常大醉而归，骑着马，倒戴着白头巾。这是典型的魏晋名士风度。所以，王维用山简来比喻襄阳郡守，也有赞美太守不俗的意思。同时，“山翁”的称谓来自襄阳小儿歌唱山简醉态的歌谣：“山公时一醉，径造高阳池。日暮倒载归，酩酊无所知。”时时能骑马，倒著白接䍦。这是王维用“醉”字的来历。但从字面上看，“山翁”似乎只是一个普通的山间老翁，这就从文字形象上洗净了官场的庸俗气息，使身为官员的诗人和襄阳郡守都隐没在“山翁”野老之类的角色中，与自然纯净的山水意境取得了高度的和谐。

常建（一首）

题破山寺后禅院

清晨入古寺，初日照高林。
竹径通幽处，禅房花木深。
山光悦鸟性，潭影空人心。
万籁此俱寂，但馀钟磬音。

常建（生卒年不详），唐开元十五年（727）进士。曾做过盱眙（今江苏盱眙县）尉。一生仕途不得意，主要过着隐居的生活。他是盛唐山水田园诗派的重要作家，风格秀朗，善于将禅境和仙境化入山水诗，创造清冷幽微的意境。

这首诗写诗人游览破山寺所见的幽静景色，以及从中领悟的理趣。破山在江苏常熟县虞山北，唐代属苏州。山上有寺，俗称破山寺，很有名。开头两句境界开阔高朗：清晨进入古寺，初升的太阳照耀着高大的树林。这不仅是交代灿烂晴朗的天气，更借“高林”烘托出“古寺”的深幽。由于律诗用笔的简约，诗人没有说明高林是在寺内还是寺外，但无论内外，都可见这古寺是被一片茂密的树林包围着。树林之高正说明树木生长年代之久远，与古寺的历史同样久远。因此，虽然还没有写寺内的环境，已经可以让人从寺庙和树林的古老想见寺内的清幽。

从诗题可知，诗人游赏的重点在寺庙的后禅院。所以第二联略去进入古寺所经过的多进院落，直接取道于竹林深处的小径，进入后院的禅房。“竹径通幽处”是很平实的陈述，却被后人稍加改动而产生了“曲径通幽”这一著名的成语。中国古代的寺院，特别是唐代的寺庙，往往在主要建筑之外附带园林。而中国园林的特色就在于曲折幽深，布局善于由小见大，往往在看似无路可通时又转入另外一个洞天。这座古寺的竹林中有一条小径通往幽处，足见竹林之深密。而诗人走过这条小径到达幽处，才见到还有一个后院，禅房隐蔽在花木的深处。由于诗人在游览中的这种体验和所获得的一份意外的惊喜，能够传达出人们在游览古典园林时常有的体会，所以“曲径通幽”不但转化为成语，也成为后代造园艺术家在园林布局时不能忽略的艺术构思。

虽然是在花木深处，但后禅院的天地显然十分宽广：这里可以看到远山、听到鸟鸣，还有清澈的潭水倒映着蓝天。“山光”是指阳光照耀下明亮的山色。诗歌开头就说明这是一个初日朗照的好天气，所以鸟儿叫得分外欢畅，这正是山光给鸟儿带来的喜悦。而潭水悠悠，与天空相映，显得特别空明，人对着这潭中的天光云影，内心也变得一片空明。从“悦”和“空”这两个词的使动用法来看，这两句是写诗人由山色、鸟鸣、潭影得到的感悟。同时，这两句又特别强调了鸟的“性”和人的“心”，“心”与“性”相对，即当时佛教中常谈的心性。佛教的禅宗以认识世界的“空”为最高宗旨，认为人只有体悟到自己内心的虚空，才能理解世界万物的虚空。这虽然是一种宗教修行的内心境界，但是对于诗人体悟山水也有启发。当人心面对山水变得一片空明时，排除了尘世间的一切杂念，就能更清晰地体会大自然内在的活跃生命。这两句写的就是这种境界：诗人在面对潭影变得心地空明以后，就对鸟性与山光相悦的自然之理体会得更深。这就是这两句中包含的理趣。

最后两句是对上面两句的进一步发挥：自己的心性在进入了如此空明的境界以后，才体会到了万籁俱寂的空静。“万籁此俱寂，但馀钟磬音”从字面看也是对古寺的实写：古寺中本来就非常幽寂，只有钟磬声伴随着诵经和斋供。但是诗人在“空人心”之后，听不到任何声音，只感觉钟磬之音在回荡，就不仅仅是写听觉，而是表现内心对整个世界的感悟了。盛唐山水诗常常写到寺庙里的钟磬，这不仅是因为钟声悠长，能够引起惆怅的共鸣，而且是因为钟声更像是宇宙间的韵律，可以洗净尘俗的杂念，令人悟出心性的空净。因此，最后两句是写诗人在面对潭影、听到寺里的钟磬声之时，恍然进入了虚空的世界，感受到了从宇宙深处传来的大自然的节律。所以人虽在“幽处”，而内心却像开头描写的“初日照高林”一样，进入了一个极其高远清朗的境界。

纪昀称赞这首诗说：“兴象深微，笔笔超妙，此为神来之候，‘自然’二字尚不足以尽之。”（《瀛奎律髓汇评》下）认为盛唐山水诗固然都以自然见长，但常建此诗的妙处还不仅在此，而在于其“兴象深微，笔笔超妙”，是神来的境界。“兴象”是盛唐诗论家殷璠在《河岳英灵集序》里提出的概念，指能够表现诗人欣赏山水的兴致及其领悟的意象，其中还应该有所寄托。常建此诗中的兴象如初日、高林、山光、鸟性、潭影、钟磬音等，既体现了常建欣赏山水的兴致以及从中领悟的心境的空明，也寄托了他对自然之道和佛教心性之说的体会，所以笔笔超妙，能够成为历来唐诗选本不漏的名篇。

李白（三首）

梦游天姥吟留别

海客谈瀛洲，烟涛微茫信难求。
越人语天姥，云霞明灭或可睹。
天姥连天向天横，势拔五岳掩赤城。
天台四万八千丈，对此欲倒东南倾。
我欲因之梦吴越，一夜飞度镜湖月。
湖月照我影，送我至剡溪。
谢公宿处今尚在，渌水荡漾清猿啼。
脚著谢公屐，身登青云梯。
半壁见海日，空中闻天鸡。
千岩万转路不定，迷花倚石忽已暝。
熊咆龙吟殷岩泉，慄深林兮惊层巅。

云青青兮欲雨，水澹澹兮生烟。
列缺霹雳，丘峦崩摧。
洞天石扉，訇然中开。
青冥浩荡不见底，日月照耀金银台。
霓为衣兮风为马，云之君兮纷纷而来下。
虎鼓瑟兮鸾回车，仙之人兮列如麻。
忽魂悸以魄动，怳惊起而长嗟。
惟觉时之枕席，失向来之烟霞。
世间行乐亦如此，古来万事东流水。
别君去兮何时还？且放白鹿青崖间，
须行即骑访名山。
安能摧眉折腰事权贵，使我不得开心颜！

李白（701—762），字太白，祖籍陇西成纪（今甘肃天水附近），是唐代最伟大的诗人。他的诗歌继承了前代诗歌创作的全部成就，集中反映了盛唐时代乐观向上的进取精神。由于“一生好入名山游”，他也写下了许多脍炙人口的山水名篇。唐天宝初年，李白被唐玄宗请进宫廷任翰林学士，这是他一生中最得意的时期。但是好景不长，唐天宝三年（744），李白被皇帝赐金放还，离开朝廷。政治理想的破灭，使他对现实世界有了比较清醒的认识。而对失去的前途，则又难免感到惋惜。因此诗人离开长安时，心情是极其矛盾和痛苦的。在梁宋、齐鲁一带盘桓了一个时期之后，他想到南方的名山大川去游览，以消解心中的郁闷。这首诗就是为留别东鲁的朋友们而作的。

天姥山在越州剡县南八十里。传说登山人曾听到过天姥的歌唱，因而得名。晋宋之交著名诗人谢灵运曾登此山，并留下了一些与之有关的诗篇。李白这首诗写他梦游天姥的情景，可能以他年轻时游历吴越的观感为依据，也可能从谢灵运诗中的有关描写得到启发。但更重要的是，诗人之意并不在于精确描绘天姥山的奇观和美景。他只是在神游和梦幻中徜徉山水，追求精神上的自由和解脱。从这个角度来说，梦游天姥的经过只是他复杂的精神活动的自然化。

“海客谈瀛洲”至“云霞明灭或可睹”四句，用两句五言和两句七言交错对仗，起得很自由，句法与句意相辅：海外瀛洲固然渺茫难求，越中天姥却是确实存在。这一开头由海客的无稽之谈引起越人关于天姥的传说，实际是以类比的方法，用瀛洲的微茫来烘托天姥山云霞明灭、恍若仙境的神秘感。据《一统志》载，天姥峰极其孤峭，仰望如在天表。加上关于天姥的传说，自然容易产生关于神仙的幻想。所以诗一开篇，就将人引进了似仙非仙的幻境。

“天姥连天向天横”至“对此欲倒东南倾”四句，写天姥山之高峻，不惜夸张之能事。山势连天，已见其高与天接，更“向天横”，又见其雄壮宽广，横亘天际。接着又与全国最著名的五岳相比。泰山东岳、衡山南岳、华山西岳、恒山北岳、嵩山中岳，是雄峙于中国东、南、西、北、中五方的名山，而诗人却说这座僻处吴越的天姥山比五岳还要高峻挺拔。赤城山就更不在话下，完全被它的气势所掩盖。赤城山在天台县西北，周三十里，一峰特高，可三百余丈，山上有赤石罗列，遥望如赤城。举此特高之峰来做衬托，是取天姥附近的众山作为比较。这还不够，又平地拔起天台山来，再做一层比较。天台山也在天台县，据《云笈七籤》说，此山高一万八千丈，洞周围五百里，名“上玉清平之天”，是葛仙翁炼丹得道的地方。诗人不仅把天台山的高度增加了三倍，而且让它拜倒在天姥山的足下，这就更进一步将天姥山的雄伟烘托到了难以想象的地步。“对此欲倒东南倾”，虽用《楚辞·天问》中“墜何故以东南倾”的语词，但也写出了在梦中仰视高山时总觉得山就像倾斜着要倒下来的感觉，微妙地把握了梦游的特点。同时“赤城”“天台”都是与神仙道家密切相关的名山，用作陪衬，便更增添了天姥山的神秘色彩。

在将天姥山高峻雄拔的气势渲染得淋漓尽致以后，下面便展开了诗人在游山时所见到的一幅幅瑰丽奇幻的景观。诗人因越人关于天姥山的传说而梦游吴越。梦是幻觉，所以能在一夜之间“飞度镜湖月”。镜湖在今浙江绍兴县南，剡溪在今浙江嵊州南。明月把他的影子投到湖面上，又送他降落在谢公当年歇宿过的地方。谢灵运曾在剡溪一带游历，有“暝投剡中宿，明登天姥岭”（《登临海峤初发强中作》）的诗句。这几句的奇妙之处在于以极清澈透明而又静谧的境界烘托出一个在梦幻中飞行的诗人，犹如一个美丽的童话在展开它色彩缤纷的世界之前，先以一种神秘而森冷的环境引人进入纯净而静穆的氛围。接着，诗人穿着谢灵运的登山屐，攀上了高入青天的岩壁。“谢公屐”是谢灵运发明的一种木屐，登山时，上山去其前齿，下山去其后齿，以减少坡度。“青云梯”也取自谢诗《登石门最高顶》中“惜无同怀客，共登青云梯”两句，暗含今日李白已成谢公之同怀客的意思，表示在爱好游山这一点上他和谢灵运怀抱相同。这一段既交代了天姥山的地理位置，又点出了此山的掌故，而且借谢公之游踪说明诗人梦游天姥乃是以政治失意的谢灵运为同调，别具一种风流倜傥的情味。写梦境又顾及实境，似真若幻，更觉得惝恍难测。

攀上绝壁，进入山中以后，先见到一片曙色，海日升空，天鸡高唱，是将神话传说幻化入梦。《述异记》说：东南有桃都山，上有大树，名桃都，枝叶遮盖三千里。太阳初出时，照到此树，天鸡则鸣，天下之鸡皆随之而鸣。海日初升，人在丛岩峻岭中千回万转，山路盘旋，花石葱茏，不知不觉天色已暗下来。这两句写人在景色绚烂的山中目眩神迷的感受，也是写梦境的传神之笔。因梦境的转换往往快速而突然，这里将千岩万转聚在一句中，将旦暮变化写得这样迅速，从句法结构上也突出了梦境旋转不定的特点。暮色降临，熊咆龙吟震响于山谷之间，使深林为之战栗，层岭为之惊悚，更烘托出山中幽深荒凉而又略带恐怖的神秘气氛。云气阴阴欲雨，水色澹澹生烟，又使人仿佛进入了《楚辞·山鬼》中的意境。

如果说以上所写的境界还是以现实生活中的山水为范本，加以神化和梦境化的话，那么下一段就进入了一个完全虚构的浪漫世界：在令人惊恐不已的幽深暝色中，突然雷鸣电闪，山峦崩裂，一个神仙洞府訇然中开。这里由楚辞句式转为四言句，便用短节奏增强了突兀之感，令人从音调上就强烈地感受到境界的变换。眼前展开一个青冥无际的广阔天地，日月照耀着金台银台。身披云霓、乘着清风的神仙们纷纷从云端里下来。虎为之鼓瑟，凤为之驾车，仙人们飘飘摇摇，排列如麻。这一段活用楚辞句式，化用神仙传说中“白虎鼓瑟”“太微天帝登白鸾之车”“紫微垣上真人列如麻”等各种典故，绘出了天帝所居紫微垣的富丽景象，写得色彩缤纷、金碧辉煌，既热闹非凡，又深远莫测。这是一生爱好求仙访道的李白所向往的上天仙境，也结合了他在长安三年所目睹的宫廷生活的印象。诗人在精心描绘这幅图景的时候，似乎未曾寄寓深意，然而它却不能不使人联想到李白毕生的精神追求，以及他在长安一步登天的那段辉煌经历。这种似有若无的寄托，正是此诗的高绝之处。

当诗人升华到超越现实、缥缈虚幻的仙境时，忽然魂悸魄动，一觉惊醒，唯见身边的枕席，而失去了刚才梦中的烟霞。人做梦时往往在最紧张或最得意的时候突然醒来，这几句写人惊觉之后怅惘、怔忡的心态，十分传神。诗人从虚构的超现实世界突然跌到人间现实，不正像大梦初醒一般吗？所以下面自然就联想到人世间的行乐也不过是如此一梦，往往极乐而后生悲。古来万事都如东流之水，会随时间消逝。由这样的大彻大悟更可见出：上文中关于洞天福地的描写未尝没有他在宫廷生活的影子。长安三年，不也像一场梦吗？被放还山，正像从高空跌到谷底。梦醒之后，才会觉得刚才的梦是多么虚幻。所以这几句感叹固然流露出人生如梦的消极情绪，但也包含着诗人已从宫廷幻梦中觉醒过来的积极意义。正因如此，他才会痛痛快快地从此别却功名富贵，在名山大川中逍遥自在。“安能摧眉折腰事权贵”，是点题之语，吐出了这三年的闷气，也说出了梦醒的含义。

这首诗突出地体现了李白长篇歌行想象丰富、意境宏伟、壮浪纵恣的艺术特色。它将楚辞、四言、杂言、歌行等各种诗体熔为一炉，挥洒淋漓，不拘一格，变幻莫测，获得了形式的高度自由。全诗格调昂扬振奋，潇洒出尘，虽间有消极的感叹，但有一种飞扬的神采和不屈的气概流贯其间。最奇的是诗中所写梦境虽然高度夸张，却又传神地表现了天姥山奇拔雄伟的景色。梦境寓意若有若无，既可以看作他所追求向往的自由世界，也可以看作他内心迷惘失意的反映，甚至包含着他对长安三年一梦的嗟叹。正因如此，这首诗才会在给人以奇谲多变、缤纷多彩的丰富印象的同时，又引起人们的深思，启发多方面的联想。

西岳云台歌送丹丘子

西岳峥嵘何壮哉！黄河如丝天际来。
黄河万里触山动，盘涡毂转秦地雷。
荣光休气纷五彩，千年一清圣人在。

巨灵咆哮擘两山，洪波喷流射东海。
三峰却立如欲摧，翠崖丹谷高掌开。
白帝金精运元气，石作莲花云作台。
云台阁道连窈冥，中有不死丹丘生。
明星玉女备洒扫，麻姑搔背指爪轻。
我皇手把天地户，丹丘谈天与天语。
九重出入生光辉，东求蓬莱复西归。
玉浆倘惠故人饮，骑二茅龙上天飞。

李白一生写下了许多脍炙人口的山水名篇。其中最有特色的是那些描写名山大川的七言和杂言歌行。这些诗气势豪放纵逸，想象丰富奇特，用仙境和幻境构成了壮丽奇谲的理想世界，寄托了诗人超然世外的高情逸志。《西岳云台歌送丹丘子》和《庐山谣》就是其中的代表作。这两首诗虽然不是作于同一时期，但都是选择黄河、长江边的名山作为制高点，凭借其浪漫雄奇的想象，从站在空中俯瞰山河大地的视角，为长江、黄河写下了最壮美的礼赞。

西岳即华山，云台是华山的东北峰。丹丘子即元丹丘，是与李白一起学仙修道的好友。从诗意看，元丹丘似曾受到唐玄宗召见，不久西归华岳。李白就写了这首诗送他还山。虽以西岳为题，其实是一首黄河的赞歌。

开头劈空而起，诗人仿佛站在半空，对峥嵘的西岳和奔腾的黄河发出大声赞叹："西岳峥嵘何壮哉！黄河如丝天际来。"据《华山记》，华山上有白帝宫，俯眺三秦，旷莽无际，黄河如一缕水，缭绕岳下。这是李白以"如丝"形容黄河的现实依据。但是"丝"虽然极细，却因为是在天际，不仅见出在西岳之巅远眺黄河的高远视野，而且蓄积了黄河自天边奔流而来的远势，所以不觉其细，反而酝酿了巨大的力量。果然，以下紧接着就写黄河奔到山下激流回转的力度和巨响："黄河万里触山动，盘涡毂转秦地雷。"黄河从万里之外奔来，以其巨大的冲力撞击山崖，在山谷里盘旋涡转，发出雷鸣般的巨响，震荡着秦地的上空。"盘涡毂转"四字用西晋郭璞的"盘涡毂转，凌涛山颓"（《江赋》）现成的句子，原赋描写因水深风劲而形成车轮般飞转的旋涡，波涛汹涌似欲冲垮山崖的景象。李白则强调了急流相冲形成盘涡后发出的咆哮，犹如滚过三秦大地的雷声。这就将黄河在西岳下的水势夸大到极限，充分展示了黄河之水天上来的雄壮气势。

接着诗人又从水色渲染黄河的气象："荣光休气纷五彩，千年一清圣人在。"急流在山谷中冲撞，激起无数浪花，在阳光下闪射出万道五色霞彩。而如此美景的出现是因为黄河变清，圣人出世。这两句表面是写景，其实是对太平盛世的赞美。古人认为黄河千年一清，是圣明君主出现的祥瑞。据《尚书中候》说：尧主政七十载，在黄河洛水修坛。备礼之后，见“荣光出河，休气四塞”。荣光就是五色光彩，休气是美好的祥瑞之气。“四塞”是炫耀四方的意思。“荣光休气”用的就是这个典故，但更强调了荣光的“纷五彩”。这里既是写水雾在阳光照耀下出现彩虹的实景，又是歌颂黄河清、圣人出的时势，因而不但点出了黄河在社会发展中的重要意义，而且预先为下文对“我皇”的赞美埋下了伏笔。

西岳、黄河还有一个有名的古老传说。据说华山正对河东首阳山，两山原本是一山，面对黄河，河水经过要曲折绕行。河神巨灵用手掌掰开上面的山峰，用脚踢开下面的山根，中间一分为二，于是黄河便从中穿过，一山变成两山。巨灵神的掌印和脚迹至今尚在。这个传说是因西岳仙掌峰上有一个巨大的掌形而产生的想象，历代描写黄河和西岳的诗赋必定要提到这个故事。从字面看，李白只是用这个故事的本意，想象当初巨灵神咆哮着掰开两山时的情景，被阻的黄河洪流得到泄洪的通道，必定会像箭一般喷射出去（有的版本作“箭流射东海”或“喷箭射东海”）。但是诗人将这一刹那的情景永远定格了，他把巨灵的精魂赋予奔流不息的黄河，仿佛浚急的河水始终处于两山刚被劈开的状态，连用“喷”字和“射”字，写出了黄河在山谷中冲撞盘旋之后，急流从山口喷射出去，直达东海的态势。这就进一步超越声色的描写，从黄河的神魂上写出了水势的壮观。

在黄河急流的冲击下，西岳三峰向后退却，似乎要被摧毁。翠绿的山崖和丹红的山谷中开出了巨灵的高掌，“三峰却立如欲摧，翠崖丹谷高掌开”这两句仍然承接上文巨灵劈山的故事，但写景自然从黄河转向西岳。三峰指华山山顶的莲花峰、落雁峰和朝阳峰。山的东北是仙掌峰，据《华山记》，崖壁为黑色，中间有石膏流出，凝结成痕，黄白相间，痕迹较大的远望好像五根手指，好奇者便传说是巨灵神的掌印。又有记载说华岳仙掌是丹紫色，正如肉色。每当太阳正面照射时就能看见。这两句借巨灵故事一笔写尽华山的几个主要山峰，自然转到下面两句“白帝金精运元气，石作莲花云作台”。这两句紧接“三峰”而来，白帝宫在三峰之一落雁峰上。白帝是主管西方的金天氏，治所就在华阴山。而云台峰就在莲花峰下，据记载，远望华山三峰和云台峰，宛如青色莲花开于云台之上。以上四句视点由远及近，好像航空拍摄的镜头，逐渐从三峰移到莲花峰和云台峰。直到这时，诗题中提到的主角元丹丘才出现在眼前。

“云台阁道连窈冥，中有不死丹丘生”两句，在幽深曲折的云台阁道中，逐渐显现出一个长生不死的丹丘生的仙人形象。“窈冥”虽是幽深之意，但也可以理解为天空的深冥，因此这两句视点开始升到更高处，展开了丹丘生所生活的仙境。明星玉女是太华山上仙女的名字，据说手持玉浆，服之即可成仙。麻姑是古代道教传说中的仙女，据《神仙传》麻姑手爪似鸟。有一个叫蔡经的人见了，心里暗暗希望麻姑用此手爪为自己爬背搔痒，被王远斥责鞭打。李白在这里说，明星玉女为丹丘生洒扫庭院，麻姑为丹丘生轻轻搔痒，竟将高贵的神女降为丹丘的侍女，主要是为了突出丹丘的道行之高。从而再把他推上更高的一层境界：“我皇手把天地户，丹丘谈天与天语。”“谈天”意思不是今天所谓聊天，而是用战国时邹衍能谈五德终始、书言天事而被称为“谈天衍”的典故，说元丹丘可以和把持天地门户的“我皇”谈论天事，在天上与天神共语，这是何等的荣耀呢？“手把天地户”原出《汉武帝内传》，王母命令侍女唱《元灵之曲》，其中有“天地虽廓寥，我把天地户”两句。李白把王母改成“我皇”，似乎是指天上的玉皇，但也可指人间的皇帝，也就是当今天子。这个“我皇”把握着天地间最大的权力，自然好像是执掌着天地的门户了。正因如此，下面才会紧接“九重出入生光辉”一句。“九重”本指天之九重，但是人间帝王的深宫也称为九重，那么这一句又似乎是指元丹丘曾被皇帝接见。此事虽然史无明证，出入九重也可能只是李白对元丹丘的祝愿。但是唐玄宗信奉道教，对道士特别礼遇，元丹丘得到宫廷召见的机会也并非没有可能。这一节的巧妙在于从“谈天”开始，转到送元丹丘的正题，“九重出入”之事既像是在人间皇宫，又像是在天上。诗人利用“天”“九重”“我皇”等词汇语义的两重性，以及元丹丘能见到玉皇谈论天事的仙人身份，给人的感觉始终是在营造“天上”的环境。这就与上文所有的描写取得了一致的视野。

与“九重出入生光辉”一句紧接的“东求蓬莱复西归”，令诗意突转，点出送元丹丘的原因。丹丘与“我皇”谈过天之后“复西归”，应当还是回到西岳，所以前面才会以整篇来描写西岳的仙境。但是从字面看，主角丹丘生仍是浮游在天上的。最后两句是从诗人这个送别者的角度来写：既然丹丘生有明星玉女备其洒扫，那么如果他能将玉女手持的玉浆给自己这个故人喝一点，自己也可以和丹丘生一起乘龙上天了。末句用《列仙传》中的故事：有一个叫作呼子先的占卜师，活到百岁，临终时叫酒家老妪赶快准备装束，要和她一起去见中陵王。夜里有仙人牵了两条茅狗来叫子先，子先就把一条狗给老妪，骑上才知道是龙。老妪上了华阴山，常常在山上大呼说："子先，酒家母在此。""二茅龙"就是两条茅狗变的龙。这里以华山呼子先比丹丘生，正切合丹丘生要西归华岳的事实，用典精巧。而典故的深层含义，除了表示要跟丹丘生学仙以外，还包含着跟丹丘上天见"我皇"的愿望。

李白在早年的《上安州裴长史书》里就称元丹丘为故交。从这首诗的内容可以揣测，李白当时还没有被唐玄宗召入长安，对时代还充满幻想，因此应作于开元年间。开元年间确是唐代最承平繁荣的时期，当时大多数文人都认为自己遇到了尧舜之世，所以歌颂河清海晏，圣人出世，并不给人阿谀当世的感觉，反而表现了诗人希望乘时而起、有所作为的理想。诗人对元丹丘的艳羡和希望引荐的心情也应该作如此理解。而这首诗更重要的价值是对于黄河的礼赞。虽然李白多次在诗里写到黄河，但声势、境界都非这首诗可比。诗人对西岳的大声赞叹，与黄河奔腾万里而来冲撞山崖所激起的巨响汇成一片，如巨灵咆哮，沉雷滚地，山鸣谷动，豪壮无比。全诗的气势也如黄河落天直射东海般一泻千里，力敌万钧。而诗人的视野又始终在空中和天际，无论是写西岳诸峰还是洪波喷流，都是从高处俯瞰，因而产生了"天与俱高"的独特美感。

庐山谣寄卢侍御虚舟

我本楚狂人，凤歌笑孔丘。
手持绿玉杖，朝别黄鹤楼。
五岳寻仙不辞远，一生好入名山游。
庐山秀出南斗傍，屏风九叠云锦张，
影落明湖青黛光。
金阙前开二峰长，银河倒挂三石梁。
香炉瀑布遥相望，回崖沓嶂凌苍苍。
翠影红霞映朝日，鸟飞不到吴天长。
登高壮观天地间，大江茫茫去不还。
黄云万里动风色，白波九道流雪山。
好为庐山谣，兴因庐山发。
闲窥石镜清我心，谢公行处苍苔没。
早服还丹无世情，琴心三叠道初成。
遥见仙人彩云里，手把芙蓉朝玉京。
先期汗漫九垓上，愿接卢敖游太清。

“安史之乱”爆发以后，李白在庐山避乱。这时唐玄宗派永王李璘带兵沿长江而下，阻止叛军南侵。李璘经过庐山时，邀请李白加入他的幕府。李白本来就盼望着能有为国效力的机会，因此欣然随永王来到金陵。但不久以后永王被人告发企图依托金陵谋反，当时已在甘肃灵武继位的唐肃宗派兵剿灭永王军队，李白也受到牵连，在浔阳下狱。后被流放夜郎，途中遇赦，从江夏（今武昌）再来庐山。这首诗就作于此时。诗题中的卢虚舟，在唐肃宗时担任殿中侍御史。“谣”是乐府歌行的一种体裁。

开头两句先为自己画了一幅狂放飘逸的自画像：说自己本来就是楚国狂人接舆那样的人物，唱着“凤兮凤兮”的歌谣嘲笑孔丘。李白的狂放与楚狂本来神似，所以这个比喻很能表现李白的典型形象，但是诗人用典还有更深一层含义：据《论语·微子》，孔子到楚国时，接舆去见孔子，唱道：“凤兮凤兮，何德之衰？往者不可谏，来者犹可追！已而！已而！今之从政者殆而！”凤凰是儒家认为天下太平的象征。从接舆唱的歌里就可以看出李白自比楚狂，唱着凤歌嘲笑孔丘，实际上是表露了对于肃宗时代政治的不满。又据《高士传》，接舆本名陆通，平时喜欢养性，躬耕自给。因为见楚昭王政治黑暗，才假装疯狂不做官。当时人称之为“楚狂”，最后与妻子改名换姓，游历各处名山，世人传他已经成仙。从接舆的平生事迹又可看出，李白藉以自比的另一层意思，是说自己也将像楚狂那样放荡于名山，以求得道成仙。所以后面四句正是由此发挥，进一步描写自己的形象：手里拿着神仙用的绿玉手杖，辞别了江夏的黄鹤楼，遍游五岳，为寻仙道而不辞路远。“一生好入名山游”这一句概括了李白毕生在名山之中游历的喜好和风神，同时为转入庐山之游自然过渡。

庐山是李白最喜爱的名山之一。这首诗既然是以庐山为题的歌谣，当然应该描写庐山最重要的景观特征。但是诗人没有局限于游览庐山的客观记述，而是以空中遨游、全景观照的视点，将庐山极度放大，使之远远地超出原有的自然形态：庐山位于南方，属于二十八宿中斗宿的分野。旁有鄱阳湖，长江由此流过。“庐山秀出南斗傍，屏风九叠云锦张，影落明湖青黛光”三句即勾勒庐山地理位置的特点。这几句夸张庐山的高大秀丽直插云天，仿佛耸立于南斗旁边。于是庐山五老峰东北的九叠云屏也随之极度放大，天上的彩云就像锦缎一般张开，成为屏风上的图案。它的影子便倒映在清澈的鄱阳湖中，使湖面上的水光也闪耀着庐山的青黛色。这一段从山水对映的关系展开庐山的全景，虽然没有写游山之人，但可以想象出具有如此视野的诗人必定具有无比高大的形象。

由于以上的视角，庐山上所有的景观都和青天相接：金阙本来是指庐山北面的石门，有双石高耸，形状像门，中间有石门水瀑飞泻而下。诗人将它比作“金阙”，仿佛因为打开庐山的这座金门，才见到香炉峰和双剑峰这两座高峰。据《寻阳记》，庐山上有三石梁，但不可考，今屏风叠左面有三叠泉，水势成三折流下，与李白诗句相合。既然庐山如天上的屏风，那么倒挂在三石梁上的瀑布自然就像银河从九天落下。庐山瀑布中香炉峰瀑布是李白的最爱，曾经写过好几首诗赞美它的万千气象，所以这里再次突出香炉峰瀑布远远在望。这一层仍是按照山与水的关系将庐山主要的景点组合为全景，只是角度不断变化而已。诗人的着眼点本不在介绍庐山名胜，而在渲染它的苍莽气势，所以紧接着“回崖沓嶂凌苍苍”一句又将视野升高推远：从空中望去，庐山曲折的山崖和重叠的岩嶂凌驾于青天之上。青翠的山影与天上的红霞朝日相互映照，东望吴天，长空寥廓，连鸟都飞不过去。这就在极力夸大庐山的高大秀伟之时，又展开了无边高远的空间，为下观长江造势，将诗情推向高潮。

“登高壮观天地间，大江茫茫去不还。黄云万里动风色，白波九道流雪山”四句是全诗视野的最高点，而着重写庐山与长江的关系：长江在浔阳（今九江）分为九道，白浪滚滚，经过庐山浩荡东去，直奔苍茫的天际。黄云万里，随着风势变化，如大海般涌动起伏。诗人将他的视野拓展到天的尽头：长江仿佛挟带着极西头的昆仑雪山，又像是卷裹了万里大漠的黄云。只有纵观天地、俯视一切的诗人才能挥动如椽的巨笔，写出这茫茫九派、波涛似雪、云海翻腾、风云变色的壮伟景象，而诗人的磅礴气势也在这里达到了极致。

诗人借庐山的气象充分赞美了长江的壮观之后，视点回到了山上："好为庐山谣，兴因庐山发"两句用歌行的重叠句法总结上文，借此转折交代自己写庐山谣的真正用意：是因为要步谢灵运的后尘，到庐山上去修炼成仙。"闲窥石镜清我心，谢公行处苍苔没"两句即用谢灵运登庐山的典故，谢灵运写过《登庐山绝顶望诸峤》诗。据记载，南康府西有石镜峰，上有一块圆石悬崖，明净如镜。谢灵运有诗句说"攀崖照石镜"，即指此处。李白要去寻找被苍苔埋没的"谢公行处"，也是颇有深意的：谢灵运是东晋大士族，入宋以后，因卷入王室之间的斗争，得罪朝廷被放为外任。但他不久离职返乡，到处游山玩水，藉以体会老庄的"达生"之道。李白的遭际与谢灵运有类似之处，所以他也希望像谢灵运那样离开世俗，在山水间获得心灵的清净和自由。"早服还丹无世情，琴心三叠道初成"两句就是写这种"达生"的心理状态。上句说服食外丹，下句写修炼内丹。李白相信道教，而且接受过道士的符箓。还丹是道教炼丹的术语，意思是把丹药烧成水银，又使水银还原成丹，所以叫“还丹”。琴心三叠也是道教的一种修炼方法，《黄庭内景经·上清章》说：“琴心三叠舞胎仙。”道教说人的丹田有三处：肚脐下称为下丹田，心下称为中丹田，两眉间称为上丹田。修道者练气功时，心和气静，使三处丹田的和气积累为一体。“琴心”即平和之心，“叠”即积，所以叫作琴心三叠。这两句说自己想早点服食还丹，因为已经没有留恋世俗的心情了。而且练丹田之气，也达到了初步成道的境界。这几句将庐山和求仙联系起来，照应开头“五岳寻仙”的意思，也为前面写景从空中俯瞰庐山和长江的视角找到了落脚处，因为只有超然世外的仙人才能以这样的视野和气魄来观照山川。

所以最后四句的立足点又回到了空中：得道的诗人可以远远看见仙人们在彩云间飘游，手里拿着芙蓉花朝见道教的元始天尊。据说元始天尊住在天中心之上，名为玉京山。这两句不仅进一步将庐山写成了仙境，而且预示诗人也将与仙人们一起自由地翱翔于天地之间。最后两句扣住题目“寄卢侍御虚舟”之意，说自己已经和不可知的人相约于九天之外，愿意接卢敖一起共游太空。这里化用《淮南子·道应训》典故，非常巧妙。该书说，燕国人卢敖曾经游于北海，在蒙谷见到一个长相奇怪的人，正在迎风而舞。卢敖表示希望与此人结为朋友。这个人笑着说："吾与汗漫期于九垓之外，吾不可以久驻。"于是举臂跳入云中。李白借用这个怪人的原话，将卢虚舟比作卢敖，意谓自己今后将飘游于太清之中，并期待着卢敖和自己一起，在不可知的世外获得永恒的自由。

李白一生都在追求绝对的精神自由，游仙就是突破一切束缚的最好方式，尤其是在晚年经历了这样一场政治磨难之后，诗人对世情看得更透，也就更加渴望离开污浊的尘世。但游仙只是虚幻的想象，而祖国山河的壮美才真正使他在大自然中找到了精神和人格的寄托，激发出与天地相通的浩然之气。因此从这个意义上说，李白这首诗和《西岳云台歌送丹丘子》一样，既以其处理个人形象和时空关系的独特方式达到了人与自然合一的境界，又展现了将黄河、长江一类天地之大美与人文之精华融为一体的丰富内涵。

杜甫（二首）

望岳

岱宗夫如何？齐鲁青未了。
造化钟神秀，阴阳割昏晓。
荡胸生层云，决眦入归鸟。
会当凌绝顶，一览众山小。

杜甫（712—770），字子美，祖籍襄阳，后迁居巩县（今河南巩义市）。是我国最伟大的诗人。写过许多忧国忧民、抨击时弊的优秀诗篇，深刻地反映了“安史之乱”时期唐王朝由盛而衰的急剧转变。他的诗歌集前代诗歌艺术之大成，形成了博大精深、沉郁顿挫的独特风格。与李白一样，代表着我国古典诗歌的最高成就。

杜甫诗歌的成就虽然主要体现在那些反映现实、言志述怀的重大题材之中，但因为早年曾经到处漫游，晚年又因为“安史之乱”而漂泊流离，走过许多名山大川，所以也写过不少优秀的山水田园诗。但风格既不同于王维、孟浩然的空灵闲淡，又不同于李白的壮浪纵恣；而是能够根据描写对象的特点，变化出各种不同的意境，寄托自己在不同人生阶段的感慨。这首五言古诗大约写于736—740年间，杜甫漫游齐赵之时。虽然此前到长安去考进士落榜，但他并不在意。所以诗里依然豪情万丈，表现了希望登上事业顶峰的雄心壮志以及对前程万里的乐观和自信。

泰山是传说自尧舜以来就受到历代帝王祭祀的名山。杜甫之前咏泰山的名作寥寥无几。晋宋诗人谢灵运的《泰山吟》本是乐府题，但全诗用大量双声叠韵词着力形容泰山的高峻奇险，强调封禅的肃穆神圣，风格典重生奥，完全失去了乐府的原味。或许正是因为泰山的宗庙色彩过于浓厚，诗人题咏便不得不考虑它的神圣意义，所以连善写山水诗的“大谢”一旦涉笔，也只能写成板滞的颂体。李白的《游泰山六首》，以游仙诗的形式抒发了他在泰山顶上与仙人同游、精神飞扬于天地之间的自由与快乐，倒也符合泰山在汉代被视为“神仙道”的形象。杜甫这首诗则选择了一个“望”的角度，将泰山壮美的自然景观和象征崇高的人文意义融为一个整体印象，成为自古至今咏泰山的第一首名作。

开头以散文句式自问自答：发端直称“岱宗”，本身已包含了泰山是帝王封禅之地的意蕴，接着说从齐到鲁都望不尽它的青青山色，又以景色描写烘托出它的高大。这两句既点出泰山坐落于齐鲁的地理位置，又借“青”字阐发了“岱宗”的人文含义。“岱”是代谢之意，古人认为泰山处于东方，是万物生长、春天开始的地方。所以望不到尽头的青色，既是自然景色的描绘，又显示了春天从岱宗开始的意义。

同样，下面两句“造化钟神秀，阴阳割昏晓”，说大自然把神奇和灵秀都集中于泰山，山南山北的明暗由高高的山峰分割，既是赞美泰山景色的壮丽和雄奇，也隐含着“岱宗”一词的本义：万物代谢、昏晓变化正是阴阳造化之功，既然集中于泰山，那么此山当然不愧为五岳之首了。这就超越视野的局限，化用泰山传统的人文含义概括了泰山的主要特征：一个象征造化伟力和代谢变化的自然奇观。

如果说前半首主要是写“岳”，那么后半首则主要是写“望”：诗人遥望山中云层起伏，心胸豁然开朗；目送飞鸟归山，眼眶几乎为之睁裂。“荡胸生层云”句本来是说泰山上层层云海的壮观涤荡着自己的胸襟，使人豪情满怀，但是以“荡胸”二字置于“生层云”之前，却给人一种错觉，似乎层层云气是从诗人的胸中升腾，充分表现出诗人仰望泰山时精神的激荡，以及将大自然的浩气都纳入胸怀的豪情。有此力度，下句说目送归鸟以至要“决眦”的夸张，才更显出“望”的专注急切和目光的清澈深远。

那归鸟所向之处，就是诗人相信自己终有一天会登上的极顶。于是结句用孔子“登泰山而小天下”的典故，就极其现成，极其巧妙。既自述怀抱，又回到了泰山丰富的人文内涵中。正因为泰山的崇高伟大不仅是自然的也是人文的，所以登上绝顶的想望本身，当然也具备了双重的含义。而这里借用圣人的话，又正好说明了诗人向往的绝顶，正是圣人曾经指出过的人生应该努力达到的最高峰。全诗寄托虽然深远，但通篇只见眺览名山之兴会，丝毫不见刻意比兴之痕迹。若论气骨峥嵘，体势雄浑，更为后出之作难以企及。

唐诗之所以脍炙人口，往往在于能从自然景观或生活情景中提炼出富有哲理意味的感受，表达出大多数人在同样情景中都可能会有所感悟，却不一定说得出来的体会。杜甫这首《望岳》能够成为名作，不仅在于能够最大限度地包含泰山的自然美和人文美，更在于诗人寄托壮志的结尾两句所具有的高度概括力，能够最典型地表达出人们登上事业顶峰的希望和信心。

登高

风急天高猿啸哀，渚清沙白鸟飞迴。
无边落木萧萧下，不尽长江滚滚来。
万里悲秋长作客，百年多病独登台。
艰难苦恨繁霜鬓，潦倒新停浊酒杯。

这首诗是杜甫晚年旅居夔州时所作。唐大历元年（766），杜甫自云安至夔州。柏茂琳于这年秋天任夔州都督，对杜甫多有资助。杜甫在此居住了两年左右。他本打算出川经由两湖重回家乡，只是为生计所迫，必须沿途投亲靠友，积攒川资；加上身体每况愈下，肺病、糖尿病等严重威胁着他的健康，不得已而滞留下来。夔州是一个荒凉而不甚开化的地方，风俗较落后，生活也很苦。杜甫在此没有多少事可做，写了大量诗歌，回忆他一生的经历和思想变化的过程，探索唐王朝由盛而衰的历史教训。可以说这是杜甫进行人生总结的一个阶段。所以这一时期的诗歌大多数带有悲凉萧索的色彩，感慨也更深沉了。《登高》即写他登高所见江上秋色，抒发了晚年到处漂泊、无限悲凉的心情。

这首诗以精心结撰的句式、极其讲究的声律和凝练飞动的景象，展示出阔大高远的境界，在一种回旋流荡的旋律中，烘托出独立于秋气之中的诗人贫病交困而孤独寂寞的形象。换言之，诗人悲哀而又不安宁的心境是在这扰动不安的秋景中显示出来的。

全诗突出了一种动感：风急、天高、猿声哀鸣，渚清、沙白、鸟儿来回飞旋。头两句写景，将字词和音节排得密集而紧凑，每句各包含三景，一字一顿一换，便使句式结构与所写景物达到契合无间的程度，渲染出秋气来临的紧迫之感。为缓解节奏的迫促感，又采用了流畅的“灰”韵，这就造成了声调的回环流转。登高而望，江天本来是很空阔的，但诗人使用这种特殊的对仗和起句方式，却令人强烈地感受到风之凄急，猿之哀鸣，鸟之回旋，都在受着无形的秋气的控制，仿佛万物都对秋气的来临惶然无主。于是，本来写不出形态的秋意，便借风、猿、渚、鸟所构成的这种飞旋回荡的动态表现出来了。秋气一来便如此劲厉肃杀，它不是天高气爽的初秋，而是萧索落寞的深秋。它来得是那样急速，自然会使诗人想到人生的秋天也是来得那样急速，而不由得产生惶然之感。所以，“无边落木萧萧下，不尽长江滚滚来”这一联，就不止是单纯写景了。“风飒飒兮木萧萧”（《楚辞·山鬼》），木叶飞落，自见秋风飒然。而“无边”则放大了落叶的阵势，“萧萧下”，又加快了落的速度。显然，诗人在满目落叶飘零的眼前实景中，融进了他从心里所感知的秋气：它无处不在，来势迅猛。它是那样无情，催促着注定要消逝的事物快速逝去，使人联想到一切有限的生命，包括短促的人生。同样，写滚滚而来的长江，也有意加快了江水的流速。与上句相对，未免含有逝者如斯、时不待人的悲慨。但这两句气象如此宏大，境界如此壮阔，对人们的触动却不限于岁暮的感伤，还有哲理的启示：尽管春后有秋，万物遇秋都要衰落凋零，但宇宙和生命又是永恒的，正如这长江，水不停地滚滚流去，却永远也没有流尽的时候。因而，这两句将叶落和水流的速度都大大加快，藉以微妙地烘托出诗人心头所感受到的四时更替、万物代谢的快速，却并没有哀惋、迷惘的意绪，而是构成了壮阔、高爽的意境，以理趣深蕴而耐人寻味。

秋气来临的快速令诗人想到自己一生所经历的寒暑变换之快速。所以下联说：“万里悲秋常作客，百年多病独登台。”“万里”概括诗人一生漂流的经历，经常寄人篱下、客居他乡，自然常在作客时悲秋。“百年”意指诗人生命已将到尽头，又值多病之时。这两句意思层层递进，将悲秋之意写尽写绝：万里漂流，又在客中遇秋，人到晚年，老来多病，又如此孤独，这种种人生最凄凉的境况都集于一身，此时登高四望，心情如何也就不言而喻了。如果说这一联是总结诗人毕生的悲秋之苦，那么末二句则是抒写眼前的处境之苦：本来一生不幸，眼下更为潦倒，日子原就艰难，满怀苦恨，已使鬓发日渐变白，更何况最近又因肺病戒酒，连一杯解忧的浊酒都不可得。对此秋景，更当奈何？结尾情调低沉，有无限悲慨溢于言外，但因全诗写秋景极其新警，能使人在悲凉之馀感到一种骚动，联想到宇宙人生变化的某些哲理，所以并无颓废之感。

前人赞此诗“一篇之中，句句皆律，一句之中，字字皆律”，“而有建瓴走阪之势”，指出如此精密的对仗和严格的声律，却能形成如此流畅的气势，实属不易。盛唐七律大多声调流畅，主要借助歌行式的结构方式，如崔颢的《黄鹤楼》即是一例。句法平易松散，不求体裁的精密，自然兴会淋漓，丰神秀美，这是初盛唐早期七律的共同特点。杜甫此诗的结撰方式则难度极大，首联密集的音节安排与写景的急速变换相对应，构成动荡回旋的意象；次联的对仗极为精工而采用歌行式句法，又增加了流畅的韵味。后两联连用递进句法，一意贯串，遂使全诗一气呵成，峭快中又回荡着飞扬流转的旋律。充分调动文字在意象和声调等方面的特点，通过精心的结撰组织，使字句所形成的节奏、声调体现出字面意义所不能充分表达的感受，从而使诗境的内涵得以开扩，显然是这首七律在艺术上最难的地方。从这一点来说，明人胡应麟称它“章法、句法、字法，前无古人，后无来学，此当为古今七言律第一，不必为唐人七言律第一”（《诗薮》），是不为过誉的。

韩愈（二首）

山石

山石荦确行径微，黄昏到寺蝙蝠飞。
升堂坐阶新雨足，芭蕉叶大支子肥。
僧言古壁佛画好，以火来照所见稀。
铺床拂席置羹饭，疏粝亦足饱我饥。
夜深静卧百虫绝，清月出岭光入扉。
天明独去无道路，出入高下穷烟霏。
山红涧碧纷烂漫，时见松枥皆十围。
当流赤足蹋涧石，水声激激风吹衣。
人生如此自可乐，岂必局束为人鞿？
嗟哉吾党二三子，安得至老不更归！

韩愈（768—824），字退之，河内河阳（今河南孟州市）人。唐贞元八年（792）进士。曾任监察御史，后贬阳山（今广东阳山）令。唐宪宗时升为刑部侍郎，因上表谏阻皇帝迎佛骨，被贬为潮州刺史。最后官至吏部尚书。韩愈主张尊儒排佛，反对藩镇割据，并倡导古文运动，是唐代著名的大儒和古文家，散文成就极高。

韩愈博学多才，古文滔滔雄辩，以写作散文的才力和学问来写诗，就形成了韩诗的一个重要特点：以文为诗。所谓“以文为诗”，并没有确切的定义，只是古代诗话中的一种印象式的评论，大体指诗人采用或吸收散文表达的一些手法和特点来写诗，比如在诗里发议论，或者采用文章的布局章法，等等。以文为诗的表现方式会产生一些弊端，例如描写过分细致，平铺直叙，缺乏诗歌的跳跃性，不够含蓄有味，等等。但是也会扩大诗歌的表现力，成功与否要看具体作品，不能一概而论。山水记游诗是适于吸收散文手法的一种题材。中唐和宋代的一些诗人力图使诗歌能像散文一样具体翔实、有头有尾地表现出较长时间的游览过程，自由地抒发议论，虽然写出了不少缺乏诗味的押韵之文，但是也有一些成功的作品，韩愈的《山石》就是其中的一例。

《山石》大约作于唐德宗贞元十七年（801）。韩愈当时任节度推官。七月在洛阳，与两三个友人到洛北惠林寺去钓鱼，当夜宿于寺中，次日归去，有感而作此诗。从表面看，这诗犹如一篇平铺直叙、文笔简妙的游记。然而一句一景、移步换形，层层展开黄昏、入夜、黎明等各个时分的不同画面，贯注着游人从中领悟的人生乐趣。一座荒山古寺，经诗人用浓淡相间的色彩点染之后，不但处处呈现出幽美的境界，而且渗透着诗人的特殊个性。

开头四句写诗人黄昏时进入山寺的过程："山石荦确行径微，黄昏到寺蝙蝠飞。"前句写沿着小路在高低不平的山石中穿行的经过，后句写到达山寺的时间以及黄昏蝙蝠乱飞的情景。开门见山地点出山寺环境的荒凉僻静，黄昏中的山色、寺景随着交代到寺的路径和时间步步展现。而且一起调便见出诗人崚嶒的骨相："荦确"两字形容山石的棱角不平，却也能令人联想到韩愈很不随和的性格。韩愈一生刚直不阿，不肯趋附权贵。苏东坡曾说过："荦确何人似退之，意行无路欲从谁。"就是用这首诗的第一句来比喻韩愈的性格，但也确实看出了《山石》取景及其格调与诗人性格之间的内在关系，可说是韩愈的知音。这两句选景取山石、蝙蝠，遣词用僻字拗调，以怪景、硬语导入幽境，倍增新奇之感。

接着在升堂坐阶的过程中就势捕捉住乍到寺中的第一眼印

象："升堂坐阶新雨足，芭蕉叶大支子肥。""支子"即栀子花。用"大"和"肥"这两个极俗之字形容芭蕉、栀子吸足新雨之后的饱满水灵，也是一种反传统的手法，但这里用得十分恰当，因为刚刚坐定，天色又暗，不能细细鉴赏，只能得出一个花木都长得很壮的粗略印象，所以用俗字比雅词更能传神地表现诗人久居世俗、偶出尘外的清新感受。

接着诗人被寺僧引到佛殿里观看壁画："僧言古壁佛画好，以火来照所见稀。"寺僧说画和以火照画都与前面的叙事步步紧接，文意没有一点中断，因而自然暗示出天色由昏变黑、游人自外入内，丝毫不露转换的痕迹。"稀"字一语双关，不仅赞美古迹的珍奇为世所稀有，也写出了古旧的壁画在烛光下影影绰绰的图像，使以火照画这幕情景本身就显现出一种秾丽而略带神秘的情调。

看完壁画，就该吃晚饭睡觉了："铺床拂席置羹饭，疏粝亦足饱我饥。"铺床拂席，是僧人为诗人留宿寺中做准备，连同设置羹饭等一系列动作，平直琐细，像散文一样铺叙，似乎是诗里可以省略的情节。但是写得亲切朴素，寺僧的殷勤和寺中生活的清苦也可由此见出，而且传达出诗人自得其乐的神情，所以语言虽然平淡却兴味十足。

躺下以后，诗人却睡不着："夜深静卧百虫绝，清月出岭光入扉。”渐渐不闻虫声，月光照进门内，是已到夜深的情景。这里只是从静卧之人的听觉和视觉去写时间的流转，而山寺深夜的静美意境、诗人一夜不眠的复杂思绪，都历历分明。

紧接着是从夜深到天亮离寺的过程：“天明独去无道路，出入高下穷烟霏。”天明离寺，信步走去，由于晨雾迷漫，不见道路，上上下下在云雾之中到处走遍。这两句写空气的迷蒙清润，与夜间的澄澈清朗各臻其美。古人有“烟霏雨散”句，此处用“穷烟霏”写平明真景，又照应黄昏雨后的兴象，何等自然现成。由于诗歌一开头就是上山到寺的情景，没有细写周围的景物，因此正好借天明以后下山的过程，补足了山景：“山红涧碧纷烂漫，时见松枥皆十围。”山色烂漫为远望，松枥十围为近观。“山红涧碧”用概括的颜色写出满山花叶繁盛，溪涧水流清澈的美景。“十围”指十人拉起手来才能合抱的树干直径，一路走去常可见到这样高大原始的林木，更可见山中的深幽。这两句写出景物的远近层次，同时在景色转换之间也暗示了云开雾敛的天气变化。正如苏东坡所说：“宿云解驳晨光漏，独见山红涧碧时。”前面既然说满山烟霏，那么要看见山红水碧，必然是云雾收敛、晨光泄漏之时，远处的景色才能尽收眼底。

“当流赤足蹋涧石，水声激激风吹衣”两句对渡涧的情景做了一个特写，借此与题目和开头的“山石”呼应：赤脚踏在山涧中的石头上，水声激激清其耳，山风吹衣入其怀，耳目为之全新，身心任其涤荡，是何等惬意！诗人在世俗中蒙受的尘垢，可藉此冲洗一净，所以自然引出以下的人生感叹：“人生如此自可乐，岂必局束为人鞿？嗟哉吾党二三子，安得至老不更归！”人若能够在如此美好的大自然中自由自在，不受官场的羁束，就足以快乐地度过一生了。所以诗人不禁反思自己和二三好友，为什么到老还不肯回归自然呢？这段感想出自为景物触发的真情，成为全诗的点睛之笔。《论语》说：“二三子以我为隐乎？”结句由此化出，暗示想要在此归隐的意思，更见韩愈的儒者本色。这里虽已点透诗人从暂游山寺所悟出的人生乐趣，但背后还有一层不屑久居幕下的苦恼、渴望摆脱他人羁束的意蕴可供回味。

这首诗以游记首尾完整、层层深入、篇末结出感想的记叙手法为纲，以诗歌直寻兴会、融情于景、触目生趣的传统表现方式为本，画面层次丰富，色调绚丽清爽。虽然整个过程写得寸步不遗，但是处处流露出对山寺环境的清新感悟。因此是一篇以文为诗的成功之作。

谒衡岳庙遂宿岳寺题门楼

五岳祭秩皆三公，四方环镇嵩当中。
火维地荒足妖怪，天假神柄专其雄。
喷云泄雾藏半腹，虽有绝顶谁能穷？
我来正逢秋雨节，阴气晦昧无清风。
潜心默祷若有应，岂非正直能感通！
须臾静扫众峰出，仰见突兀撑青空。
紫盖连延接天柱，石廪腾掷堆祝融。
森然魄动下马拜，松柏一径趋灵宫。
粉墙丹柱动光彩，鬼物图画填青红。
升阶伛偻荐脯酒，欲以菲薄明其衷。
庙令老人识神意，睢盱侦伺能鞠躬。
手持杯珓导我掷，云此最吉馀难同。
窜逐蛮荒幸不死，衣食才足甘长终。
侯王将相望久绝，神纵欲福难为功。
夜投佛寺上高阁，星月掩映云朣胧。
猿鸣钟动不知曙，杲杲寒日生于东。

唐人山水记游诗的风格丰富多彩、不拘一格，但像《谒衡岳庙遂宿岳寺题门楼》（以下简称《衡岳》）这样的怪诗却很罕见。作诗以怪出新不易，以怪而成佳作尤为不易。《衡岳》之怪，首先在立意之俗。从来高人雅士登览山水，多赋遗世高蹈之情和鄙弃富贵之志；而韩愈则直抒功名绝望的牢骚和求神赐福的希望，反而在极其世俗之处显示出诙谐豁达的神情，倾泻出一腔刚直不阿的正气。《衡岳》之怪，又在意境之奇。盛唐山水记游诗善于用优美清新的意象概括诗人对山水的感悟，情景交融，意境空灵悠远；而此诗的意象则夹杂了鬼物神妖，意境雄怪典实，采用情景交替、夹叙夹议的章法，力图使全诗像游记文一样具体详尽、有头有尾地反映出谒衡岳庙的全过程，以及游者曲折微妙的心理变化，使诗的表现力达到能像文一样自由挥洒的境地。《衡岳》之怪，还在文字之生。盛唐山水诗只用平易的常见字，声情悠扬流畅。这首诗则连篇累牍地使用拗口的双声叠韵字，凡是押韵的句子都采用三平调（七言句最后三个字都是平声），平声一韵到底，利用“东”韵洪亮的音响效果和铿锵的节奏感创出奇调险格，造成苍硬雄壮的声势，体现了韩愈专从生硬险奥处自辟诗径的独特风格。意俗、境怪、语生，无一不是传统诗法的有意悖反，而此诗却以奇创自成正调，原因就在诗中的“横空盘硬语”正与衡岳突兀森耸的山势，以及诗人骨相崚嶒的个性相得益彰，因而能从奇特中产生和谐的美感。

《衡岳》诗作于唐永贞元年（805）九月，这一年韩愈已经三十八岁。他在踏上仕途之前，曾经蹉跎科场二十年，“四举礼部乃一得，三选吏部则无成”，到三十五岁才得一京官。任四门博士、监察御史不过两年，就因为上疏论“宫市”的弊端，并请求缓征京畿农民租税，在唐贞元十九年（803）被贬为阳山（今广东阳山）令。唐永贞元年（805）唐顺宗即位，例行大赦，韩愈被赦至湖南郴州等待任命。半年后，唐宪宗登基，韩愈被转到江陵府任法曹参军。由于历经坎坷，深感正直的寒士升迁过于艰难，韩愈一生极力鼓吹国家应根据道德修养和才能学问选拔人才。他所标榜的道统学说和圣贤事业的核心内容，也就是要求德才兼备之士求取功名富贵。这一主张反映了当时广大中下层地主要求挤进王公卿相行列的普遍愿望，所以他敢于在诗文中理直气壮地为本阶层的政治权利大声呐喊，从不掩饰自己强烈的富贵利达之心。《衡岳》诗正是反映了他在获赦转官时展望今后前途的复杂心情。

被贬阳山是韩愈踏上仕途后第一次受挫，虽然牢骚满腹，但遇赦归来，豪气尚未减退，对前程依然抱有幻想。因此在赴江陵之任的途中，泛舟湘水，瞻仰南岳，这座名山使他产生的第一个联想便是帝王赐予的“祭秩”。开头先赞美五岳在祭祀仪礼中的崇高地位，说它们的祭祀等级都比照三公的待遇，然后概述泰、华、衡、恒四岳分镇东、西、南、北，环绕中岳嵩山的地势，这是典礼所用的颂体诗的写法，所以开场局面很大，气势雄杰而又典雅庄重，但口吻中又微含嘲戏。接着转到衡岳所镇之南方。南方在阴阳五行中属火，所以说“火维”。古代南方被中原视为蛮荒之地，妖怪很多，衡岳受上天赐予权柄，专镇此地以逞其雄威。这四句写得次序井然，从容不迫，语言则追求生奥拗口的效果；虽然没有正面刻画衡岳的形貌，但是借五岳祭秩和权柄之高显示了这座名山森严雄伟的姿态以及镇妖伏怪的神威，反而得其神似，正合乎南岳的特殊身份。

衡山虽然驰名天下，它的真面目却不易得见。以下四句写作者对于这次拜谒衡山能否遇到晴天的担心，说平时山岫间喷云泄雾，霏微迷漫，仿佛是衡岳故意将半个身子藏在云雾之中，使人无法见到最高峰。加上诗人来此正逢九月秋雨季节，天气阴晦，沉闷无风，就更不可能看清衡岳的全貌了。“喷云泄雾藏半腹”句中的“喷”“泄”“藏”三个拟人化的动词用得俏皮粗犷，将衡山写成了仿佛神话中的一尊吞云吐雾、惯会捉迷藏的巨怪，与前面的“火维地荒足妖怪”取得意象的呼应。此山越是迟迟不露峥嵘，就越是显得高峻神奇，同时也更勾起读者急欲见山的兴致。所以这几句看似平铺直叙，句句实写，其实就像盘马弯弓，蓄势不发，等待后来的高潮。紧接着以下笔意突然一转，诗人谒山的诚心居然感动了上天：“潜心默祷若有应，岂非正直能感通！须臾静扫众峰出，仰见突兀撑青空。紫盖连延接天柱，石廪腾掷堆祝融。”作者在心里默默祈祷的当然不只是天气转晴，他是将天晴看作一种求福的吉兆：如果心中的祈祷真的应验，岂不是因为自己的正直能够感动上苍？如果位比三公的衡岳神灵与自己心意相通，那么这是否也可以看作今后命运转变的祥瑞呢？这才是默祷深处的潜意识。祝告之后，云雾果然在须臾之间一扫而空，犹如骤然拉开一道障蔽群峰的帷幕，衡山突然露出了真容。由于前面的烘托已经笔饱墨浓，留足气势，到这里如果笔力不足就会失去全篇气象。所以下面诗人选择衡岳七十二峰中紫盖、天柱、石廪、祝融四座最大的山峰排成一联，一齐推出，令人顿时觉得眼前众峰插天，突兀森耸，仰观周览，惊心动魄。这时写得越是堆砌，便越觉意象饱满，山势逼人。何况四峰之间的排列组合极其灵活：紫盖连延与天柱相接，拓开衡岳连绵起伏的远势，石廪腾跳在祝融之上，又画出众峰层叠嵯峨的壮观。龙腾虎跃的雄姿中，又透出一派紫气氤氲的庄严气象。前面留足的气势也在此排荡而出，迅速升到了高潮。

为衡岳突然显露的威严所震慑，也是为自己的默祷竟然应验的意外所触动，作者不觉下马而拜，自然转入衡岳庙的胜境：“森然魄动下马拜，松柏一径趋灵宫。粉墙丹柱动光彩，鬼物图画填青红。”这四句借下马拜山的动作承上启下，写尽岳庙从外到内的环境特征，一句一景，层次分明，暗中带过作者下马进庙的观赏过程。“松柏一径趋灵宫”句上接前四句，以横斜的一径小道勾破画面上高峰耸立的排列态势，使构图飞动灵活、错落有致。灵宫掩映在松柏丛中的深远静谧之感，又反衬出众峰的峻拔。“粉墙丹柱”写岳庙外观，粉白的墙壁和鲜红的大柱在晴光辉映下流光溢彩，这两种亮色与群峰叠压重深的墨色形成鲜明的对比，使画面上大山压顶的沉重气氛得到缓解。“鬼物图画”是庙内壁上所见。“填”字准确传神地写出壁画勾线填色的作画原理，青红相间的色块和粉墙丹柱构成明快斑驳的色调，狰狞的鬼物图画渗透着怪异的气氛，并和前文的“妖怪”再次形成呼应。这几句虽是客观写景，却不难从中想象作者乘兴径自入庙的轻快情绪，以及心中对神灵的敬畏。

进入庙中，升阶敬神，自然由写景转为写人。作者着意刻画了自己求神的过程以及庙祝的形象，为下文的抒情铺垫。“升阶伛偻”以下六句，用生涩的语词写祭神占卜之事，能将作者和庙令两人恭敬的姿态写得合乎各人的身份和心理：

作者弯腰曲背，进献脯酒，求神赐福，至诚至恭；庙令老人则抬眼张目，察言观色，惯能鞠躬，做出训练有素的恭敬之状。与其说他善识神意，还不如说他熟悉祭者的心理。因此在来者献上祭品后，随即手持莹白的蚌壳做的卜具教掷卦象，断定占到了上上大吉的兆头，以示敬神有验。这段生动细致的人物描写充分体现了以文为诗的长处，在传统的记游诗中很难见到。

作者求到的这一卦虽然暗合自己心事，却反而勾出他满腹牢骚和一番苦笑："窜逐蛮荒幸不死，衣食才足甘长终。侯王将相望久绝，神纵欲福难为功。"这几句说自己近年来因被贬逐而流窜到蛮荒之地，能够不死便是万幸。今后只要衣食刚够温饱，也就心满意足，甘心以此终老了。至于封侯为王、出将入相的奢望早已断绝，纵使神灵赐给自己这样的福分，恐怕也难以成功。这番牢骚似乎是以戏谑的口气反写自己无意于功名富贵的清高，其实却是正言明说，毫不隐讳地直接抒发急切的功名利达之心。"望久绝"的意思不是不做此望，而是久望而不达，转而绝望，只恐神之赐福也无济于事。"侯王将相"两句与开头"五岳祭秩皆三公"遥相呼应，始终不离向往王公卿相的心事。对于前途的展望夹杂着对朝廷的一腔怨愤，全在苦涩的幽默中尽情吐露，充分显示出作者倔强如故的个性。

结尾点明诗题中"夜宿岳寺"之意，补足衡岳记游全程：“夜投佛寺上高阁，星月掩映云朣胧。猿鸣钟动不知曙，杲杲寒日生于东。”从“夜投佛寺”来看，作者所投宿的寺庙并非白天占卜的衡岳庙，而是附近的一座佛寺。最后四句字字扣住佛寺的环境特征、湘中多猿的地方风情及秋季昼夜的阴晴变化，一句一景，境随时移，与“森然魄动”四句移步换形、一句一景的章法对应，在景色转换中展示时间的推移过程。入夜投宿佛寺，登上高阁，只见星月被朦胧的云气所掩，若明若暗，为黑沉沉的山峰寺庙勾勒出模糊的轮廓。猿鸣钟响，不觉曙色渐显，明亮的太阳从东方升起。那日光虽然还蒙着高山秋晨的寒气，但展现在诗人眼前的，是一个光明的世界，再也不是阴气晦昧的前景了。结语壮丽高远，与开头雄杰磅礴的气势相称，更显得从头到尾无一字疲弱，无一句陈言熟语，崭绝横放，笔力千钧。

韩愈调任江陵以后的发展趋势似乎证实了《衡岳》诗中的吉兆，以及结尾展现的光明前景。他在江陵仅一年，就被召还京师，此后官运亨通，步步升迁，一直做到刑部侍郎。至于因谏佛骨再次遭贬，已是后话。这说明这次调任江陵，虽然不是升官，毕竟还是命运转变的一个契机。此诗将游衡岳时天气由阴雨转晴的偶然变化看作自己因正直而感动上天的祥瑞，其中未始没有寄托着否极泰来的朦胧希望。苏轼在谪迁途中曾作《过太行》诗，序中说：“予南迁其必返乎？此退之登衡山之祥也。”将韩愈登衡山之祥看作迁谪必返的吉兆，一语道破了《衡山》诗中的深意。只是诗里的这种弦外之音在若有若无之间，只可意会，难以言传。所以虽然全诗吸收了散文游记顺序记叙、细致描写心理活动乃至人物形象的一些手法，而且因为多写妖怪鬼物而造成狞厉奇峭的风格，却以怪景硬语构成了壮美浑成的意境。可见无论怎样创奇变怪，采取何种反常的艺术手段，只要是成功之作，总不可能从根本上违背诗歌以寄托性情、含蓄微渺为至高之境的重要规律。

白居易（一首）

杭州春望

望海楼明照曙霞，护江堤白蹋晴沙。
涛声夜入伍员庙，柳色春藏苏小家。
红袖织绫夸柿蒂，青旗沽酒趁梨花。
谁开湖寺西南路，草绿裙腰一道斜。

白居易（772—846），字乐天，下邽（今陕西渭南）人。是唐代的伟大诗人。唐元和年间曾任翰林学士、左拾遗等职，后因得罪权贵，被贬江州司马。唐长庆年间曾任杭州、苏州等地刺史，官至刑部尚书。晚年住在洛阳，号香山居士。白居易关心民生疾苦，主张用新乐府讽喻时事。诗歌作品极多，在当时家喻户晓，对后世影响极大。

“江南忆，最忆是杭州”，这是白居易对杭州的深情回忆。曾经担任过杭州刺史的经历，使他不但熟悉江南的湖光山色，更热爱这里的风土人情。这首七律《杭州春望》就是他在唐长庆三年或四年（823或824）春天游赏西湖时写下的。在诗人的生花妙笔之下，杭州的春景是如此壮丽繁华：钱塘江涛声澎湃，西子湖波光潋滟。朝霞开出曙色满天，春风催绿了万家柳烟。护江堤上，行人的履屐踏着白沙阳光，梨花深处，仕女的红袖掀开画楼罗幕；青旗在酒楼上招展，酒香和花香一齐飘散……全诗一句一景，如同一幅散点透视的国画山水。虽从“望”字写出，却并不拘泥于展望的角度。诗人巧妙地使自己的思路和视线与律诗粘对的声律节奏相对应，将各处景色自然地串联起来，描绘出繁富多彩的画面，赞美了杭州的风物人情之美。

首联以高耸于霞光之中的望海楼与横亘在钱塘江上的护江堤勾出杭州城背海带江的雄伟地势，展开了诗人高瞻远瞩的宽广视野。楼高堤低，点与线的垂直关系拓开了辽阔高远的天地空间。霞红沙白，光与色的互相映衬渲染出明丽晴暖的春日景象。护江堤应指钱塘江海塘，全长三百公里，高六至七米，是古代人工修建的挡浪潮堤坝。钱塘江口和杭州湾地区的海塘，始筑于秦。唐开元元年（713）在盐官一带重筑，称捍海塘，即大坝。当时主要是沙土筑成。沙在晴日下远望色白，所以此诗说“堤白踏晴沙”。杭州用白沙筑堤还有白居易《钱塘湖春行》中说的“白沙堤”，即今西湖苏堤以西的白堤，一名孤山路，北有断桥，南有西泠桥，现其西为里湖。但白沙堤并非白居易所筑之湖堤。据清人考证，因此堤原名白沙，后单称白堤，或沙堤，后人遂讹传为白居易所筑之堤，又称之为白公堤。白居易所筑之堤原址在西湖东北，接连下湖。望海楼在杭州城东（作者原注：城东楼名望海楼）而见海，堤在钱塘江口为护江，诗人的视线自然就转到了发于海而入于江的钱塘大潮。恰如这首七律的第二句要与第三句平声相粘，涛声与护江堤及望海楼也就自然联系在一起了。

听着远远的涛声，诗人不由得浮想联翩。相传伍子胥被吴王夫差杀害，民间同情他的遭遇，编出神话，说他怨恨吴王，死后驱水为涛。所以钱塘潮又叫“子胥涛”。历代都为他立祠纪念，即伍员庙。《钱塘县志》说：“吴山古称胥山，自凤凰山迤逦而来，跨踞城中，昔人立祠祀子胥，故名，亦称伍山。”知道了钱塘潮和伍员庙的关系，就不难理解“涛声夜入伍员庙”的构思之巧了。潮水有早晚之分，伍员凌晨驱驾涛水而来，到夜晚涛声再起时，就该回庙休息了。因此诗人的思路又由海涛转到肃立在吴山上的伍员庙。悲壮的传说激发了诗人怀古的豪情，而英雄的故事又不禁使他联想到美人的遗迹。“苏小家”指南齐钱塘名妓苏小小墓，在西泠桥边，也借喻西子湖畔的歌姬舞女。从字面看，“柳色春藏苏小家”只是歌咏春到西湖，柳色见新。但这“藏”字其实一语双关，兼含女子怀春之意，下得十分含蓄：春天不仅藏在西湖的柳色里，而且藏在多情的越女家。这一联工整的对仗使回荡着涛声的伍员庙和掩映在西湖柳荫中的苏小小墓形成了雄伟和秀丽的鲜明对比。并且巧借古迹，将遥远的历史融入眼前的春景，既概括了钱塘江的壮观和西子湖的妩媚，又微微流露了诗人周流古今的感慨。从构图来看，吴山上的“庙”和柳荫里的“家”一显一隐，与首联望海楼和护江堤的一高一低，又形成一种错落有致的节奏感。

与本诗第四句和第五句必须相粘的声律规则相应，从柳荫中的“苏小家”转到“红袖织绫”，不仅因为由想象中的古代女子过渡到现实生活中的女子而在意象上互有关联，而且还生发出更深一层的含义：西湖的柳色和多情的“苏小家”都藏不住热闹的春光。春风转送着花香，微带着醉意，荡漾在全城游人的心里。穿着鲜红织绫春衫的女子争相夸耀着织工精美的柿蒂花纹；酒家楼上的青旗隐现在雪白的梨花丛中，正在招呼游春的人们前来沽酒畅饮。“红袖织绫夸柿蒂”句既是写仕女春游的景致，又巧妙地显示了杭州城以丝织闻名天下的特点。南宋吴自牧《梦粱录》卷十八：“杭土产绫曰柿蒂、狗脚。……皆花纹特起，色样织造不一。” 据姜南《蓉塘诗话》，柿蒂、狗脚都是指绫缎上凸起的纹样。杭州土产绫有多种花样，其中以柿蒂花纹为最佳，白居易自注：“杭州出柿蒂，花者尤佳也。”同样，“青旗沽酒趁梨花”也暗合杭州城赶在梨花开时酿熟春酒的风俗。白居易此诗原注：“其俗酿酒趁梨花时熟，号为‘梨花春’。”此句用“梨花”的酒名与织绫花纹名“柿蒂”对仗，又正应趁春天梨花开放饮酒赏花的时景。红袖宽舒，青旗招展，蒂纹精细，梨花繁密，红白青绿的调色，线条疏密的搭配，使动态的人物与静态的背景融成五光十色的一片。这一联巧借物名，将杭州的风物人情化入春望的场景，通过描绘人物的秀美和市面的繁华，赞美杭州人民用巧手织出了如花似锦的春光，酿就了芳香醉人的春意。

尽管诗人顺应律诗粘对规则而转移视点的巧思已经形成了一条贯串远近、巨细各种景物的主线，但繁杂的画面仍然需要完整的布局。诗人选择了从湖上开出的孤山寺路，这条长堤由断桥向西通向孤山，春来芳草芊绵。白居易原注：“孤山寺路在湖州中，草绿时望如裙腰。”它迤逦斜过湖上，横贯整个画面，将各处胜景连成一体。同时那“裙腰”的生动比喻还令人想见：展现在诗人眼前的西子湖，不正像一位束着草绿色裙腰的美妙少女吗？这就使其余各句中人与景的融合形成更完整、鲜明的印象，从而使杭州壮观、妩媚、秀丽、繁华、清新的多种风格在春与美的基调上得到了统一。

诗情和画意的交融，工巧和天然的和谐，这首《杭州春望》的特点，不也正是杭州之春的特点吗？

杜牧（一首）

山行

远上寒山石径斜，白云生处有人家。
停车坐爱枫林晚，霜叶红于二月花。

杜牧（803—852），字牧之，唐京兆万年（今西安）人。是晚唐著名的诗人和古文家。曾任使府幕僚多年，并历任黄州、池州、睦州、湖州刺史。历代评论家都称赞他“情致豪迈”“雄姿英发”，能在萎靡感伤的晚唐诗坛上独树一帜。

这首七绝像是一幅最简妙的山中秋景的速写：寒山上石径欹斜，通向远峰。重岭上白云飘浮，茅舍掩映。坡麓上层层霜林，红叶遍野。构图是如此简洁，色彩是如此明快，笔致是如此爽净，唯其将取景精简到了最有概括力的限度，山中高爽、明丽、略带清寒的秋色才给人留下了最鲜明的直觉印象。

诗人在构图时有意略去的景物，不一定要读者一一来补充。有时，过分具体地设想画面中每一部分的布局，用许多实物来塞满本来可以有更大想象馀地的空间，反而会破坏原诗优美的意境。高明的诗人本来就不满足于用文字表现一幅醉人的山林晚秋图，而是要用语言组成的线条和色彩使人们从秋色中体会诗情，得到哲理的启示。

全篇画意和诗情互相生发，随着诗人悠然自得的履迹展开。“远上寒山”的是山行的诗人，还是斜上山顶的石径？应当说二者兼而有之。那么这“远上”二字的好处就在意思的含浑，它将诗人游山的行踪和即目所见之景连成一气了。倘是真的一幅画，勾勒再简单，那石径也不可能一空依傍，寒山的轮廓总不免要涂抹几笔。而在诗里，却可以分明地突出这条斜斜的石径，让寒山的形状退到虚处，不必刻画，只需领略这点山中的秋寒以及山路向远处斜上的纵深之感，便自能体味山里环境的深远和空静，以及诗人一路行来的清兴和幽致。“白云生处有人家”，是诗人凭那条石径产生的推测，还是岭上白云中确实隐隐可见人家？“有”字的肯定语气不难牵动许多关于山中人家的遐想。梁代吴均的《山中杂诗》说：“山际见来烟，竹中窥落日。鸟向檐上飞，云从窗里出。”是进入白云深处近看山里人家的景象，颇有生活情趣。但比杜牧写得实。北宋梅尧臣《鲁山山行》：“人家在何处？云外一声鸡。”则是在幽径空林中遥闻鸡鸣而猜测人家的所在，比杜牧写得更空灵。相比之下，便可知杜牧这一句的意境正好在远近之间和虚实之间，既有空灵的意趣，令人对白云缥缈之处杳然神往；又有实在的景象，可从山里人家感受到亲切的生活气息。写眼前景而语言如脱口而出的白话一般明快浅显，似乎随手拈来，不思而得，山野中自有隽雅之致的情味却足堪玩赏。

在这样一幅清淡疏朗的背景衬托下，那一大片晚霞映照下的枫林红得格外可爱，诗人情不自禁地停下车来观赏经霜的枫叶，陶醉在这片动人的秋色之中了。“晚”字可作三用：既点明傍晚时分，带出夕晖落照；又扣住晚秋季节，照应枫林染霜；同时暗示赏玩流连之久，不觉时辰已晚。而“霜叶红于二月花”的妙想也全从这一“晚”字生发。二月花是早春的红色，霜叶是晚秋的红色。如果说春天象征生命的开始，那么霜秋则象征着生命的凋谢。诗人摄取了春、秋两季大自然中最热烈的色彩，通过秋叶之红胜过春花之红的比较，赞美了枫林经霜之后越发火红艳丽的顽强生命力，正是赞美它那傲霜冲寒的精神以及晚秋更胜于春朝的生机，而全篇浓郁的诗情也在引到高潮的时刻升华为哲理的领悟。

倘若认为诗中高爽、明丽的意境是诗人的某种理念在自然景物中的投影，当然失之穿凿附会。但意境既是情与景的融合，是审美趣味的自然流露，诗人的性格、气质乃至所处时代的风貌必定会通过对审美意识的影响曲折地反映在他的作品之中。深秋肃杀的气氛客观上容易给人造成凄寒的心理感觉。因此，古来咏秋之作总以悲吟怨叹为多。但不同时代、不同性格的诗人对秋色又有不同的感受。初盛唐诗人遭逢国力上升的盛世，他们诗中的秋景不少是充满朝气和活力的。像陈子昂笔下的晚秋便是云海浩荡、金辉满天的一派壮观景象："况乃金天夕，浩露沾群英。登山望宇宙，白日已西暝。云海方荡潏，孤鳞安得宁？"（《感遇》其二十二）这是诗人处于大有可为的时代所产生的动荡不宁的心情在登山望秋时的自然流露。"安史之乱"后，极盛而衰的唐王朝已经进入了它的秋季。但中唐许多富于改革理想的诗人仍对前途充满信心，因此他们的咏秋之作仍然是乐观、昂扬的。如刘禹锡的《秋词·其一》就说："自古逢秋悲寂寥，我言秋日胜春朝。晴空一鹤排云上，便引诗情到碧霄。"正是排云直上的壮志和激昂高扬的诗情使诗人发出了秋日胜于春朝的由衷赞美。

而在日暮途穷、气息奄奄的晚唐，很多诗人对国家的前途失去了信心。他们描写的秋景便带有浓厚的感伤色彩。李商隐的诗典型地反映了人们在末世所普遍感受到的没落情绪。秋天在他心里引起的是满目凄凉残败的感触："秋阴不散霜飞晚，留得枯荷听雨声。"（《宿骆氏亭》）纵然能看到夕阳的无限美好，也抑制不住绝望的叹息："夕阳无限好，只是近黄昏！"（《登乐游原》）与其说这是对晚景的赞美，不如说是对衰暮的哀挽。杜牧却在晚唐诗人中独标一格。他毕生都在追求着恢复"贞观之治"和盛唐气象的理想，希望通过政治的革新，挽回唐王朝没落的命运。而唐武宗会昌、唐宣宗大中年间出现的小康局面，也曾给予他"尔生今有望"（《感怀诗》）的一种错觉，刺激了他对唐王朝"艰极泰循来"（《感怀诗》）、衰极而复兴的幻想。因此，杜牧笔下的秋色总是开朗、高爽的："楼倚霜树外，镜天无一毫。南山与秋色，气势两相高。"（《长安秋望》）那寥廓明净的镜天犹如诗人开阔的心胸，而高与天齐的南山和秋色也仿佛在与诗人的气势两相争高。《山行》中爽净明丽的秋色和俊拔英爽的气概也同样反映了这种富于理想的乐观性格。谁能说那经霜更红的枫林所蕴含的哲理意味与诗人盼望大唐否极泰来、晚景更红的心情没有关系呢？

以直达的语言表现对自然美的敏锐感受，寄诗人的思想感情于清新优美的画面之中，形成俊爽的风调、高绝的意境，是杜牧在艺术上的自觉追求。《山行》之所以脍炙人口，正是因为他能在发现和提炼秋色美的基础上进行高度的艺术概括，令人从中悟出鼓舞人奋发向上的生活哲理，表现了健康纯正的审美趣味。尽管霜枫吐艳的美景恰似盛唐气象在唐王朝灭亡以前的回光返照，但杜牧诗中雄健豪迈的气魄和积极进取的精神毕竟在暮霭沉沉的晚唐诗坛上投下了最后一道理想的光芒。何况，“霜叶红于二月花”所蕴含的深广的哲理意味远远超出了它的时代内涵。其不朽的艺术魅力就在于它对一切在衰暮之时犹能充满活力、使生命放出异彩的人和物都是一个精妙的比喻和壮美的礼赞。

徐俯（一首）

春游湖

双飞燕子几时回？夹岸桃花蘸水开。
春雨断桥人不度，小舟撑出柳阴来。

徐俯（1075—1141）是北宋大诗人黄庭坚的外甥。早年作诗受到黄庭坚的影响，所以被吕本中列入《江西诗派宗社图》。但他后来极力要摆脱江西诗派艰深雕琢的风格，追求平易自然。主张“必有是景，然后有是句”（曾季狸《艇斋诗话》）。从这首《春游湖》即可看出他暮年的诗风。

这是一首七绝，写早春游湖的幽兴，目之所及，自成佳境：成对的燕子掠过水面，夹岸的桃花临水怒放，雨后的春水漫过了桥头，一叶小舟从柳荫中悠悠撑出。像桃红柳绿、春水双燕这类为人所写熟的常见景色，倘若真的不费心思随手拈来，极易落入平熟率滑一路。这首诗之所以能给人以新鲜之感，主要是能够以意趣剪裁景物，根据觅春的心理和游湖的行踪来安排构图。

发端作一问句，起得突兀。仿佛诗人忽然发现了双飞的燕子，这才意识到春天已经悄悄地回来了。“几时”二字是对燕子如见老朋友一般的亲切问候。春天不知不觉地来临在诗人心里所引起的惊喜之情也自然溢于言外。再看湖上，果然桃花开遍枝头，已是一片春意盎然了。“夹岸”二字写桃花成林，极为繁盛，为“蘸”字铺垫：花既夹岸，枝条斜伸到水面，方有蘸水而开的妙想。而蘸水又可使人意会桃花的鲜艳水灵仿佛是由于蘸饱了水分的缘故，甚至可以进而联想到水中桃花的倒影，故下一“蘸”字，桃花之神态、意趣俱出。

后两句从过桥与乘舟两路写游湖之兴，而能将游踪化为画意。雨后水涨，淹没桥头，断了人行，改为坐船摆渡。这小小的插曲，倒给诗人提供了现成的诗料。不但可见出春雨之后湖上波平水满的景象，而且因断桥而寂无人行，还给这幅明媚的春景添上了一点荒寒的野趣和清幽的情味。舍桥登船，柳荫中撑出一叶小舟，与上句自成因果，接得现成。正如上句由桥断而见水涨，这句也由舟小而见湖宽。中国画表现水景常用此法，只就桥、船落笔，不画波纹，自有水意。所以这两句体现了中国诗歌艺术的两个重要审美特点：一是写景在秀丽之外须有幽淡之致，花开燕飞，固然明丽，然无断桥野浦，便少逸趣。二是以实写虚，虚实相生。只消写出小舟一篙撑出柳荫的悠然情态，水面的空阔宁静和满湖阴阴的柳色便如在目前。正如全诗并无一字刻画湖光水色，仅在近水景物上做文章，就将满湖春色烘托了出来。

南宋词家张炎有一首描写春水的《南浦》词。上片说波暖水绿正是春晓时节，而待到落红随浪流去，已是春将归去之时。其中“荒桥断浦，柳阴撑出扁舟小”句，是此词的名句，显然是从徐俯《春游湖》的后两句蜕化的。但更强调了断桥的“荒”意和扁舟的“小”字，就比徐俯诗更明确地点透了那点荒凉感在桃红柳绿中的调剂作用，以及诗歌构图以小衬大的辩证关系。徐俯此诗曾传诵一时。赵鼎臣说：“解道春江断桥句，旧时闻说徐师川。”（《和默庵喜雨述怀》）可见此诗在当时已非常著名。而张炎的《南浦》词居然能在前人名句上稍事改作而成“古今绝唱”，上述道理不是很值得深思吗？

行旅篇

行旅是山水诗创作的重要生活源泉。古代士人常常为求取功名而背井离乡，奔波于旅途之中。如果入仕或者被贬，又常要离开家乡或京城到外郡赴任，这种行旅又称为宦游。而遇到乱世，诗人们更是常在漂泊羁旅之中。古代交通不便，出门无非是车马舟船，在悠长缓慢的旅途中，能够饱看沿路风光，从容欣赏山川之美。此外，古人在送别友人时，常常在诗里想象行人在旅途中所见景色，所以送别也往往和行旅联系在一起，产生优秀的山水诗。这类诗里寄托的往往是浓郁的离情乡愁、旅途的寂寞和厌倦，也有人生的反思和瞻望。

谢朓（二首）

之宣城郡出新林浦向板桥

江路西南永，归流东北骛。
天际识归舟，云中辨江树。
旅思倦摇摇，孤游昔已屡。
既欢怀禄情，复协沧洲趣。
嚣尘自兹隔，赏心于此遇。
虽无玄豹姿，终隐南山雾。

谢朓（464—499），字玄晖，陈郡阳夏（今河南太康附近）人。是南朝宋齐时期的诗人。因与晋宋时期的著名山水诗人谢灵运同族，又以山水诗名世，所以有“小谢”之称。他曾担任过宣城太守等官职，于是又被后人呼为“谢宣城”。后因受诬陷，下狱死，年仅36岁。

“之宣城郡出新林浦向板桥”，诗题如此准确具体地标出了行程和去向，诗人却没有以他那清丽的秀句描绘新林浦的佳景和板桥渡的幽致。诗中展现的是浩渺无涯、东流而去的江水，伫立船首、回望天际的孤客，隐隐归舟，离离江树，如淡墨般的几点，溶化在水天相连的远处……

这是齐明帝建武二年（495）的春天，谢朓出任宣城太守，从金陵出发，逆大江西行。据李善引《水经注》：“江水经三山，又湘浦（一作幽浦）出焉。水上南北结浮桥渡水，故曰板桥浦。江又北经新林浦。”谢朓溯江而上，出新林浦是第一站。宣城之行留下不少佳篇，除这首以外，著名的《晚登三山还望京邑》即作于下一站泊舟三山时。新林浦、三山都在金陵西南，距京邑不远，宣城也在金陵西南方向，所以首二句“江路西南永，归流东北骛”先点明此行水长路远，正与江水流向相背。江舟向西南行驶，水流向东北飞奔。江水尚知入海为归，人却辞别旧乡而去。这就自然令人对江水东流生出无限思慕：那水流在归海的途中，不也经过地处东北的京邑吗？那正是自己告别不久的故乡呵！此处并未直接抒情，仅在人与江水相逆而行的比较中自然流露出深长的愁绪。“永”和“骛”不但精确地形容了逆流而上与顺流而下的不同水速，而且微妙地融进了不同的感情色彩：水流已将抵达它的归宿，所以奔流得那么迅速；人却是背乡而去，而且行程刚刚开始，所以更觉得前路漫无尽头。

离思和归流自然将诗人的目光引到了遥远的天际："天际识归舟，云中辨江树。"江面上帆影点点，即将从视野中消逝，但还能认出是归去的船只。再用心辨认，还可以看出，那隐现在天边云雾中的是江畔的树林，而有树之处就是彼岸，就是金陵呵！诗人在这里用清淡的水墨染出了一幅长江行旅图，以"辨""识"二字精当地烘托出诗人极目回望的专注神情，则抒情主人公对故乡的无限怀恋也就不言自明。清人王夫之说："语有全不及情而情自无限者，心目为政，不恃外物故也。'天际识归舟，云中辨江树'，隐然一含情凝眺之人，呼之欲出。从此写景，乃为活景。故人胸中无丘壑，眼底无性情，虽读尽天下书，不能道一句。"（《古诗评选》卷五）历来称赏谢朓这一联名句者，都不如王夫之说得这样透彻。

从汉魏到两晋，文人五言诗以抒情言志为主，写景成分虽逐渐增多，但总的说来情语多而景语少，即使写景也是由情见景、景融于情，景语仅仅是情语的点缀。直到谢灵运的山水诗出现，五言古诗才有了纯写景而全不及情的描写。大谢山水诗刚从玄言诗脱胎而出，玄言诗中的山水描写作为玄理的印证，本来就有万象罗会、堆砌繁复的特点，这对于谢灵运“寓目辄书”、写景“颇以繁富为累”的山水诗自有直接的影响。大谢力求从山水中发现理趣，将枯燥的玄理说教变成抒情写意的手段，但还不善于使抒情说理和写景融合在一起，景物虽刻画精工而只求形似，缺少情韵，这就使他的山水诗产生了情景“截分两橛”（王夫之《姜斋诗话》）的弊病。比如同是水上行旅之作，谢灵运只能情景分咏：“旅人心长久，忧忧自相接。故乡路遥远，川陆不可涉。……极目睐左阔，回顾眺右狭。日末涧增波，云中岭逾叠。白芷竞新苕，绿苹齐初叶。摘芳芳靡谖，愉乐乐不燮。佳期缅无象，骋望谁云惬。”（《登上戍石鼓山诗》）这首诗抒写忧思直截了当，不求含蓄，刻画景物则左顾右盼，笔笔不遗。作者还不善于将观望美景而更加郁郁不乐的心情融会在涧波、云岭、白芷、绿苹等客观景物的描绘里，也不善于将各种零散的印象集中在骋望的目光中，熔铸成完整的意境。小谢则以清新简约的文笔洗去大谢繁缛、精丽的词采，仅淡淡勾勒出寓有思乡之情的江流、归舟、云树的轮廓，并统一在远眺的视线中，这就使语不及情的景物含有无限的情韵，将大谢刻板的摹写变成了有情有人的活景。这一变化不仅使大谢与小谢诗有平直与含蓄之别，而且促使厚重典实的古调转为轻清和婉的近调。从此以后，诗歌才开出由景见情一种境界，为唐代山水行役诗将景中情、情中景融为一体，提供了成功的艺术经验。所以陈祚明说：“‘天际’二句竟堕唐音，然在选体则渐以轻漓入唐调。”（《采菽堂古诗选》）参较孟浩然的《早寒江上有怀》，不难体味小谢此诗启唐渐近之处。孟诗后半首说：“乡泪客中尽，孤帆天际看。迷津欲有问，平海夕漫漫。”客中怀乡的泪水已经流尽，眺望孤帆的目光还凝留在天际。寒雾漠漠的大江之上，哪里是迷途者的津渡？唯有满目夕照，平海漫漫，展示着渺茫的前程。诗中再现了“天际识归舟，云中辨江树”的意境，只是渗透着久客在外的怀乡之情以及仕途迷津的失意之感，较之小谢诗寄托更深，也更加浑融完整、清旷淡远。

小谢的山水诗虽然在剪裁提炼、融情入景方面较大谢有明显的进步，但仍存在着有句无篇的瑕疵。这首诗前四句写景，后八句写情，“天际”二句突出篇中，后半首便觉得气力较弱。钟嵘称小谢“善自发诗端，而末篇多踬，此意锐而才弱也”（《诗品》）。其实，小谢诗玉石杂糅、篇末多踬的原因并不是意锐才弱，倒是意弱所致。他的山水诗多数承袭了大谢诗写景加抒情说理的公式，大都将抒情部分集中置于篇末，长篇大套，而又没有强烈深刻的感受作为全诗的基调，因此“篇篇一旨，或病不鲜”（《采菽堂古诗选》），这是由其思想感情的贫弱决定的。谢朓因文才出众而先后受到随王和齐明帝的宠信，仕途一帆风顺。但由于齐王朝政治斗争的复杂，他也常对自己的处境怀着隐忧。他遭过暗箭中伤，最后竟因为不肯参与废立皇帝的阴谋而遇害。谢朓诗歌“篇篇一旨”，所表现的主要是感激皇恩、安于荣仕和远隔嚣尘、畏祸全身这两种思想的矛盾。《之宣城郡出新林浦向板桥》这首诗就反映了他调和仕隐矛盾的心理。谢朓出任宣城太守之前，南齐在一年（494）之内改了三个年号，换了三个皇帝，其中之一是谢朓为之充任中军记室的新安王，在位仅三个月。新安王登基时，谢朓连迁骠骑咨议、中书诏诰、中书郎等官职。明帝废新安王自立后，谢朓的前程虽未受影响，但目睹皇帝走马灯似的变换，不能不心有馀悸。所以当他第二年出牧宣城时，对京邑固然不无留恋，不过也很庆幸自己能离开政治斗争的旋涡。此诗后八句就表现了这种复杂的情绪。“旅思倦摇摇，孤游昔已屡。”这两句承上启下，巧妙地由前四句眷恋故乡的惆怅心情转换为无可奈何的自我排遣。“摇摇”用《诗经·王风·黍离》“行迈靡靡，中心摇摇”句意，写因远行而没精打采，心中无所适从的样子，同时也照应了人随着江舟的颠簸摇来晃去的感觉，以及倦于行旅、思绪恍惚的状态，是传神之笔。不说此次孤身出仕，只说从前孤游已经不止一次，越是强自宽解，便越见出眼前的孤独。

“既欢怀禄情，复协沧洲趣”，这话虽是指此去宣城既遂了做官的心愿，又合乎隐逸的幽趣，却也精练地概括了诗人一生的思想矛盾。而且在后代成为概括吏隐生活的名句。虽然魏晋以后朝隐之风逐渐兴盛，调和仕隐的理论在士大夫中相当流行。晋人王康琚甚至说：“小隐隐林薮，大隐隐朝市。”（《反招隐诗》）但将热衷利禄之心和遁身沧洲之意这两种本来相互排斥的生活情趣如此坦率地统一起来，“沧洲趣”便更像是为“怀禄情”所涂上的一层风雅色彩。不过在当时的政治环境中，在外郡做官，因为远离京城的政治中心，相对京官而言，也确实类似隐居。正如谢朓在以下两句中所说：“嚣尘自兹隔，赏心于此遇。”从此离开京城那烦嚣的是非之地，随心所欲欣赏山水的自在生活也可由此开始。所以后代诗人由此得到启发，往往将自己出任外郡视为“沧洲”。

当然，在外郡的赏心充其量不过是公务之暇逍遥吟咏的散淡生活，并非真正的避世远遁，然而究竟可以幽栖远害，所以末二句说：“虽无玄豹姿，终隐南山雾。”结尾一典多用，精当巧妙。据《列女传·贤明传·陶答子妻》载：“答子治陶三年，名誉不兴。家富三倍。……居五年，从车百乘归休，宗人击牛而贺之。其妻独抱儿而泣。姑怒曰：‘何其不祥也！’妇曰：‘妾闻南山有玄豹，雾雨七日而不下食者，何也？欲以泽其毛而成文章也，故藏而远害。……今夫子治陶，家富国贫，君不敬，民不戴，败亡之征见矣！愿与少子俱脱。’……处期年，答子之家果以盗诛。”从上下文看，诗人是说自己虽无玄豹的姿质，不能深藏远害，但此去宣城，亦与隐于南山雾雨无异，这也正是他在《始之宣城郡诗》中所说“江海虽未从，山林从此始”的意思；从典故的含义看，“玄豹姿”又借喻自己身为一郡之守，虽无美政德行，未必能使一郡大治，但也深知爱惜名誉，决不会做陶答子那样的贪官污吏，弄得家富国贫。所以字面意义是借出仕外郡之机隐遁远祸，典故含义又是指以淡泊心境处理政务，这就借一个典故包罗了“既欢怀禄情，复协沧洲趣”的两重旨趣，更深一层地阐明了自己以仕为隐的处世之道和以隐为仕的治政之法。结尾不但扣住赴宣城为郡守的正题，而且字面形象与首句“江路西南永”照应，令人在掩卷之后，仿佛看到诗人乘舟向西南漫漫的江路缓缓前去，隐没在云遮雾绕的远山深处……

　　这首诗情景分咏，又相互映衬。前半首写江行所见之景，又暗含离乡去国之情；后半首直写幽栖远害之想，也是自我宽解之词。因此境界完整，构思含蓄，语言清淡，情味旷逸，堪称小谢山水诗中的上乘之作。

晚登三山还望京邑

灞涘望长安，河阳视京县。
白日丽飞甍，参差皆可见。
馀霞散成绮，澄江静如练。
喧鸟覆春洲，杂英满芳甸。
去矣方滞淫，怀哉罢欢宴。
佳期怅何许，泪下如流霰。
有情知望乡，谁能鬒不变？

万籁俱寂的秋夜，月光如水，白露垂珠，大江宛如一条银练静卧在空蒙的夜色中。金陵城（今南京）西楼上，徘徊着一个诗人的身影，静谧的夜空中传来了他那寂寞的低吟：“月下沈吟久不归，古来相接眼中稀。解道澄江静如练，令人长忆谢玄晖。”这是李白在吟哦南朝诗人谢朓的名句。眼前的美景使他深深领悟了“澄江静如练”的意境，追忆前贤，这位大诗人不禁发出了古来知音难遇的长叹。然而此时的李白应未想到，由于他的叹赏，谢朓这句诗在后世得到了无数的知音。

“澄江静如练”是谢朓所作《晚登三山还望京邑》一诗中的名句。这是一首五言古诗，应作于齐明帝建武二年（495），谢朓出为宣城太守时。在这次出守途中，他还作了一首题为《之宣城郡出新林浦向板桥》的古诗，据《水经注》记载，江水经三山，从板桥浦流出，可见三山当是谢朓从京城建康到宣城的必经之地。三山因上有三峰、南北相接而得名，位于建康西南长江南岸，附近有渡口，离建康不远，相当于从灞桥到长安的距离，所以此诗开头借用王粲《七哀诗》“南登灞陵岸，回首望长安”的意思，用“灞涘望长安”一句形容他沿江而上，傍晚时登上长江南岸的三山回望建康的情景，十分贴切。“河阳视京县”一句从字面看似与上一句语意重复，其实不然。这里借用潘岳《河阳诗》“引领望京室”句暗示自己此去宣城为郡守，遥望京邑建康，正如西晋的潘岳在河阳为县令，遥望京城洛阳一样。王粲的《七哀诗》作于汉末董卓被杀，李傕、郭汜大乱长安之时，他在灞涘回望长安，所抒发的不仅是眷恋长安的乡情，更有向往明王贤伯、重建清平之治的愿望。谢朓这次出守之前，建康一年之内换了三个皇帝，也正处在政治动荡不安的局面之中。因此首二句既交代出离京的原因和路程，又借典故含蓄地抒发了诗人对时势的隐忧，以及对京邑眷恋不舍的心情。

前二句领起望乡之意，以下六句写景、六句写情。诗人扣住题意，选取富有特征性的景物，将登临所见层次清楚地概括在六句诗里。远远望去，皇宫和贵族第宅飞耸的屋檐高低不齐，在日光照射下清晰可见。只“白日丽飞甍，参差皆可见”两句，便写尽满城的繁华景象和京都的壮丽气派。此处“白日”指傍晚的日光。“丽”字本有“附着”“明丽”两个意思，这里兼取二意，描绘出飞甍在落日中愈加显得明丽辉煌的情景，可以见出谢朓炼字的功夫。“参差”二字既写京城宫殿楼阙的密集，又使整个画面显得错落有致。“皆可见”三字则暗中传达出诗人神情的专注：既然全城飞甍都历历可见，那么从中辨认自己的旧居当也是一般登高望乡之人的常情吧？所以这两句虽是写景，却隐含着一个凝目远眺的抒情主人公的形象。

诗人没有点明在山上流连凝望的时间之久，但从“白日”变为“馀霞”的景色转换中自然就显示出时辰的推移过程。“馀霞散成绮，澄江静如练”，描写白日西沉，灿烂的落霞铺满天空，犹如一匹散开的锦缎；清澄的大江伸向远方，仿佛一条明净的白绸。这一对比喻不仅色彩对比绚丽悦目，而且“绮”“练”这两个喻象给人以静止柔软的直觉感受，也与黄昏时平静柔和的情调十分和谐。“静”字一作“净”，亦佳。明人谢榛曾批评“澄”“净”二字意思重复，想改成“秋江净如练”。另一位诗论家王世贞不以为然，认为江澄之后才谈得上净。清代诗人王士禛也讥讽谢榛说：“何因点窜‘澄江练’？笑杀谈诗谢茂秦！”其实，如果没有谢榛窜改，这“澄”字的好处还真容易被人忽视。唯其江水澄清，“净”（或“静”）字才有着落，才能与白练的比喻相得益彰。同时，“澄”清的江水还能唤起天上云霞与水中倒影相互辉映的联想。李白在《金陵城西楼月下吟》中引用“澄江静如练”以形容大江沉浸在月光之中的清空透明之感，“澄”字就更有点睛意义。可见“静如练”这一比喻是因为有了“澄”字的衬托，才成功地表现出大江宁静、澄澈的境界。“静”与“净”相比，“静”字写境更为传神。唐代徐凝曾用白练来比喻瀑布：“千古长如白练飞，一条界破青山色。”被王世贞讥为“恶境界”，原因就在用静态的白练来形容飞泻的水瀑，反将活景写呆了。这个例子可以帮助我们从反面体味“静如练”的好处。

如果说“馀霞”两句是用大笔晕染江天的景色，那么“喧鸟覆春洲，杂英满芳甸”两句则是以细笔点染江洲的佳趣。喧闹的归鸟盖满了江中的小岛，各色野花开遍了芬芳的郊野。群鸟的喧嚷越发衬出傍晚江面的宁静，遍地繁花恰似与满天落霞争美斗艳。鸟儿尚知归来，而人却离乡远去，何况故乡正满目春色如画，怎不叫人流连难舍？无怪诗人叹息：“去矣方滞淫，怀哉罢欢宴。”这两句抒发了将要久客在外的离愁和对旧日欢宴生活的怀念，又写出了诗人半途淹留、依依不舍的情态。“去矣”“怀哉”用虚词对仗，造成散文式的感叹语气，增强了声情摇曳的节奏感。

至此，登临之意已经写尽，往下似乎无可再写。但诗人却巧妙地跳过一步，由眼前对京城的依恋之情，想到此去之后还乡遥遥无期，泪珠像雪糁般散落在胸前，感情便再起一层波澜。“有情知望乡，谁能鬒不变”，则又由自己的离乡之苦，推及一般人的思乡之情；人生有情，终知望乡。长此以往，谁能担保黑发不会变白呢？结尾虽写远忧，而实与开头呼应，仍然归到还望的本意，而诗人的情绪也在抒发感慨之时跌落到最低点。

这首诗写景色调绚烂纷繁、满目彩绘；写情单纯明朗、轻清温婉。诗人将京邑的黄昏写得如此明丽美好，毫无苍凉暗淡之感，固然是为了渲染他对故乡的热爱，但也与诗中所表现的游宦怀乡之情并无深刻的伤痛有关。全诗结构完整对称，而给人印象最深的则是“馀霞散成绮，澄江静如练”两句。与谢灵运的“云日相辉映，空水共澄鲜”（《登江中孤屿》）相比较，可以看出小谢在景物描写上的飞跃。如果说大谢还只是以直叙（即赋）的手法来说明水天辉映、空明澄澈的景象，那么小谢已经能够利用恰当的比喻进行形容，使水天相映的景象不但有鲜明悦目的色彩，并能融进主人公对景物情调的感受。当然这首诗也存在着钟嵘所说“末篇多踬”的缺陷。他的山水诗仍然沿袭谢灵运前半篇写景、后半篇抒情的格式，由于抒情大多缺乏健举的风力，加之又“专用赋体”，不像写景那样凝练、形象。本篇结尾情绪疲软消沉，与前面所写的壮丽开阔的景色便稍觉不称。但尽管如此，他在景物剪裁方面的功力，以及诗风的清丽和情韵的自然，都标志着山水诗在艺术上的进步，对唐人有很大的影响。所以李白每逢胜景，常“恨不能携谢朓惊人诗句来”，“解道澄江静如练”只是这类佳话中的一例而已。

王湾（一首）

次北固山下

客路青山下，行舟绿水前。
潮平两岸阔，风正一帆悬。
海日生残夜，江春入旧年。
乡书何处达？归雁洛阳边。

王湾（生卒年不详），洛阳人。唐玄宗时进士。开元初任荥阳主簿，最后官职是洛阳尉。在盛唐有诗名。

诗题点明这首诗是作者在旅途中所作。北固山在今江苏镇江市北，面对长江，三面临水。从诗意看，诗人前夜泊船在山下，马上又要挂起风帆出发了。开头两句说："客路青山下，行舟绿水前。"正是此意。但开头不说停船晚泊，而是用"客路”，与“行舟”对仗，这样写，可以省去对前夜“次北固山下”的交代，既点出北固山是客游旅途所经之地，又概括了诗人一路在青山绿水间行舟的风景，行旅中处处赏心悦目，心情的愉快和舒畅也不难想见。

北固山附近江面开阔，波平浪静，放眼望去，似乎水与岸平，水天相连。“潮平两岸阔”精确地写出了长江下游江面的壮阔景象；而“风正一帆悬”则写出了一帆高悬顺风而行的快意。这两句对意象经过精心的提炼，通过工整的对仗，突显了两岸潮平和一帆高挂的垂直关系：诗人在这里略去了江面上所有的来往船只和其他景象，仿佛只有自己的“一帆”在“两岸”开阔的江面上顺风畅行。这就使江天的空阔之感无限拓展。“风正”一语本来指风向与船行的方向完全相同，不偏不斜，说明因为风顺，所以扯起满帆。但“平”与“正”的对仗，则强化了行舟高挂风帆行进在浩荡大江之上的堂堂气派，它所给人的印象不仅是大江的壮阔和船行的顺畅，更令人从中体悟到开朗、正大的气象以及对于前程万里的展望。

高挂的风帆，不仅有顺风推行，而且迎来了初升的朝阳和江上的新春。长江下游近海，所以说朝日是从海里升起的。“生残夜”是因为古代发船一般在凌晨，正是黑夜将尽未尽之时。而“江春入旧年”则是节气的巧合。古代用农历，新年从正月初一开始，立春才算是进入春天。但也偶有立春在正月初一之前的情形，也就是说新年未至，就已经立春了，所以说仿佛是江春闯入了旧的一年。上一联写风帆高悬、两岸潮平的景象，已经展示出宏阔正大的气象，加上这一联中的朝阳和江春，又为这幅江上行舟图增添了光明灿烂的背景，使全诗更加气象万千。何况“海日生残夜，江春入旧年”这一联并不仅仅是实景的描写，其中更蕴含着丰富的哲理：海日从残夜中生出，新春来自旧年，给人以光明生于黑暗，新事物从旧事物中诞生的无限启示。而这样的启示并非诗人刻意寄寓，而是在对山水的欣赏中自然体悟的，因而尤其自然而且发人深省。

结尾写诗人行旅中的乡思。久客在外，不知写给亲人的书信何时能够抵达，希望托能够捎信的大雁将自己去的消息带到洛阳边。这两句抒情与诗题开头所说的“客路”相呼应，补充说明了诗人正在从洛阳到江南的旅途之中。

这是一首用五律所写的山水诗。虽写在盛唐初期，但已经展示了盛唐气象的最显著的特征，那就是爽朗乐观、朝气蓬勃、富于展望和哲理的启示。王湾生活的时代五律已经成熟，也有不少诗人用这种诗体来描写山水，但是像这样意境开阔、气象宏大的作品还很少见。当时的宰相张说曾将“海日”一联题于政事堂，令能写诗文的人都以此为楷模，是很有眼光的。

张说是盛唐的大文豪，曾提出盛唐诗歌的理想风貌应当是“天然壮美”。王湾这首诗正是符合他的这一审美理想的。对于五律山水诗而言，这首诗的出现还有其特殊的意义：律诗发展到初唐，虽然格律逐渐规则，但是富有深广概括力的佳作不多。王湾从海日生于残夜、新春入于旧年的自然现象中领悟出深刻的哲理，超出了一般的五律山水诗仅停留于刻画景物、即景抒情的水平，为近体山水诗指出了艺术提炼和升华的途径。因此可以说，这首诗的出现是五律诗境进入盛唐的标志。

王维（一首）

宿郑州

朝与周人辞，暮投郑人宿。
他乡绝俦侣，孤客亲僮仆。
宛洛望不见，秋霖晦平陆。
田父草际归，村童雨中牧。
主人东皋上，时稼绕茅屋。
虫思机杼鸣，雀喧禾黍熟。
明当渡京水，昨晚犹金谷。
此去欲何言，穷边徇微禄。

这首诗作于王维赴济州途中。唐开元九年（721）以后，王维得中进士，调大乐丞，这是专管朝廷音乐的官署。因伶人舞黄狮子得罪朝廷，被贬为济州司库参军。离京以后，一路上心情十分抑郁。诗中写他在郑州投宿时所见雨中秋景，同时抒发了遭贬赴边的感慨。

首二句写自己早晨从洛阳出发，晚上便到了郑州地界。洛阳一带在春秋时皆为东周之地，郑州古属郑国。所以说朝与周人辞别，暮投郑人宿夜。以“朝”“暮”相对，是南北朝民歌惯用的句法，这里藉以表现远离京国的心理不适应，强调出行时间虽短，但人居环境已经改变。人在旅途中，常常会因所至地邑变异之迅速而产生感叹，这两句与本诗下文中“明当渡京水，昨晚犹金谷”一样，都是感慨自己昨天还在洛阳，今天已成了他乡之人。这就为下句抒发身在异乡的孤独感做了铺垫。

“他乡绝俦侣，孤客亲僮仆”两句写自己置身他乡，昔日的伴侣友人都已隔绝。孤身为客，从故乡带来的僮仆便成了亲人。僮仆与主人本有上下等级之分，但同在异乡，就觉得格外亲近，这也是羁旅中的人之常情。而感情上觉得亲近的只有僮仆，不仅因为僮仆是熟人，更因为僮仆身上还保留着昔日生活的回忆，这就反过来更见出诗人难以适应陌生环境的落寞，以及对故乡亲友的深切思念。由此可见，这两句的好处正在于能从行旅中细腻的感情变化写出离乡的孤独凄苦，总结出客游他乡之人身处同样境地之中时所共有的人生体验。

已经来到郑州，自然再也望不见宛洛。“宛”指南阳，“洛”指洛阳。诗人从少年时起便在那里居住，并出入两京王公贵人之第宅，颇受上层社会礼遇。现在作为一个罪人离开那里，诗人心境的阴沉晦暗，正像眼前被连绵秋雨笼罩的原野。然而自己的处境还不如这片平川上过着安定生活的人们：田父从远处的草野归来了，村童仍在雨中放牧。诗人投宿的主人家住在东边的高地上，应时的庄稼环绕着茅屋。秋虫伴着织机一起鸣叫，鸟雀喧叫着迎接禾黍的成熟。这八句写景根据从远到近的层次勾勒出诗人投宿庄户人家时眺望田野所见，虫鸣、禾黍熟点出时当将要收获的秋季，田父归来说明已到黄昏时分，自然而现成地概括了北方平原普通乡村最常见的景象。旅人在阴雨和暮色中，最渴望温馨的亲情和安定的家园。因而旁观田园生活的宁静，自然会唤起深沉的乡思；秋雨黄昏的情调，更增添了独宿他乡的惆怅。这层象外之意诗人并没有明言，但是渗透在田园景象的描写中，与此诗首尾两节的抒情相参看，自然可以体味。

身在羁旅中的诗人虽然赞美眼前田家生活的安乐，但是这种生活的俭朴清苦与昔日的富贵繁华相比，毕竟是另一个世界，更何况就连这种俭朴的安定生活与自己也是无缘的。今天只能在此暂住一夜，明天将要渡过京水。再想到昨天晚上人还在洛阳西边的金谷，就又添了一层感伤。前面提到“宛洛”，这里又提“金谷”，虽是指同一个地方，但宛洛自古以来就是京畿繁华之地，而金谷是西晋大富豪石崇的豪华庄园所在地。诗人屡次强调他刚离开的“金谷”和望不见的“宛洛”，显然也有将刚刚消失的繁华生活与眼前的寂寞清苦生活加以对比的深意在。京水源出荥阳县高渚山，郑州以上谓之京水，王维有《早入荥阳界》诗，作于《宿郑州》之前，诗里有“泛舟入荥泽”之句，可见他是乘舟沿京水来到郑州的，因荥阳是郑州的辖县。对于明日旅途的拟想，以及对于昨晚宿处的回忆，既与首二句照应，又使旅人奔波劳碌的生涯与眼前他人安宁的生活形成对照。抛离故乡，孤身为客，已使诗人情不能堪，更何况此行只是为了微薄的俸禄而去往穷僻边远的地区，还有什么话可说呢？王维所去的济州，地在山东，古人认为邻近边海，所以称之为“穷边”。结尾无言的叹息，倾吐出诗人羁旅之中的深沉感慨，谪宦的委屈和不平也尽在不言之中了。

在王维之前，田园诗一般都作于诗人的隐居或闲居生活之中，表现的是回归自然的意愿。王维有一些田园诗写在行旅之中，既写出了北方乡村的典型风光，又从羁旅乡思的角度反衬出田园的安宁。就主题和表现角度来说，在当时都颇有开创性。诗中所写的虽然只是诗人贬谪途中投宿郑州时的所见所感，但独处他乡与乡人更亲的感情体验，对乡村安宁生活的羡慕和眷恋，也道出了大多数旅人在类似境况中所共有的感受。这便是这首诗在任何时代都能引起人们共鸣的基本原因，而这种高度的概括力也正是盛唐行旅诗的主要魅力所在。

杜甫（二首）

石柜阁

季冬日已长，山晚半天赤。
蜀道多早花，江间饶奇石。
石柜曾波上，临虚荡高壁。
清晖回群鸥，暝色带远客。
羁栖负幽意，感叹向绝迹。
信甘孱懦婴，不独冻馁迫。
优游谢康乐，放浪陶彭泽。
吾衰未自由，谢尔性所适。

唐肃宗乾元二年（759）七月，因为关陇地区饥荒，在这里担任华州司功参军的杜甫弃官而去，客居秦州（今甘肃天水）。在秦州只住了三个月，十月即携家前往同谷（今甘肃成县），但到达同谷后逗留不过一个月，为饥寒所迫，于十二月离开同谷，南下成都。从秦州到同谷，以及从同谷到成都，杜甫写了两组纪行诗，计二十多首。这两组诗按照旅途的顺序，以变化多端的表现艺术描绘奇险的蜀中山水，莫不象景传神，历历在目，又寄托着诗人随时触发的人生感慨。就其创作原理来说，他继承了谢灵运观察细致、如实刻画山水形貌的基本特点，但更善于概括和突出各处景物的不同特征，笔调也更丰富多彩，因而是谢灵运之后山水诗的一大创变。

这是一首五言古体诗，作于从同谷到成都的旅途中。描写诗人黄昏时分走到石柜阁时所见美景：季冬时节，日影已经变长，山里的傍晚，半个天空都被晚霞照红了。蜀中地气和暖，蜀道上有许多早开的山花，江中又有许多参差不齐的奇石。这两句上句写山，下句写水，以山花和江石相互映照，概括了一路走来花多石多、美不胜收的印象。同时也可以想见诗人一定是走在沿江的山路上，才能兼顾“蜀道”和“江间”的两边景色，这就把石柜阁临江的环境烘托出来了。

“石柜”两句正面写石柜阁，还是扣住山水相映的关系着笔：石柜阁好像在江中的层层波浪之上，倒影映入水中，陡峭的石壁像是在虚空中回荡。从水中看山，不仅见出石柜之高峻直插虚空，更可见出江水之清澈深沉。这就突破了山水分写的“大谢模式”，通过巧妙的取景角度将山水合而为一了。

“清晖回群鸥，暝色带远客”两句语言奇隽，历来为后人所激赏。“清晖”语出谢灵运《石壁精舍还湖中作》：“昏旦变气候，山水含清晖。清晖能娱人，游子憺忘归。”谢诗这几句颇有理趣，写出了山水间的清气，以及人对山水之美的会心。杜甫诗里的“清晖”也包含了日落时山水间的波光和清气。暝色降临，在空旷的山野中看来，似乎是由远而近的，远客也是由远而近，所以像是被暝色“带”来的。这句的妙处还在读者眼前拓开了想象空间，仿佛把远客推到了天边，随着暮色越走越近。而作为背景的是山间半空的云霞和水上回翔的群鸥，因而构成了极其绚丽爽目的境界。

群鸥回还，是眼前实景，但与“远客”对应，也暗示了人与群鸥相亲的忘机之乐。鸥鸟在古诗中往往具有隐逸之趣的象征意义。《列子·黄帝》说：“海上之人有好沤鸟者，每旦之海上，从沤鸟游，沤鸟之至者百住而不止。其父曰：‘吾闻沤鸟皆从汝游，汝取来，吾玩之。’明日之海上，沤鸟舞而不下也。”指人无机巧之心，鸥鸟才会与人亲近。所以鸥鸟常常用来比喻淡泊闲适的隐者生活。景色描绘中的这点深意自然引出了下文的幽栖之叹。诗人说自己到处漂泊，栖宿无定，虽然身处羁旅之中，但是辜负了如此美好清幽的景色和其中的意趣。因为并没有到山水中去寻幽搜奇的想法，所以只能感叹着走过这风景绝胜的地方。同时，诗人又进一步解释自己不只是因为被饥寒所迫，还因为天性孱弱怯懦，而且甘心如此。所谓“孱弱”，是自谦的说法，指的是自己没有超脱世俗的胆量，潇洒地遁入山水去过自由逍遥的生活。他在早年的《自京赴奉先县咏怀五百字》中曾经说过，“非无江海志，潇洒送日月。”说自己不是没有隐居江湖潇洒度日的志向，但是“葵藿倾太阳，物性固莫夺”，自己忠于朝廷的天性正如葵藿的叶子天性向日而不能改变。后来在《北征》诗中，他再次思考过隐居的问题：“缅思桃源内，益叹身世拙。”说自己也曾向往桃花源的生活，但是因立身愚拙而缺乏生计的诗人又到哪里去寻找隐居的桃源呢？可见诗人不能隐居，一方面因为他的志向是忧念天下，而不是独善其身；另一方面也是因为他不善于为自己谋生，没有隐居的物质条件。更何况身体衰弱，又被身家所累，没有自由，所以只好对陶渊明和谢灵运道歉：自己没有他们那种放浪山水、优游田园的雅趣和性情，所以与他们能够在大自然中适其本性的生活是无缘的。事实上，杜甫这时已经弃官，又在山水中行旅，后来到成都后，在草堂靠朋友接济度日，生活状态已经等同于隐居。然而即使身居乡村山野，他也永远不可能超尘脱俗，这就是他和陶、谢的根本区别。但是这并不影响诗人对大自然的热爱和理解，正是在这种“吾衰未自由”的处境中，他更珍惜眼前的美景。所以虽然志趣与陶渊明、谢灵运不同，杜甫还是留下了许多脍炙人口的山水名篇。

旅夜书怀

细草微风岸，危樯独夜舟。
星垂平野阔，月涌大江流。
名岂文章著，官应老病休。
飘飘何所似？天地一沙鸥。

公元765年，杜甫在成都担任军政长官的好朋友严武去世。杜甫失去了生活依靠，决定携家离蜀，原打算回到洛阳去，但在旅途中因病滞留在夔州，后又因战乱不止漂泊到湖南，始终未能实现他回归家园的梦想。《旅夜书怀》写于他出川时自渝州到忠州的旅途中。

系舟于微风吹拂的青草岸边，只有孤独的桅杆高高耸立。这是一个天高气清、春风微熏的静夜。星空低垂，平野广阔无际；大江奔流，月影在波浪中翻涌。这两句一写岸上，一写水中，可与王维的“大漠孤烟直，长河落日圆”（《使至塞上》）相媲美。描写极其壮阔高朗的空间，轮廓勾勒愈是简括，形象就愈是鲜明，王维和杜甫显然都深知这个道理。大漠和孤烟、长河与落日、星星与平野、月亮和大江，都只是简单地勾勒了它们的几何形状和相互垂直的关系，便展开了辽阔无边的境界。但构图的原理虽然相同，二者的意境却差别很大。王维主要是展示了一幅壮丽的大漠落日图。而杜甫在景物构图中暗寓着很深的含义：星空平野使人想到宇宙的永恒，月影江流则令人想到时间的流逝。在如此广阔的时空中，细草、孤舟更显得渺小、孤独。这就自然令诗人联想到自己的身世：声名可以使人永恒，但杜甫追求的岂是因文章而流芳百世；官位可以实现经世济时之志，却又因老病而不得已罢休。无论是身后之声名，还是生前之功业，都没有成就，何况至今漂泊不定，像一只到处飘游的沙鸥，找不到人生的归宿。沙鸥的形象为前三联的景物描写做了一个总结，“天地”对应星空平野、大江月影，“沙鸥”对应细草危樯，比喻自己漂泊孤独的处境，同时也点出了自己在这广阔的时空中思考一生“名”与“官”的原因。

由此可见，这首名作不仅以境界高朗壮阔取胜，更在于取景照应人事的匠心之妙：全篇以细草、微风、沙鸥、危樯等微渺孤独的意象置于无垠的星空平野之间，使景物之间的这种对比，自然烘托出诗人独处于天地之间的飘零形象。杜甫从寄寓秦州时开始，就一直有意无意地在诗里提炼自己的这种孤独感，多次把自己比作鸥鸟，或把自己的渺小形象置于乾坤之间："大哉乾坤内，吾道长悠悠"（《发秦州》），"还同海上鸥"（《巴西驿亭观江涨》），"相看万里外，同是一浮萍"（《又呈窦使君》），"天入沧浪一钓舟"（《将赴荆南寄别李剑州》），等等。到这首诗里，才在野阔星垂、江流月涌的背景中，找到"天地一沙鸥"这一最有实感而又最典型的比象。以后在夔州，这种思路愈趋明确：像"乾坤一草亭"（《暮春题瀼西新赁草屋》其三）、"江湖满地一渔翁"（《秋兴八首》其七）、"乾坤一腐儒"（《江汉》），等等，无不是由这一境界变化发展而来。这种对照体现了杜甫后期对自己一生境遇和功名的反思：个人在宇宙中是多么渺小，人生在世，如果能在这天地间留下一些痕迹，才是有意义的一生。当他越来越清楚地意识到自己只是一介书生，生当乱世，于国于时毫无用处的时候，这种悲哀是超越时空的。但杜甫又相信自己忧时伤乱的精神在天地间的价值，他不会为自己的坚持和由此带来的孤独感到悔恨。因此，"天地一沙鸥"的比喻虽然包含着对于自己后半生始终飘摇不定的无奈，却也是他独立于天地之间的精神形象的写照。

欧阳修（一首）

晚泊岳阳

卧闻岳阳城里钟，系舟岳阳城下树。
正见空江明月来，云水苍茫失江路。
夜深江月弄清辉，水上人歌月下归。
一阕声长听不尽，轻舟短楫去如飞。

欧阳修（1007—1072），字永叔，庐陵（今江西吉安）人。在北宋曾官至户部侍郎、参知政事。是北宋诗文革新的领袖，大散文家和大诗人。诗歌风格豪放雄奇，较多地接受了李白和韩愈的影响。他能熟练地驾驭唐人所传下来的诗歌形式，并努力使之更加流利潇洒，同时又大体不失唐诗的风味。这首《晚泊岳阳》较为突出地体现了这种艺术追求给他的诗歌带来的变化。诗作于宋仁宗景祐三年（1036）。当时欧阳修因支持范仲淹的改革，在范仲淹遭贬后，写了一封《与高司谏书》，指斥随众诋毁范仲淹的高司谏，以致得罪执政，被贬为峡州夷陵令。这年九月初四，欧阳修到达岳州，夷陵县令来接，泊船城外，诗中所写的就是这一夜在江上所看到的优美景色。

这是一首七言古体诗，除了首二句用歌行式的对偶句以外，其余六句均为单行散句。自从杜甫写作了许多单行散句的七言古体以后，韩愈又对这种体式加以发展，使七古逐渐与以双行偶句为主的七言歌行之间形成了格调的差别。欧阳修此诗有意排除对偶，与杜甫、韩愈的做法一脉相承，也与他倡导诗文革新，以散体矫正骈俪的主张有关。这种体式尤其适宜于用叙述句展开较长的过程，正合乎此诗内容表达的需要。全诗八句，展现了从泊舟城下到夜深人静时分江水空茫、月色皎洁的清幽意境。几乎每一句都表现了一段时间推移的过程。

首句“卧闻岳阳城里钟”，是作者卧在舟中时远远听到岳阳城里传来的暮钟声，这时船还在行进之中，正向岳阳城靠近。待到“系舟岳阳城下树”时，船已停住，并已泊在城下，系在岸边的树干上了。所以头两句连用两个“岳阳”相对，看似重复，其实已表现出船从远到近的移动过程。因树下泊舟，才注意到月出江上，“正见空江明月来”，说明泊船正是明月初上的时候。用“来”而不用“出”“上”等字，是承接前两句，点出船与岳阳城以及城头的明月相向而行的动态，仿佛明月正迎面而来，不仅为诗歌增加了动趣，而且显示出人与明月之间的亲切关系，语气就像是正看到一个常见的老朋友迎上前来。出现“云水苍茫失江路”的景象，则是因为明月渐渐升高，在江面上洒满了月光。云水混茫，一片空蒙迷茫，以致看不见水路了。这句和上句似乎是紧相衔接的两个镜头，实际上已经在不知不觉中交代了从月出到月上中天的时间流逝过程。

“夜深江月弄清辉”，初看仍是写江月相映的景色，然而时间已经转到夜深时分，所写的是月亮将落时的江景特征。“弄”字极为传神。月亮高悬中天时，月光四散，“弄”字没有着落。唯有月亮将要落下江面时，才可能接近它映在水面的倒影。水波粼粼，月影荡漾，与水云一色，以致看不清江面的景象大不相同。这才会产生江月与其清辉相弄的感觉。以前“弄”字多表现人赏月，如谢灵运的“弄此石上月”（《石门岩上宿》）。这里以“弄”字写江月自弄清辉，便赋予月亮许多情趣，且更显示出江上的空静和江月的孤清。在展示了明月从初出到将落时江面上三种不同的境界后，“水上人歌月下归”一句宕开：远远的歌声传来，更为这空明的意境增添了悠扬容与的情味。在歌声悠长的馀音中，轻舟短桨如飞一般离去，唯有歌声仍袅袅不绝，在空江上回荡。“一阕声长听不尽，轻舟短楫去如飞”两句中的“长”与“短”相映成趣，使全诗在悠远空廓的静境中能见出轻快飞动的意趣。

唐诗善写静境和远韵，这首诗静美空灵的境界仍与唐诗相近。但如与孟浩然的《宿建德江》相比，就不难看出二者之间的差异。孟诗说：“移舟泊烟渚，日暮客愁新。野旷天低树，江清月近人。”也是写暮江泊舟和江上月色。原野空旷，天穹低垂，江水清碧，月影近在身旁，似解慰人孤寂。诗中着重表现的是一个静止的画面。而欧诗则表现的是时间推移过程中的意境，以及月下人歌、轻舟如飞的动感美。这种在静境中突出动态过程的表现方式在北宋其他诗人的作品中也可见到，体现了宋人有意要突破唐人的熟境，另作开拓的创新意识。

苏轼（一首）

游金山寺

我家江水初发源，宦游直送江入海。
闻道潮头一丈高，天寒尚有沙痕在。
中泠南畔石盘陀，古来出没随涛波。
试登绝顶望乡国，江南江北青山多。
羁愁畏晚寻归楫，山僧苦留看落日。
微风万顷靴文细，断霞半空鱼尾赤。
是时江月初生魄，二更月落天深黑。
江心似有炬火明，飞焰照山栖乌惊。
怅然归卧心莫识，非鬼非人竟何物？
江山如此不归山，江神见怪惊我顽。
我谢江神岂得已，有田不归如江水。

苏轼（1037—1101），字子瞻，眉山（今四川眉山）人。北宋杰出的散文家和诗人。苏轼与父亲苏洵、弟弟苏辙都是宋代著名的文学家，并称“三苏”。他具备广博的历史文化知识和艺术才能，怀抱经世济民的政治理想。性格耿直，看重操守，既反对因循守旧，又不赞成新法，因此屡遭排斥。一生大部分时间在地方官任上，为当地百姓做了很多好事。

苏轼虽然被贬到各地，经受了许多政治磨难，但有机会游历大江南北，写下了许多描写祖国大好河山的诗篇。《游金山寺》作于宋神宗熙宁四年（1071）冬，苏轼赴杭州上任的行役途中。这时王安石正实行变法。苏轼与王安石意见不合，上奏章反对新法，请求出判杭州。十一月从润州（今镇江）出发，过金山寺，便写下了这首七言古体记游诗。金山寺在今镇江市的金山上。金山原来在长江中，后来山南面沙滩淤积，渐与南岸相连。但苏轼游金山时，还是四面江水环绕的景象。

诗以追溯江水的起源发端，一笔写尽诗人离乡之后多年宦游的经历。诗人的故乡眉山在长江的上游。首句的意思本是“我家住在长江初发源的地方”，但这里用“我家”紧接“江水”的句法造成了直视江水为我家之物的错觉，大有囊括乾坤的气概。连接下句“宦游直送江入海”来看，“我家”二字又点出自己的思乡之情源远流长，其来有自：江水从我家发源，我又因宦游东行，直到江水的入海处。人送江入海，江随人而行。就像李白出川时作的《渡荆门送别》所说：“仍怜故乡水，万里送行舟。”苏轼将这番意思倒过来，说自己的宦游经历倒像是一直把江水从“我家”送到了入海处，就别有新意。此诗开头本来是写金山寺所见的江水，却先宕出远神，直到万里之外，再让诗人的踪迹顺江入海，收归到山寺，起势大气磅礴，果然是大古文家的手笔。接着，诗人又借传闻虚写涨潮时潮头汹涌的情景，文势随潮头突起，随即便转为沙岸上只剩下潮痕的眼前景象，文势又随之下落，顺便点明游寺的时间是天寒水枯的季节。一起一落之中，气势的混茫壮伟和景色的落寞萧瑟各异其趣，又融合成雄浑高远的意境。

以下扣住开头，句句从江水落笔：扬子江中有中冷泉水，为天下点茶第一。泉在金山西北。既然是游览，这等名胜当然不可不提。但也可能是泉边那块随着波涛出没的巨石触动了诗人关于宦海浮沉的联想。因为江潮的涨落本来就与人生命运的起伏有某种相似之处，所以诗人着意描绘了大石盘陀奇崛，屹立于风浪之中的情状，也未始没有更深的含义在。这里虽然没有任何比喻或者暗示，然而读者由这块巨石自古以来就经受着风涛冲击的事实，很容易联想到历史上那些在政治风浪中屹立不倒的刚正士大夫。尽管这时苏轼仕途的挫折才刚刚开始，但他既然把自己的宦游和江水相联系，那么那块江心中的巨石自然也会触动他想到今后的人生命运。这种似有若无的意蕴尤其耐人寻味。

接着，诗人就眺望中泠泉的大石拓开更远的视野：登上金山的绝顶遥望故乡，深长的思绪随着波涛的起伏愈荡愈远。“望乡国”与首句“我家”相呼应，点出开头从“江水初发源”说起的用心。然而正可顺势滔滔而下抒发乡情的时候，文势却忽然一转：江南江北的青山太多，遮断了望乡的视线。望乡不能解忧，反而徒增离愁。于是意兴阑珊，只好寻舟归去。似乎游览就要到此结束，却被山僧苦留看落日所接续，转出了另一种神奇瑰丽的境界。这四句意思一句一转，文势也随之起伏变化，形成三次转折，转换节奏的快速，在历来讲究章法波澜壮阔的七言古诗中也不多见。

诗人留下与山僧一同观看落日，在山上一直逗留到二更。也是一句一景：微风拂过，万顷江面泛起靴文般细细的波澜。落霞横断，半个天空都是鱼尾似的火红色。描写水上落日，丽词佳句已为前人用尽，很难脱俗。苏轼在这里用“靴文”和“鱼尾”这两种俗物来形容微波万顷、断霞半空的壮丽景象，看起来好像违背了诗家描摹景物情状不宜拘泥写实的常规，而且所用喻象的琐细也似乎与江景的壮观很不协调，但给人的整体印象却觉得新鲜真切。靴文是穿过的靴子上自然形成的细碎皱纹，以之比喻轻波微澜，能精确形象地描画出原来平静如锦的江面被微风吹皱的形态，加上“万顷”的修饰，就令人只会在二者的细纹上产生联想，而忘记“靴”的实物。“鱼尾赤”则本身包含着典故。《诗经·周南·汝坟》说：“鲂鱼赪尾。” 鲂鱼之尾是赤红色的。熟悉典故的人自然会有此联想，便化俗为雅。像这样的比喻方式体现了从韩愈到苏轼诗歌取象的特点。他们的长篇七言往往追求写实，写景比喻不一定取清雅的形象，甚至不怕以丑怪的意象入诗，只求状物逼真贴切。凭着大古文家运笔自如的气魄，别有一种生新别致的效果。韩愈的《衡岳》和苏轼此诗就是如此。

从“江月初生魄”到“月落天深黑”，概括从黄昏到夜半的时间推移过程，似乎写得很平板。但一个凝目远眺、流连忘返的抒情主人公形象却呼之欲出。而在月落之后，诗人还是没有离去，所以才会看到江心的炬火。火把飞腾的火光照亮了金山，惊起了已经栖宿的夜乌。这一偶然见到的奇怪景象，为诗人游金山寺留下了一个心结，以致归去以后直到卧床休息还是念念不忘，一直在琢磨自己见到的非鬼非人，究竟是何物。“非鬼非人竟何物”这句下，作者原有自注：“是夜所见如此。”对于刚刚避开政治斗争旋涡的诗人来说，见到不明事物的出现，难免引起他关于某种神示的不安猜虑，从而带出最后四句对江神见怪的疑心。从文势来说，虽有这个偶发事件插入，倒是顺势结尾，水到渠成。但将偶然性见闻实录在诗里，在杜甫之前也是罕见的。苏轼在诗中展开的心理活动过程，通常只在散文里才会得到细致的表现，这也正是“以文为诗”的一种体现。不过在这里倒为诗人惊怪怅惘的心情更增添了几分恍惚骚动的意绪。

当然，苏轼毕竟是一个达观的诗人，即使沉浸在这种复杂的心绪里，也没有失去他天生的诙谐和风趣。他将夜半见到的炬火看成是江神对自己的警示：如此美好的江山，自己却不肯归山，所以江神要责怪自己的顽固了。但是自己有不得已的苦衷，只能向江神道歉，发誓家乡如果有田可耕，一定归乡退隐。结尾落到“归山”，又向江水发誓，与首句“我家江水”再次呼应。这四句犹如战国策士之文，用意先立地步：江山如此，江神又见怪，绝无不归之理。然后以己之矛攻己之盾，说出不归实在有不归的不得已。这就更深刻地表现了自己在政治风浪中进退两难的苦恼心情。但从诗人赌神发咒、立誓退隐的恳切态度中，仍可窥见他并不甘心从现实政治中退却的真实思想。

这首诗题为“游金山寺”，其实没有一笔实写山寺，而只取此寺屹立金山、以观望江景著称的特点，寓深沉的怀乡思归之情于连接故乡和山寺的江水，以此为主线贯串全篇，展现出大江从黄昏到深夜的壮观景色，暗中寄托了诗人对于自己身处政治风浪中的立身原则的思考。全诗首尾严谨，笔笔矫健。文势起伏跌宕，如江水般浩大流转，体现了苏轼善于“以文为诗”的特色。“以文为诗”是严羽的《沧浪诗话》中对宋诗的批评，其实这一现象并不自北宋始。中唐韩愈、白居易、柳宗元都有一些诗带有散文的特点。特别是较长篇的山水记游诗，往往利用五言古诗或七言古诗适宜叙述的体式特点，吸取游记散文的章法，有头有尾地记述较长时间的游览过程，自由地抒发由观景而产生的感想。一不小心就容易写成押韵的散文。但是也有一些成功的记游诗，如韩愈的《山石》《衡岳》，虽然寸步不移地记述了游览的全过程，但能将山山水水与诗人的自我形象相融合，着重表现人与景物共鸣的旨趣，还是以诗为根本。《游金山寺》同样吸取了散文的布局谋篇之法，顿挫转换之间，颇有大古文家的笔势。但景随情转，情随景变，始终将诗人的命运、乡情与江水扣合在一起，政治上的苦衷和隐忧也在可解不可解之间。因此没有散文的直白，而只有诗歌的含蓄。可称是一首善于融会散文之长的佳作。

附录一：

澄怀观道　静照忘求

——中国山水诗的审美观照方式

中国是一个诗的国度，其中山水诗所取得的成就最令人瞩目。山水景物描写虽然早在《诗经》和《楚辞》里就已经出现，但是山水诗正式成为一种独立的题材，并形成独特的精神旨趣和审美观照方式，是在东晋时期。由于玄学思潮的催化，人们在观察山水和描写山水的过程中探索自然的理念，遂使山水诗从它诞生之初就带上了浓厚的哲学色彩。回归自然，与造化冥合为一，是中国山水诗的基本精神，与此相应，澄怀观道、静照忘求，则是中国山水诗独特的审美观照方式。那么这种观照方式是如何形成的？对于山水诗的意境有什么影响呢？

“澄怀观道”是晋宋时期宗炳说的：“老疾俱至，名山恐难偏睹，惟当澄怀观道，卧以游之。”（《宋书·宗炳传》）所谓“澄怀”，是说诗人要让自己的情怀、意念变得非常清澄，没有一丝一毫的杂念，在这样的状态下才能体会山水中蕴藏的自然之道。所谓“观道”，指观察自然存在和变化的规律。“静照忘求”是王羲之在一首诗里说的：“争先非吾事，静照在忘求。”（《答许询诗》）意思是在深沉静默的观照中忘记一切尘世的欲求。西晋以后，士大夫讨论老庄哲学中“自然”这一命题的风气很盛。东晋永和年间，有一些名士、名僧，如许询、孙绰、谢安、王羲之、支遁、晋简文帝等人经常在会稽山阴一带，清谈玄理（老庄的哲理），并在这种清谈的启发下写了不少玄言诗。这些诗的主题就是山水体道。永和九年（353），以王羲之为首，在兰亭（今浙江绍兴）有一次雅集，约四十人参加。当时创作的诗就称为《兰亭诗》。王羲之还写了一篇序，这篇序的书法非常有名。这次雅集对于山水诗审美旨趣的形成也有重要意义。我们从王羲之的两首《兰亭诗》里可以看出他们是怎么样在山水中观道的：

悠悠大象运，轮转无停际。
陶化非吾因，去来非吾制。
宗统竟安在，即顺理自泰。
有心未能悟，适足缠利害。
未若任所遇，逍遥良辰会。

仰望碧天际，俯磐绿水滨。
寥朗无厓观，寓目理自陈。
大矣造化功，万殊莫不均。
群籁虽参差，适我无非新。

前一首诗说：天地悠悠，大象（自然界的本源，这里泛指自然界）运转，就像轮子一样转动没有停止的时候。这种像制陶（轮转）一样的变化并非因为我的缘故，来去也不是我所能控制的。这四句意思是，个人对于宇宙运转的规律是无可奈何的，那么能够统制自然的人又在哪里呢？只要顺其自然之理，心里就通达安泰了。如果不能领悟这样的道理，被世俗的利害所纠缠，就参不透“适”和“足”的道理。王羲之所说的“适足”也是这一时期提出来的一个哲学命题，意思是“物莫不以适为得，以足为至”（戴逵《闲游赞》），即对于外物，只要觉得适意就可以了，对于所处的境地只要能够满足就会自甘淡泊，自得其乐。“适足”的理论使人们对于物质世界持一种超然的态度，只要有这种态度，就可以达到无往而不适，无待而不足的境界。这样的理论在东晋时主要是为了消解人们对于人生苦短的烦恼，让人们对自然规律取一种顺其自然的态度。这就促使人们把求适求足的心情投入山水。因为在东晋文人逍遥山水的生活中，是最容易体会这种无往而不适的境界的。所以，王羲之这首诗说懂得适足的道理，就可以做到在山水中任其所遇，在良辰美景中逍遥自在。

王羲之在下面一首诗里接着说：仰望蓝天，俯瞰绿水，大自然如此辽阔无边，每一种眼前的事物都展现着自然之理。造化的功绩如此广大，平均地施予各种不同事物。各种天然的景物虽然参差不齐，但都使我感到适意，处处给自己以新鲜的美感。

由此我们看到对于山水之道的体悟，促使人们追求心理的适足，促使他们发现了山水中的新意。对于山水的自觉的审美意识就是这样产生的。在山水诗独立以前，古诗中的景物描写往往是诗人主观感情中的意象，大都含有比兴的意义，也就是说，景物主要是作为人生的比照，诗人们几乎没有发现其自身的审美价值。而在玄学思想的启发下，由于诗人们对于眼前的山水采取周流观察以体会其自然之理的态度，于是就形成了静照忘求的审美观照方式。

在深沉静默的观照中“坐忘”，忘记一切，甚至忘记自己的存在，这样就能达到心灵与万化冥合的境界。这种静照是吸取了道家和佛家的“虚静”“灵鉴”综合而成的。老子最早提出“虚静”，就是在一种洗净一切杂念，非常宁静的状态下，透彻地观察事物的本质。庄子又做了进一步发挥，指出要在“视乎冥冥，听乎无声”的精神状态下，才能进入虚静的“大明”境界。这一学说也被战国其他学派所吸收。佛经有类似的说法。如《僧肇论》说：“至人虚心置照，理无不统，而灵鉴有余”（《大藏经》卷四十五），有时又称为“玄鉴”。就是说让自己的心变得非常虚明，像一面镜子，没有什么事理不能包含在这面镜子里。东晋名僧支遁对于“静照”有更具体的说明：“寥亮心神莹，含虚映自然。”（《咏怀诗》其一）认为当心灵精神变得十分清澈透明的时候，就会像一面晶莹的镜子，从虚明处映照出完整的自然。这时人们便认识到自然景物是以各种不同的形态姿貌客观地反映在人的心神中。东晋末年有一些庐山僧人就说：“夫崖谷之间，会物无主，应不以情而开兴。”（庐山诸道人《游石门诗序》）意为山谷里的景物是没有主宰的，自然美客观存在，不是因为人的情感才引起兴致。认识到自然美不随人的情感变异的客观性，就必然激发起他们忠实地再现自然美的欲望。宗炳写过一篇《画山水序》说：“山水以形媚道”，“神本亡端，栖形感类，理入影迹，诚能妙写，亦诚尽矣。”说山水以它的形态来体现自然之道，道、神、理都是无形的，它们存在于有形的各类事物中，把它们画下来，理也就进入影迹（绘画）了。所以能够巧妙地用“以形写形，以色貌色”的办法完美地表现出来，理和道也就充分体现出来了。这虽是说山水画，也适用于山水诗。因为山水画和山水诗是在东晋时期同时出现的，都是受到当时玄学思潮的催化。二者的精神意趣和观照方式相同。

了解这种静照的审美方式，对于我们理解中国山水诗的独特风貌很有帮助，宗白华先生曾经指出晋人特别欣赏清朗澄澈、明净空灵的美（《论〈世说新语〉与晋人的美》，见《艺境》北大出版社1987年），这正与其观照方式有关。由于玄言诗里的山水是用静照的方式表现深沉玄远的自然之道，以清澈的心神从虚明处映照天地万物，这就使早期山水诗从独立的时候开始，就确立了中国山水诗的审美理想。在“虚明朗其照”（庐山诸道人《游石门诗序》）的审美视野中，一切自然的景象都是清朗明净的；在山阴道上行走，看到的是“镜湖澄澈，清流写注”（王献之《镜湖帖》）；坐在窗户间，看到的是明星闪烁、月色清澄的夜景：“迢迢云端月，的烁霞间星。清霜激西牖，澄景至南棂。”（孙绰诗）甚至出去行军，所见的也是“窈然无际，澄流入神”（袁宏《从征行方头山诗》）。由澄怀观道而获得的空明清澄的意象，几乎成为早期山水诗的共同特点，而且对南朝直到盛唐山水诗的审美理想产生了深远的影响。

此外，由于人在体悟山水时完全处于清明虚静的状态中，诗里的抒情主人公也自然形成了宁静淡泊的气度。所以东晋士人都推崇神气清朗、从容镇定的风度，追求潇然尘外的风姿和闲云野鹤般的意态。当时他们对人物的赞赏差不多都是“清风朗月”“清远雅正”“器朗神隽”这样的评语。这样又赋予山水诗以前所未有的精神气质。从晋宋到唐代，凡是典型的山水诗，都能显示出诗人超脱、从容、宁静、清雅的风度，这正是中国山水诗的神韵所在。

生活在东晋和刘宋时期的谢灵运是中国第一位大力创作山水诗的诗人。他的山水诗和东晋的玄言山水诗是一脉相承的。“景夕群物清，对玩咸可喜。”（《初往新安至桐庐口》）“浮欢昧眼前，沉照贯终始。”（《石壁立招提精舍》）说傍晚夕阳下万物清澄，令人在观赏中感到喜悦。又说浮生的欢乐都从眼前消失，使自己始终能沉浸在静默的观照中。这些都和东晋诗人相同。所以他笔下的山水都是清朗鲜亮的。他的名句如：“云日相辉映，空水共澄鲜”（《登江中孤屿》），“江山共开旷，云日相照媚”（《初往新安至桐庐口》），“春晚绿野秀，岩高白云屯”（《入彭蠡湖口》），“野旷沙岸净，天高秋月明”（《初去郡》），等等，也都莫不体现了这种审美情趣。

山水诗在宋齐以后，与赠别、相思、旅游、田园等各种题材结合在一起，内容和艺术有了极大的发展，早期那种为体道而写的山水诗逐渐减少，但是在欣赏山水中使自己的心灵与大自然融为一体的基本旨趣，以及静照忘求的审美方式一直延续到唐代。特别是在孟浩然、王维、常建、柳宗元等等诗人的作品中，影响最为明显。他们都很擅长描写空静的意境，这与静照和禅的性空相结合有关。以下分别举例，看看澄怀观道、静照忘求的审美观照方式对他们创造山水诗意境的作用。

禅宗在初盛唐已经很流行。王维诗里也有不少写到他对禅宗性空之说的体悟。比如“眼界今无染，心空安可迷”（《青龙寺昙壁上人兄院集》）之类。禅宗的性空之说就是悟出自己的心性本来就是空无的，这样才合于大道。所以王维有些诗强调自己的心性之空与空寂之境的暗合。比如有名的《过香积寺》：

不知香积寺，数里入云峰。
古木无人径，深山何处钟。
泉声咽危石，日色冷青松。
薄暮空潭曲，安禅制毒龙。

毒龙是比喻自己心里的杂念。意思是在这样幽冷僻静的深山里，一切都显得那样静，连泉水的声音都淹没在大石头里。空气又是那么冷，连暖和的阳光都冷却在青松之上。这时对着黄昏时的空潭，觉得自己的心正与它相印，这时就达到了禅心安定的境界，可以制服各种杂念。这种心性的空与静照忘求的境界是一致的，或者可以说，正是诗人面对深山景物的“静照”和“坐忘”，使他悟出了禅心的安定，以及与空潭的合而为一。我们再看一首盛唐诗人常建的名作《题破山寺后禅院》，可以帮助我们理解王维的空境：

清晨入古寺，初日照高林。
竹径通幽处，禅房花木深。
山光悦鸟性，潭影空人心。
万籁此俱寂，但馀钟磬音。

诗以明朗的境界开头：清晨太阳照着高大的树林，一条竹林里的小径却把人带到寺后花木深幽的禅房，那里另是一片天地，鸟在明亮的山光中喜悦地鸣叫，空潭让人领悟到心灵的空静。这时万籁俱寂，只有寺里的钟磬声在空中回荡。这与王维上面那首诗一样，也是写寺里的空潭、宁静使人心进入一种虚静空寂的境界，由此而领悟大道。但这个境界中并不是真的一切空无，而是让你感受到鸟性与山光相悦的宇宙生命。空的是尘世间的杂念，领悟的是自然之道。所以，王维、常建体悟的性空或心空，实际上还是在静照忘求的精神状态中体会到生命与大自然的融合。

山水诗人通过静照忘求的审美方式来审视自然，不一定把这种道理直接写在诗里，但是常建却在许多诗里把它描写出来以追求一种理趣。所以，我们可以通过常建的诗来进一步了解东晋以来这种审美方式在盛唐山水诗里的延续和发展。常建的山水诗写仙境和禅境的比较多，写禅境的除了以上这一首以外，典型的还有《白湖寺后溪宿云门》，这首诗描写了白湖寺后面山水的美丽，自己在落日下沿着溪流从山里到山外，从日落一直玩到日出的整个过程，景物非常繁富。但是最后全都包容在两句诗里："四郊一清影，千里归寸心。"就是说四郊之野，千里之内，包括自己整整一夜赏玩的各种景物，都像是一片清影纳入了方寸的心灵里，这就构成禅的境界。但是反过来说，这一切景色都是自己的心灵映照出来的清影，这又是静照忘求的所得。《白龙窟泛舟寄天台学道者》更明确地说："应寂中有天，明心外无物。"空寂之中自有天地，心变得澄明之后就没有外物。他还把这种静照忘求的审美方式与仙境结合起来。比如《第三峰》写他如何攀上云梯去寻求仙鹤的踪迹，感受到“馀影明心胸”，“因寂清万象”，阳光、霞晖、烟岚都像影子一样照在虚明的心灵里，万象因为心灵的空寂而显得更加清澈。“了然云霞气，照见天地心。”（《张山人弹琴》）诗心照见天地，使仙山的云霞之气也看得格外分明，这就把仙境也化到“玄鉴”“静照”的妙趣中去了。

了解静照忘求的审美方式，还可以帮助我们更深入地理解某些写得很美但不一定看得懂的山水诗。比如王昌龄的《斋心》，很善于将静照中体会的“视听转幽独”的境界表现出来：

女萝覆石壁，溪水幽朦胧。
紫葛蔓黄花，娟娟寒露中。
朝饮花上露，夜卧松下风。
云英化为水，光采与我同。
日月荡精魂，寥寥天府空。

《斋心》的题目是用庄子“心斋”的意思。《庄子·人间世》说：“仲尼曰：‘若一志，无听之以耳，而听之以心。无听之以心，而听之以气。听止于耳，心止于符，气也者，虚而待物者也。唯道集虚，虚者，心斋也。’”庄子假托孔子说，如果心志专一，不要用耳听，要用心来听；不要用心来听，而要用气来听。耳听只是限于耳，心听只是限于心，只有气是空虚的，可以接收外物的，道就聚集在虚处，这种虚静就是心斋。也就是要求人心志专一，放弃视听和外界的一切欲望，达到精神的绝对自由。“斋心”是把斋当动词用，就是达到心斋的途径。这也就是静照的过程。这首诗写的是作者在面对一条溪水的美景时，如何斋心的。溪水旁边的石壁上覆盖着女萝，溪水幽深而朦胧。葛藤蔓延，开着黄花，在寒露中显得分外美好。早晨喝花上的露水，夜里睡在松林的清风中。那溪水的清澄好像是云英化成了水，光彩和我相同，日月涤荡着人的精神魂魄，只觉得天空无比寥廓。仅从字面上解释，不易明白他的意思。这里说饮露卧风，实际上暗中化入了庄子所说的藐姑射山上的神人吸风饮露的故事。意思是面对如此美景，就像神人一样禀受着自然的精华灵气。水像云英一样清澄，为什么与“我”同呢？这是指我的心也像水和云英一样清澈，能映照出天水日月的光彩。这时人进入最为深邃虚灵的境界，人的精魂受着日月的洗涤，与寥廓无际的天空合为一体。这就是斋心的过程。通过静照忘求以达到与自然合一，是一个抽象的理念。在玄言诗里，也是用抽象的语言表达出来的。而王昌龄这首诗把这种理念形象地描写出来了。

山水诗这种澄怀观道、静照忘求的审美方式在盛唐的山水诗里看得最清楚。但在后世的山水诗人的诗文中也常常可以体味。比如柳宗元的名篇《钴鉧潭西小丘记》中有一段写他在小山丘上清理了草木乱石之后，躺在山上享受美景的心境：“枕席而卧，则清泠之状与目谋，瀯瀯之声与耳谋，悠然而虚者与神谋，渊然而静者与心谋。”卧在小丘上，眼睛所见到的是清泠的景物，耳朵听到的是回旋的水声，神思进入了悠悠的虚空，心灵沉入了深渊般的静境，这就是一种静照忘求的审美境界的形象描绘，柳宗元山水游记中的诗意也正在此。我们如果从这个角度来解读他的名篇《江雪》，还可以得到新的感悟：

千山鸟飞绝，万径人踪灭。
孤舟蓑笠翁，独钓寒江雪。

这首诗展示了一个万籁俱寂、水天一色的纯净世界，独钓寒江的渔翁似乎是诗人孤独高洁的人格写照。但是从诗人的审美观照来看，这个混茫无象的境界又是映照在诗人澄澈的诗心中的整个大自然，是通过无声无色的山水所体现出来的最高的自然之道，这就又升华了诗的意境。静照忘求的传统和诗人的人格境界完全融为一体，正是这首小诗给人以无穷联想的原因所在。

我们看了以上的诗例，对于中国山水诗为什么独具意境美，会有更深切的体会。意境是中国诗歌的独特的审美范畴。盛唐山水诗向来被视为意境美的典范之作，就是因为其意境具有清朗空静的特色。空静能最大限度地体现出意境富有象外之趣的基本特征。所以有不少学者从山水诗的时空意识来探讨意境的形成，也有不少人从禅的境界去探讨。现在我们知道，其根本原因还在于从东晋时期形成的澄怀观道、静照忘求的审美观照方式，要求诗人在观照万物时具有清明、虚静的内心境界，使空间万象在心灵的镜子中变为一片澄明清澈的世界。盛唐山水诗只是善于通过艺术的处理来突出这种空静而已。

人类的本性是亲近自然的，追求人与自然的和谐是中国文化的重要传统，而在山水诗里得到了集中的反映。因此，了解中国山水诗静照忘求的审美方式，不但可以加深我们对山水诗中所含哲学意趣的理解，把握中国山水诗追求清朗空静的意境的原因，而且可以从这一个特殊角度了解中国人文精神的特质，对我们今天提升人的文明素质，改变生存环境也很有意义。

附录二：

中国古典诗词的阅读和欣赏

中国古典诗词的成就极其辉煌。由于历史悠久，题材内容丰富、形式风格变化多样、表现艺术也是千差万别。要学好古典诗词，最基本的问题是理解。但是在多年的教学中，我发现很多同学，包括博士研究生，最困难的还是真正读懂文本。所谓读懂文本，就是要准确地理解作者的用心，能透彻地说明作品要表达什么，进而悟出其怎样表达。只有在这个基础上，才能谈得上进一步对诗人的特点乃至文学史上较大的一些问题做出概括总结。这里主要想从以下几个方面来谈谈如何增进对古典诗词的理解。

一、联系作家的生平思想读懂作品的意思，努力贯通地理解整首作品的意脉。

这是最基本的方法。说起来简单，实际上并不容易做到。比如陶渊明《杂诗》其一，小学诵读教材里就选了，但一些注释赏析文章都没有讲透：

人生无根蒂，飘如陌上尘。
分散逐风转，此已非常身。
落地为兄弟，何必骨肉亲！
得欢当作乐，斗酒聚比邻。
盛年不重来，一日难再晨，
及时当勉励，岁月不待人。

要透彻理解诗意，先要读一遍陶渊明的《杂诗十二首》，知道这组诗的主题是抒发光阴蹉跎、有志难成的悲哀。同时能够对陶渊明的思想有一点基本的了解。陶渊明归隐田园，是因为看透了世道的黑暗和虚伪，不愿同流合污。但是他和同时代人一样，对生命的短暂怀着一种焦虑，希望在有生之年能够有所作为，体现出人生的价值。然而在归隐生活中，他只能任光阴流逝，一事无成。这首诗集中体现了时不待人的紧迫感。头两句感叹人生没有深固的根底，不能长生，用《老子》五十九章："是谓深根固柢，长生久视之道。"意思是有深根固柢才能长生。又以田间路上随风飘逝的尘土来比喻时光生命流逝的快速。《古诗十九首》："人生寄一世，奄忽若飙尘。"曹植《薤露行》："人居一世间，忽若风吹尘。"意思都是说人生一世像风吹尘土一样飘忽短暂。尘土被风吹散，随着风飘转，就像人的命运不能由自己掌控。“此已非常身”含有庄子哲学，《庄子·大宗师》郭象注：“故向者之我，非復今我也。我與今俱往，豈常守故我。”意思是人生随着时光推移而变化，今我已非旧我。前四句以田间路上的尘土来比喻人生的聚散无常以及变化快速，也说出了人来到世间的偶然性。由此引出中间四句：人之像尘土一样落地既属偶然，那么有幸同在世间，则四海之内皆可视为兄弟（用《论语·颜渊》语）。所以应该珍惜与自己同在一世的人（例如比邻），及时行乐。这里说有酒就和比邻一起寻欢，并不是纵酒放任，而正是对苦多乐少的有限人生的珍惜。这八句的意脉是一句紧接一句的，到最后四句自然推出全诗的立意：盛年难再，时不我待，应当及时勉励。这首诗的好处是具有汉代五言古诗朴素自然的神韵，同时表现出作家自己对人生的深刻思考。首先，其主旨和写作原理与汉乐府的《长歌行》一样，以常见的比兴总结出人生应当及时努力进取的至理名言，非常简练而警策。同时诗里所用的比喻，又融合了汉魏诗中的常见意象，道家对人生偶然性的认识和儒家对人际关系的看法，有很高的概括力。其次，文气自然，看不出句意断续的痕迹，这是汉代古诗的重要特点，却又能曲折表达出自己并不满足于斗酒寻欢的无奈。而且作为整组诗的第一篇，概括了十二首的基本主题。要欣赏这类全篇直接抒情的诗歌，最关键的是读通全诗，透彻了解其中的思想感情逻辑。

再比如杜甫《曲江二首》其一：

一片花飞减却春，风飘万点正愁人。
且看欲尽花经眼，莫厌伤多酒入唇。
江上小堂巢翡翠，苑边高冢卧麒麟。
细推物理须行乐，何用浮名绊此身？

这是杜甫在两京收复之后回长安的翌年（758）暮春重游曲江所作七律。前半首写自己对春光的无比珍惜。首句“一片花飞减却春”，构思新奇：春光似乎是万点花片叠加而成，所以飘落一片就减掉一片春光，妙在用加减法把不可计数的春光实物化了。于是普通的怜春、惜春就变成了近乎吝啬的心态：天天在计算着多少春光被减，风飘万点自然更要愁煞人了。那将要落尽的花都一一经过诗人之眼，为解春愁不怕伤酒，照样滴滴入唇。那么可以想见诗人几乎是一片落花一杯酒地在计算着还有多少春光残留了。

后半首写曲江如今的残破：江上小堂寂寞无主，翡翠巢筑于其中。苑边高冢无人祭扫，石麒麟卧于其旁。从字面来看是写曲江乱后的荒凉景象，感慨人事兴废。前人的注解都这样讲这两句诗，但这样讲不能透彻理解前半首为什么要如此强调自己对春光的留恋。我们可以再深入一层思考曲江可写的景物很多，杜甫为什么用这两个意象来对仗？它和前面四句又是什么关系？这两句取象是很有深意的：翡翠鸟的美丽娇小和石麒麟的庞大无情，在形象上形成对照，清晰地昭示了青春的短暂可爱和死亡的冷酷永恒。这正是杜甫要细细推求的“物理”：万物兴废本是自然之理，帝王宫苑也不免变成高冢荒坟，又哪来永久的功名富贵呢？而青春却是如此短促，难以挽留。因此结尾说不必为浮名所羁束，及时享受青春才不辜负有限的人生，这样才能进一步理解前四句写伤春的内在含义。看到整首诗的意脉贯串，才能更深刻地体会杜诗意蕴的丰富和构思的新颖。

再比如杜牧的《题禅院》：

觥船一棹百分空，十岁青春不负公。
今日鬓丝禅榻畔，茶烟轻扬落花风。

这首诗还有一个题目：《醉后题僧院》。第一句用了典故，晋人毕卓爱喝酒，曾对人说：“得酒满数百斛船，四时甘味置两头，右手持酒杯，左手持蟹螯，拍浮酒池中，便足了一生矣。”觥船就是酒船，百分就是满杯。这里用这个故事，写自己只要能乘着酒船，喝空满杯美酒，就不辜负这十年的青春了。后两句是他的名句。从字面看是写自己在落花时节与僧人坐在禅榻旁喝茶，但意思远不止此。鬓丝是写头发花白，禅榻是坐禅的地方，禅令人了悟一切都是空无。古人用茶炉煮茶，所以有烟气轻扬。而随风飘荡的落花则意味着春天的消逝。春天又往往令人自然联想到人的青春时光，烟和风都是虚幻的。所以这两句还让人透过随着落花微风轻扬的茶烟体味出主人公身在禅院时心头隐隐浮起的青春虚幻之感。也就是说诗人巧妙地把对禅的空无的体悟通过风吹落花和茶烟轻扬的眼前景象表现出来了。联系杜牧的生平思想来看，他身在晚唐，国运衰微，他的大志是补天，也有很多具体的政治谋略，希望做一番事业，弥补朝廷政治的漏洞，但是并未得到重用，所以常感叹光阴虚度。由这两句又可看出，诗人并不真正追求在酒池中拍浮一生的生活，前两句只是对自己喝醉的调侃，而后两句才见出其内心的苦闷。所以含义深长，而又表现出杜牧特有的俊逸优美的风格。

二、要了解诗歌史发展的一些常识。

（一）要理解一首作品的内容和风格，先要了解其题材的类型。中国古典诗歌的题材是从少到多逐渐增加的，在题材的形成和扩大的过程中，会形成某类题材作品的内容主题及艺术风格的传承性。了解这个规律，对于我们理解诗歌很有帮助。中国古诗的题材和主题有一种持久的传承性，像感遇言志、咏史怀古、边塞游侠、山水田园、赠人送别、乡思羁愁、闺情宫怨等等，几乎是永恒的题材。这当然和古代社会历史的过于悠久，造成人们的生活方式和感受大同小异有关。后人在写作时，往往融化前人同类题材的意思。有时不了解之前的作品，就不理解诗里的用意。比如送别诗，从汉魏到唐宋，数量极多。李白《送友人》看起来很容易懂:

青山横北郭，白水绕东城。
此地一为别，孤蓬万里征。
浮云游子意，落日故人情。
挥手自兹去，萧萧班马鸣。

这首诗写送别友人的情景，是古代送别最常见的。地点在城外：城北青山横卧，城东白水围绕。一山一水既是写山清水秀的景色，也是为了与下一句强调“此地一为别”形成对比：山水似乎都依恋着此城，而人却如孤蓬开始了飘游万里的征途。浮云是眼前景，但也是比兴，游子正如浮云，无法掌握自已飘游的去向；落日点出送别的时间，但也隐含着光阴流逝，人生聚短离长的悲哀，这是故人依依不舍的原因。这样理解是因为中间两联化进了汉魏古诗中许多类似的意思。比如以孤蓬比游子，有曹植的《杂诗七首》其二："转蓬离本根，飘飖随长风。何意回飚举，吹我入云中。……类此游客子，捐躯远从戎。"以浮云比游子，有李陵诗："仰视浮云驰，奄忽互相逾。"曹丕的《杂诗》："西北有浮云，亭亭如车盖。惜哉时不遇，适与飘风会。"了解这些前人的送别诗和游子诗，才理解以浮云比喻游子的"意"不仅指飘游万里，更有感时不遇，不能掌握自己命运的人生感慨。在落日中告别，故人的情又是什么情呢？看曹植《箜篌引》："惊风飘白日，光阴驰西流。盛时不可再，百年忽我遒。"就可以理解了。落日使人想到光阴的迅速，人生百年的短暂。游子的盛年不再，然而仍然漂流在前景暗淡的旅途中，分手时心情如何就可以想见了。所以最后说从此挥手告别，连两匹将要分道扬镳的马儿也禁不止发出了悲鸣。了解意象中包含的前人诗歌里积累的意思，才能看出这首诗的好处。前人称赞这首五言律诗有古诗的格调，因为孤蓬、浮云、落日，是汉魏游子诗里常用的比兴意象。萧萧马鸣也是《诗经·小雅·车攻》中的诗句。诗里所用的意象都是人们送别时最常见的，同时又有深厚的历史内涵，这就以很高的概括力写出了古往今来人们送别友人时常有的感慨。

宋词以伤春感别为基本主题，对于离别这类题材的表现就更复杂多变了。例如周邦彦的《夜飞鹊》：

河桥送人处，良夜何其？斜月远堕馀辉。铜盘烛泪已流尽，霏霏凉露沾衣。相将散离会，探风前津鼓，树杪参旗。花骢会意，纵扬鞭亦自行迟。　　迢递路回清野，人语渐无闻，空带愁归。何意重经前地，遗钿不见，斜径都迷。兔葵燕麦，向残阳影与人齐。但徘徊班草，欷歔酹酒，极望天西。

这首词写送别，上、下片各选取残夜清晨送行与黄昏落日归来的两段时辰分别写景。上片写河桥送人时斜月已落，烛泪滴尽，在细雨般沾衣的凉露中，散了离筵。“良夜何其”令人联想到苏武诗：“征夫怀往路，起视夜何其。”津鼓是渡口报时的更鼓，用李端《古别离》“月落闻津鼓”。参旗为星名，《史记·天官书·正义》：“参旗九星在参西，天旗也。”同时也关合到苏武诗里的“参辰皆已没，去去从此辞”。打探津鼓和参旗，本是问时辰的意思，但旗鼓的字面容易引起戎事的联想，与骢马相联系，行者或许是从戎赴边的人，即使不是，也多少渲染了几分出行的豪气。下片写行人从远方归来，从“何意重经前地”一句，方才悟出上片所写的其实是昔日送别这人的回忆。遗钿不见，指当初送他的女子已经不在。河桥送别处只剩下兔葵燕麦、草迷斜径。可见当初送别的地方已经一片荒凉。“向残阳影与人齐”一句，真切地写出归者茕茕独立于残阳斜照的葵麦之间，形影相吊的形象。藉草而坐，把酒酹地，极望天西的结尾也余味无穷。白日西驰，迟暮之悲自在言外。由此可进一步体味上面李白所说的“落日故人情”的意思。这首词或许是作者亲身的经历，但更容易令人联想到汉魏至唐的古诗中常常写到的征人思妇送别的情景和行人归来后故园荒芜的场景，因而词里的内容又有了包容历史传统主题的更深意义。作者将送别选在清晨，将归来选在黄昏，这两个时段又各与少年的豪气和老年的衰暮相应，从而使世事的沧桑之感与人生的盛衰之感交织在一起，清真词的深厚往往由此见出。

（二）联系体裁的因素来理解古典诗词的创作特色。中国古诗有古体、近体两大类，古体包括五古、七古、五七言古绝、三言四言六言、乐府；近体包括五律、七律、五言排律、五七言律绝等等；词有小令、长调等等。不同的体式有不同的鉴赏标准。比如歌行长于铺叙，要求层次复叠，有波澜起伏。

欣赏时或取其气势奔放跌宕（如李白《将进酒》），或取其叙情委曲尽致（如白居易《长恨歌》），以酣畅淋漓、婉转曲折、摇曳多姿为佳。而绝句则以含蓄为上，讲究主题和意象单纯，留有不尽之意。而每一种诗体在不同的发展阶段也有不同特色。举七律为例，崔颢《黄鹤楼》：

昔人已乘黄鹤去，此地空余黄鹤楼。
黄鹤一去不复返，白云千载空悠悠。
晴川历历汉阳树，芳草萋萋鹦鹉洲。
日暮乡关何处是？烟波江上使人愁。

这首七律是令黄鹤楼享誉天下的传世名作。传说黄鹤楼有辛氏卖酒，因道士在墙上画鹤能舞而致富。十年后道士重来，乘鹤飞去。诗人对这一传说的神往，在诗里转化为对时空悠久的遐想，又与楼前远眺历历可见的晴川树和芳草萋萋的鹦鹉洲形成过去和现在的虚实对照。便更能触发人们关于宇宙之间人事代谢的感慨和怅惘。正因为这首诗既合典故，又切合景观，能将古今登楼之人所见所感都概括无余，所以连李白到此都觉得无从落笔："眼前有景道不得，崔颢题诗在上头！"这首诗的主要好处在于其声调美和意境美是不可复制的，在七律处于盛唐刚刚成熟的特殊阶段才可能出现。声调美，指的是它的歌行句法，前四句一气流注。分两层递进，三次重复黄鹤，回环复沓，更增强了民歌般悠扬流畅的声调。当然，仅仅声调美还不足以成名作，因为类似的句法，沈佺期也写过："龙池跃龙龙已飞，龙德先天天不违。池开天汉分黄道，龙向天门入紫微。"（《龙池篇》）比崔颢早，《黄鹤楼》的句式显然受了此诗影响。李白后来写鹦鹉洲也用了同样的句法，但是效果就不如《黄鹤楼》好。原因在哪里呢？就因为崔颢诗这种悠扬的声调和诗里黄鹤杳然、白云悠悠的意境特别协调。悠远的意境和悠扬的音调相配，相得益彰。而这种声调美是天然而非人为的，因为有其历史原因：七律从六朝末年源自乐府，声调和写法一直和乐府歌行分不开。这种意境美，也来自初唐乐府歌行的常见内容，即往往感慨宇宙的永恒、人间的沧桑，引起人无穷的遐想和淡淡的惆怅。《黄鹤楼》只是把这种感慨通过黄鹤的故事表现出来而已。所以两者的结合，正体现了七律从初唐过渡到盛唐的特殊风貌。

随着七律的发展，诗人们要求发掘它自身的表现潜力，和乐府歌行区别开来，这种声调就渐渐消失了。在这个发展的过程中，杜甫所起的作用最重要。他探索了七律的很多表现方式，七律的完全成熟是由他完成的。因此，杜甫七律变化极多。我们举一首声调同样流畅的七律，来看看它和崔颢七律的不同：

客至

舍南舍北皆春水，但见群鸥日日来。
花径不曾缘客扫，蓬门今始为君开。
盘飧市远无兼味，樽酒家贫只旧醅。
肯与邻翁相对饮，隔篱呼取尽馀杯。

这首七律，作于杜甫定居草堂初期，写诗人款待客人的热诚和真率，以及宾主共饮的忘机之乐，这是全诗的立意所在，以下几联都是围绕这一主题炼意：茅舍南北都是春水，说明江水环抱村庄，清幽恬静之境可以想见。只有群鸥日日自来，与诗人相亲相近，足见诗人已达到忘机的境界。鸥鸟性好猜疑，如人有机心，便不肯亲近。因此这首诗里描写鸥鸟与人相亲，不仅是形容江村茅舍的清静冷落，也写出了杜甫远离世间的真率忘俗。同时又是为下文铺垫：除了鸥鸟，平时根本没有客人来。第二联“花径不曾缘客扫，今始缘客扫，蓬门不曾为客开，今始为君开，上下两意交互成对”（《杜诗详注》引黄生评语）。用这种错落交替的对仗既写出了诗人极少见客的清寂，又写出迎接来客的殷勤，意思比较复杂。第三联说待客没有多种菜肴，家贫只有旧醅，却隔着篱笆要把邻翁也叫来一起喝剩酒，可见杜甫和邻居的关系是何等熟不拘礼。要理解这一联的好处，还必须熟悉陶渊明的“过门更相呼，有酒斟酌之”(《移居·其二》)。无须事先约请，随意过从招饮，是陶渊明在真率淳朴的人际关系中所领略的弃绝虚伪矫饰的自然之乐。因此“隔篱呼取尽馀杯”是以杜甫自己与邻居相处的率真态度再现了陶渊明的自然之乐。整首诗四联围绕着待客这件小事，突出了杜甫清贫的草堂生活与陶渊明隐居生活的相似，以及对于陶诗境界的深刻领会，能在简朴中见出高雅。这首诗读起来虽然也很平易流畅，但构思却巧妙曲折，读者要动动脑筋才能理解中间两联对仗的关系，不像崔颢《黄鹤楼》的对仗那样平直单纯，仅仅凭着声调和意象就能把人带进一种惆怅悠远的意境。

再以词体来说，林庚先生对于词的特点，有一段很精彩的说明：“词以表现女性美的生活基调和儿女风流作为其主要内容，生活的情调便由关塞江湖的广大缩小到庭院闺阁之间。所表现的只能是对青春消逝的感伤，这就限制了词的境界和气派。然而词到底为诗坛创造了一次新的诗歌语言，从句式到语法到词汇都出现了再度诗化的新鲜感。它唤起一片相思，创造了画桥、流水、秋千、院落、小楼、飞絮、细雨、梧桐等一系列敏感的意象，支持了词长达百余年的一段生命。”所以词的本色当行是婉约的，善于含蓄地表现细腻敏锐的感受，意象多富有暗示性。比如北宋词人周邦彦词的特色是形式精致、风韵清雅。他的词写男女相思比较多，但有一部分词写节物变化的感触，常常包含着对人生的感慨，概括力较强，意蕴比较深厚。这里以《齐天乐》为例：

绿芜凋尽台城路，殊乡又逢秋晚。暮雨生寒，鸣蛩劝织，深阁时闻裁剪。云窗静掩，叹重拂罗裀，顿疏花簟。尚有練囊，露萤清夜照书卷。　　荆江留滞最久，故人相望处，离思何限。渭水西风，长安落叶，空忆诗情宛转。凭高眺远，正玉液新篘，蟹螯初荐。醉倒山翁，但愁斜照敛。

这首词写的是秋意引起的感慨。开头一笔写尽台城绿叶已经凋尽的景致，直接点到客居他乡又逢晚秋的主题。游子在他乡，本来就容易产生飘零之感，更何况又逢秋天，自然会联想到人生的晚年，感叹又深一层。上片将季节变换的感触写得非常细腻敏锐：暮雨生寒，纺织娘鸣叫，以及深闺中传来的裁剪寒衣的刀剪声，都在提醒秋的到来。下面紧接着又以一个换季的细节来再次强调这种感慨：重新铺上了厚厚的褥子，撤去了夏天的凉席，而夏天留下的回忆只有装萤火虫的布袋，让人想起那些清夜中读书的日子。由“又”和“重”的强调，可以感受到作者对于年年客里逢秋的伤感，以及对寸寸光阴的爱惜和留恋。于是思绪自然从眼前的静室转到对从前的回忆。下片对应上片的“殊乡”，先说自己平生在外面滞留最久的荆江。据王国维考证，周邦彦大约三十多岁时客居荆州，那时正是风华正茂。后来又曾在京师遇见秋天，踪迹所至，到处都有故人相望。但无限的思念和婉转的诗情，如今都只能在空忆之中。前后相比，金陵（台城）、荆州对他都是他乡，但过去是少年羁旅，如今是暮年滞留。在暮年回首少年遇秋，更平添了一层往事皆空的感伤，这是作者没有说出来的一层言外之意。最后归到眼前重阳佳节饮酒食蟹的时俗，依然扣住秋景。结尾化用了杜牧“但将酩酊酬佳节，不用登临恨落晖”（《九日齐安登高》）的诗句，本来是在醉中求得暂时欢乐的意思，但作者又用了晋人山简喝醉的典故来比喻自己的醉态，说即使醉倒了，还是为斜阳西下而愁。又和杜牧的意思正相反，使日暮的悲哀更进了一层。周邦彦非常善于从日常生活的敏锐感触中咀嚼出人生的滋味。这首词在感秋之中融入了人生的炎凉之感和迟暮之悲，集中了一生滞留他乡、没有归宿的飘零之感，所以比一般的感秋词意思深厚，表现也很精致含蓄。读这类婉约词需要读懂典故和意象中的暗示性，以及词句的断续转折中隐伏的抒情语脉，才能仔细体味其中的言外之意。

三、初步了解一些中国古典诗学和词学的鉴赏理论。

中国古典诗学从秦汉时代开始，到清代末年，逐渐积累起一套自成体系的欣赏理论，至今仍在运用。因为古代的欣赏家本人都是作家，他们对作品的评论偏重感性的和印象的，以及创作经验方面的，特别贴近作品，审美感受相当细腻、准确。他们不仅提出了许多总结创作规律的概念，如比兴、气骨、兴象、意象、意境、格调、神韵、法度等等，而且还善于用大量的比喻来说明其对作品的感觉。由于现代人对古典诗歌的疏远，古人的感觉就特别值得我们珍视，在许多情况下，成为我们今天理解文本、感受诗词艺术的重要依据。

例如，比兴是中国古典诗歌中最早出现也最常使用的表现方式。《诗经》中的比和兴都比较单纯。比喻很容易理解。“兴”的情况比较复杂，有时兴起之物与所咏之情有明确的意义联系，接近比。有时兴与所咏之情的联系在有意无意之间，有时兴与所咏之情没有意义上的联系。兴和比的差别在于，兴引起的是心理感觉的微妙联想，比则是以具体的事物来使感觉变得明确和具体。《诗经》中还有一些篇章是以景物描写引起诗人咏叹，这类兴在汉代以后诗歌里逐渐增多，很值得重视。如《秦风·蒹葭》：

蒹葭苍苍，白露为霜。所谓伊人，在水一方。溯洄从之，道阻且长，溯游从之，宛在水中央。

蒹葭萋萋，白露未晞。所谓伊人，在水之湄。溯洄从之，道阻且跻，溯游从之，宛在水中坻。

蒹葭采采，白露未已。所谓伊人，在水之涘。溯洄从之，道阻且右，溯游从之，宛在水中沚。

蒹葭是芦苇一类的植物，生长在水里，苍苍是茂盛鲜明的样子，开头两句写白露凝聚为霜的秋季，河里的芦苇一片苍绿。这茂密的芦苇似乎遮住了诗人的视线，因为他所思念的那人就在水的另一方。诗人逆流而上去寻找她，道路既有险阻又很漫长，诗人顺流而下去寻找她，那人又似乎就在水中央。这首诗的好处就在以重叠反复的歌唱写出了诗人对于一种可望而不可即的爱情的期待和忧愁。写得虚虚实实，实的是诗人对伊人执着的反复的追求。虚的是伊人，隐约缥缈，似有若无。或者也可以说伊人就是诗人那份可望而不可即的爱情的象征，而诗人在水边来回地寻觅，也只是以一个实在的场景来虚写他的追求。之所以有这样的艺术效果，这片阻隔在他和伊人之间的蒹葭起了非常重要的作用。茂盛的蒹葭引起他的秋兴，也引起他的愁思，又成为他把握不住伊人所在的障碍，所以不但写景优美，而且能引起人丰富的联想。兴的原始性和多义性给《诗经》增添了后世难以企及的艺术魅力，这首诗就是一个显例。

再比如形神关系中写意和写形的问题。形似比较容易欣赏，写意就较难理解。苏东坡主张绘画要传神写意，有不少文章表明他的主张，如《传神记》《书陈怀立画后》等。还说："论画与形似，见与儿童邻。"（《书鄢陵王主簿所画折枝》）并提出"诗画一理"，诗歌创作的原理和绘画一样，也要以传神写意为上。南宋姜夔的咏物词就最擅长大量运用典故来写意。我们来看一首他最著名的作品《暗香》：

旧时月色，算几番照我，梅边吹笛？唤起玉人，不管清寒与攀摘。何逊而今渐老，都忘却春风词笔。但怪得竹外疏花，香冷入瑶席。

江国，正寂寂。叹寄与路遥，夜雪初积。翠尊易泣，红萼无言耿相忆。长记曾携手处，千树压西湖寒碧。又片片吹尽也，几时见得？

姜夔号白石道人，是南宋著名诗人和词人，一生仕途失意，但因为多才多艺，颇得当时名公贵流赏识。他的词格调高雅，讲究音律。尤其善于自谱新曲。传世的词作中有十七首自度曲，文字旁标有音谱，成为今天研究宋词音乐的宝贵依据。《暗香》就是其中的一首。词的开头有一节小序说明创作这首词的缘起：“辛亥之冬，予载雪诣石湖。止既月。授简索句，且征新声，作此两曲。石湖把玩不已，使工妓隶习之，音节谐婉，乃名之曰《暗香》《疏影》。”意思是说辛亥年冬天，自己乘船冒雪去看望石湖居士范成大。在那里住了一个多月。范成大用书简向自己讨求诗作和新创的词调。于是写了这两个曲子。石湖居士欣赏不已，让乐工和歌伎演习歌唱，音节和谐柔婉，于是题名“暗香”“疏影”。这首词和另一姐妹篇《疏影》都是咏梅词，取自宋初诗人林逋《山园小梅》诗中“疏影横斜水清浅，暗香浮动月黄昏”两句诗意。

古往今来，咏梅词不计其数，一般都是歌咏梅花能经风雪的品格。《暗香》则重点写梅的清香。香气是可闻而不可见的，难以靠细致的描摹形态来讨好。这首词在梅香的描写中融进了对往日所爱美人的回忆，并化用各种与梅花有关的典故来烘托出梅的清香，也是一种传神写意的笔法。

上片开头从“暗香浮动月黄昏”的诗意化出，回忆从前与情人在黄昏月下赏梅的韵事，“旧时”和“算几番”点出旧日曾多次经历过这样美好的情景：黄昏的月色下，自己的笛声唤起了美人，一起冒着清寒去攀摘梅花。这里暗用贺铸《浣溪沙》“玉人和月摘梅花”的意思。吹笛暗用汉代乐府横吹曲《梅花落》的典故，在咏梅诗里常见。但用在这里，不但令人想见悠扬的笛声在月色和花树间回荡的韵味，而且使吹笛成为昔日爱情故事中的一个小插曲，表现出男女主人公的雅趣，用得很有创意。由此自然会联想到梅香随着笛声在月下清冽的寒气中飘浮的情景。

接着是从回忆转到现实，感叹如今年纪渐老，风情才思已经减退。“何逊”两句用南朝齐梁时代的诗人何逊自比，是因为何逊在任扬州法曹时曾经作过一首有名的《早梅诗》，这首诗描写了梅花从盛开到凋零的过程。后代诗人咏梅花时常用这个典故，以何逊比喻写梅花诗的人。所以姜夔在这里用何逊自比，又说忘记了当初春风得意时的词笔，不必提到“梅”字，就包含了当初曾经写过多少梅花诗的意思了。这就令人通过典故联想到早梅盛开的情景，梅花之清香自可想象。

以下借“但怪得”三字从回忆转到眼前在宴席上赏梅的正题，用苏东坡《和秦太虚梅花》诗中“江头千树春欲暗，竹外一枝斜更好”的句意，说竹林外的一枝稀疏的梅花，在冷风中将香气传到了酒席上。“但怪得”三字的言外之意是，自己本来渐渐忘记了旧事，也没有才思了，但梅花的冷香又勾起了自己对梅花的思念和咏梅的冲动。这就巧妙地将回忆和现实自然地连成一气，从“梅边吹笛”到“疏花”，暗示了梅花盛期已过、逐渐稀疏的过程，昔日的“春风词笔”和今日的“渐老”又包含着无言的盛衰之感。

下片紧接上片，宴席上的情景和回忆交错出现：江南水乡在大雪之中，一片沉寂。不由得感叹自己想寄一枝梅花给远方的情人，却为遥远的路途所阻隔。寄梅的想法来自南朝陆凯的一个故事，陆凯想从江南寄一枝梅花给朋友范晔，并题赠一首小诗：“折梅逢驿使，寄与陇头人。江南无所有，聊赠一枝春。”姜夔把这首诗的意思和眼前夜雪渐渐堆积的景色糅合在一起，眼光又转回宴席。却觉得杯中之酒进入愁肠，令人更容易伤心。而红梅默默无言，又像是一片相忆之情耿耿在怀。这两句移情于酒席上所见之物，使令人“易泣”的“翠尊”和“耿相忆”的“红萼”，仿佛幻化了旧时情人的影子。所以下面紧接着又沉入了对往事的回忆：永远记得当初携手赏梅的地方，那里是西湖岸边，千树梅花层层叠压在清冷碧绿的水面上。“压”字用形容重量的动词来形容梅花极盛时期花团锦簇的景象，极其生动形象。这里强调西湖，还因为宋代西湖梅树以孤山为多，而林逋就住在孤山，他一生不娶，种梅养鹤，号称“梅妻鹤子”。所以这里写到西湖，又正是照应这首词取名“暗香”来自林逋诗句。然而正当沉浸在梅花极盛的回忆中时，作者突然又回到了现实：纵然是如此繁盛的梅花，还是一片片被风吹落了，几时还能见到？以眼前凋零景象对照当初盛况，又是一次盛衰的对比，最后所问的既是何时再见梅花，更是何时才能再见伊人。馀音袅袅，令人怅惘不已。

这首词在咏梅中融入了对昔日恋情的美好回忆和深沉感伤，梅开与梅落都在与恋人共赏梅花的优雅意境中展现，在人生聚散的盛衰之叹中又隐隐可以体味诗人的身世之感。全词只有一次提到“香冷”，但月下的清寒、湖畔的千树，都能令人想见弥漫在寒风、月色、碧水之中的清香，这就将梅花的神韵传达出来了。而词里所用的典故又都是前人常用的熟典，这就令人很容易从典故的含义联想到梅花的各种情态，如何逊的咏梅、陆凯的寄梅、苏轼的爱梅、林逋的种梅，既表现了梅花由盛到衰的不同情态，又赋予梅花以历代文人赏梅的高雅韵致。这就把梅花的意蕴又表现出来了。正是这种传神写意的表现手法，使这首词达到了品格高绝、含蓄无限的境界。

四、尽量多掌握一些古代文化、宗教哲学思想等相关知识。

虽然一般的诗词注本对于字词、用典的意思都会注出来，但是对其文化背景了解的深浅，也会影响到对文本的理解。就山水田园诗而言，最重要的是了解一些庄子思想对审美思想的影响。从六朝到唐代，很多山水诗都包含着玄学佛学的理趣。比如唐代诗人常常把自己游赏山水林泉称为“独往”。这个词最早见于《庄子·外篇·在宥》：“出入六合，游乎九州岛，独往独来，是谓独有。”《列子·力命》也说：“独往独来，独出独入，孰能碍之？”这种独往独来是指在精神上独游于天地之间，不受任何外物阻碍的极高境界。《淮南子·精神训》说：“若此人者，抱素守精，蝉蜕蛇解，游于太清，轻举独往，忽然入冥。”说人如能坚守朴素自然的理念，其精神就会像蝉脱壳、蛇蜕皮那样，脱离形骸，轻举飞升到太清之中，进入冥冥之大道，这就是独往。后来逐渐被神仙道家坐实为游仙的行为。如《抱朴子·论仙》把独往说成是在深山里修炼成道。由于这种修道和隐逸往往联系在一起，后世诗文中，关于“独往”也就有了两种使用语境，一种专指道士修炼，唐代连僧人出家也可称独往；另一种语境是表现隐居的心迹或行为。事实上，暂时地游憩于山林，也可以称独往，盛唐人山水诗多取这种意思。

“独往”不仅概括地表现了盛唐诗人在山水中体悟的任自

然的玄理，而且常常不露痕迹地化入艺术表现之中。诗人在体悟“独往”的境界时，往往有意无意地突出诗人独往独来的形象，“忽然入冥”的行迹，从而创造出清空幽独、令人神往的意境。如果从这一角度来重读某些山水诗名作，会有更深一层的理解。如王维的《终南别业》：

中岁颇好道，晚家南山陲。
兴来每独往，胜事空自知。
行到水穷处，坐看云起时。
偶然值林叟，谈笑无还期。

以前学界解此诗，多着眼于第三联的禅意。如果看《诗人玉屑》所评：“此诗造意之妙，至与造物相表里，岂直诗中有画哉！观其诗，知其蝉蜕尘埃之中，浮游万物之表者也。”倒是真正理解了诗中的“兴来每独往”的深意。《诗人玉屑》所说的正是《淮南子·精神训》“抱素守精，蝉蜕蛇解，游于太清，轻举独往，忽然入冥”的意思。这首诗直接用了“独往”一词，说兴致来了每每独往，并且具体描写了这种独往的意趣：随着流水走到水尽头，便坐下来观看白云生起。水穷云生的景物变化是大自然的安排，同样，人的行和止也随水流云起，任其自然，说明无论是内心还是行迹同样都没有任何牵挂和障碍，这不正是《列子·力命》所说“独往独来，独出独入，孰能碍之”的境界吗？随水流任意而行，与林叟谈笑而无还俗之期，这不正是“离群以独往”（《抱朴子·明本》）、“浩然得意”、“漱流忘味”（《抱朴子·辨问》）的玄趣吗？此诗之妙，正在于没有任何玄言和佛语，只是展现了水与云的自然变化与主人公独游其中的自得之乐，便让人领悟了其中无穷的理趣。

在唐代诗文中，与“独往”意义相关的还有“虚舟”一词。虚舟的含义非常丰富，既与“独往”相关，也有其独立的意蕴，而且也和“独往”一样，在山水诗中由理念转化为意境的创造。“虚舟”一词源自《庄子·外篇·山木》：“吾愿去君之累，除君之忧，而独与道游于大莫之国。方舟而济于河，有虚船来触舟，虽有惼心之人不怒。有一人在其上，则呼张歙之，一呼而不闻，再呼而不闻，于是三呼邪，则必以恶声随之。向也不怒而今也怒，向也虚而今也实，人能虚己以游世，其孰能害之！”这段话本意是论人生在世如何去除忧患，以两船相触作为比喻，虚舟来触，即使心地最偏狭的人也不会发怒；船上如果有人，则恶声相向，原因在虚与实的差别，由此引申出人如果能处世无心，听任外物，自由自在地游于广漠太虚之境，那么即使被外物所触忤，也没有伤害了。《庄子·杂篇·列御寇》又说："巧者劳而知者忧，无能者无所求，饱食而遨游，泛若不系之舟，虚而遨游者也。"意为智慧灵巧只能使人劳累和忧虑，无能的人没有欲求，饱食终日，无所事事，自在遨游，像没有被缆索系住的船一样，这就是虚己而遨游的人。这段意思和上段一样，都是强调人应当无欲无求，去除巧智，让自己心地空虚，就可以遨游于大自在之境。这就使"虚舟"和"不系舟"意义相近，并且都在后代诗文中广为引用。

"虚舟"和"不系舟"在唐代诗文中的使用也有多种语境。较常用的一种指无人驾驶的船只，比喻人胸怀虚旷，没有欲求，可以像虚舟一样自由飘游于浩然之境。这是庄子的原意，与"独往"的境界相通，因为独往也是出入六合，自由遨游。只是虚舟更侧重在人的心境虚空和不受羁绊。由于"独往"和"不系舟"的根本旨趣都是游于大道，所以一些名作往往兼有二者的深意。如韦应物《滁州西涧》：

独怜幽草涧边生，上有黄鹂深树鸣。
春潮带雨晚来急，野渡无人舟自横。

以前学者对此诗有一些不同的解释，有的宋代学者甚至认为黄鹂是比喻小人。其实描写诗人独自沿着涧边漫步，一边赏玩着路边的幽草，一边听着旁边茂密的树丛中传来黄鹂的鸣叫，逐渐深入幽清无人的境地，这正是独往的意趣。这时候，春潮上涨，带来了一场急雨，又时近傍晚，自然不会有人摆渡，所以渡船悠闲地横在渡口。无人乘坐、自在地横在渡口的小船，不正是一只不系的虚舟吗？也就是说，渡船的自在意态正体现了诗人在大自然中领悟的自在意趣。只是这种感悟自然地体现在渡船的情态和诗人游涧的兴致之中，丝毫不着痕迹罢了。

又如柳宗元的《渔翁》是大家熟悉的名作：

> 渔翁夜傍西岩宿，晓汲清湘燃楚竹。
> 烟销日出不见人，欸乃一声山水绿。
> 回看天际下中流，岩上无心云相逐。

这首诗写渔翁夜宿晨行的生活，诗中未见渔翁其人，只以早晨汲取清湘之水、点燃楚竹煮炊的动静表现渔翁依山傍水的生活情趣。当一片炊烟渐渐消散，一声柔橹从江面传来时，渔翁已经远下中流，唯有岩上白云无心地追随着他的孤舟。空中传神的人物描写不仅给这秀丽的青山绿水增添了楚湘特有的神秘感，也给一个普通的渔父增添了潇洒忘机的隐士色彩。“欸乃一声山水绿”写“烟销日出”时山水顿时现出一片绿色，最为精彩。在诗人看来，仿佛是一声船橹摇绿了山水，构思神奇。而渔父与追随无心的云水同归自然的“任天和”的意趣，则是王、孟山水诗的内涵。以前我只是从这个层面上来读这首诗，尚未看到诗里没有出现的“不系舟”的深意。后来读到刘长卿的《赠湘南渔父》：“问君何所适，暮暮逢烟水。独与不系舟，往来楚云里。”“沉钩垂饵不在得，白首沧浪空自知。”有豁然开通之感。如以这首诗与柳诗相比照，可以看出柳宗元在《渔翁》中暗寓的正是与不系舟独自往来于沧浪之中的理趣，诗中强调岩上白云的“无心”，也正是虚舟不系的无心之意。但是诗里没有写舟，而是让人通过“欸乃一声”和白云的追逐去想见那与渔翁一起“不见”的不系之舟，真正把这渔翁的船写到了虚处。于是，“渔父”“虚舟”这些已经玄理化的语词，又重新还原为生动的意象，与清湘的优美晨景构成了空灵的意境。因此，从“不系舟”的角度解读此诗，更可以体会柳诗使玄理深蕴于山水的神韵之中的妙境。

盛唐山水诗中的这些深意虽然可以在诗的意境中领会，但诗人绝不是刻意借景以寄托玄理。盛唐诗人写山水诗的感悟是直寻而得，也就是对眼前景物的领悟和一时兴致的触发。倘若所遇情景恰好包含着某种玄趣或道境，那么诗人在意境构造中是有自觉意识的，因而能令识解的读者在诗境中体会出更深的一层意蕴，这或许也是“妙悟”的另一种含义。同时，“独往”和“虚舟”虽然是玄理的概念，但由于其意象在盛唐山水隐逸诗中的广泛使用，其含义为众所周知，可以自然地转化为一种幽适之境和自在之趣，即使没有刻意寄托，也能引发有关哲理的联想。因此，这类理趣在诗境中犹如水中之盐，不见其迹而唯有言外之味，使盛唐山水诗在优美的意境之外别具神韵。

古人有一句话：“诗无达诂。”读者对于同一首作品可以有不同的理解，但是大体上还是有一个欣赏的客观标准的。首先应努力揣摩作者的用心，然后才能在此基础上引申发挥，加入自己的理解，不能牵强附会、生拉硬扯。也就是要以理解的确切作为欣赏的基础。欣赏需要一定的理论修养，但是一切欣赏的理论分析都来自丰富生动的创作实践，读诗者先要用直觉去感受作品，然后再思考作者是怎样表现其思想感情的，这样才能追求理解的精准和深度。而欣赏水平的提高，归根结底还是要大量阅读名作，长期培养对艺术的敏锐感受。

国家新闻出版广电总局

首届向全国推荐中华优秀传统文化普及图书

大家小书书目

国学救亡讲演录	章太炎　著　蒙　木　编
门外文谈	鲁　迅　著
经典常谈	朱自清　著
语言与文化	罗常培　著
习坎庸言校正	罗　庸　著　杜志勇　校注
鸭池十讲（增订本）	罗　庸　著　杜志勇　编订
古代汉语常识	王　力　著
国学概论新编	谭正璧　编著
文言尺牍入门	谭正璧　著
日用交谊尺牍	谭正璧　著
敦煌学概论	姜亮夫　著
训诂简论	陆宗达　著
金石丛话	施蛰存　著
常识	周有光　著　叶　芳　编
文言津逮	张中行　著
经学常谈	屈守元　著
国学讲演录	程应镠　著
英语学习	李赋宁　著
中国字典史略	刘叶秋　著
语文修养	刘叶秋　著
笔祸史谈丛	黄　裳　著
古典目录学浅说	来新夏　著
闲谈写对联	白化文　著
汉字知识	郭锡良　著
怎样使用标点符号（增订本）	苏培成　著
汉字构型学讲座	王　宁　著

诗境浅说	俞陛云　著
唐五代词境浅说	俞陛云　著
北宋词境浅说	俞陛云　著
南宋词境浅说	俞陛云　著
人间词话新注	王国维　著　滕咸惠　校注
苏辛词说	顾　随　著　陈　均　校
诗论	朱光潜　著
唐五代两宋词史稿	郑振铎　著
唐诗杂论	闻一多　著
诗词格律概要	王　力　著
唐宋词欣赏	夏承焘　著
槐屋古诗说	俞平伯　著
词学十讲	龙榆生　著
词曲概论	龙榆生　著
唐宋词格律	龙榆生　著
楚辞今绎讲录	姜亮夫　著
读词偶记	詹安泰　著
中国古典诗歌讲稿	浦江清　著 浦汉明　彭书麟　整理
唐人绝句启蒙	李霁野　著
唐宋词启蒙	李霁野　著
唐诗研究	胡云翼　著
风诗心赏	萧涤非　著　萧光乾　萧海川　编
人民诗人杜甫	萧涤非　著　萧光乾　萧海川　编
唐宋词概说	吴世昌　著
宋词赏析	沈祖棻　著
唐人七绝诗浅释	沈祖棻　著
道教徒的诗人李白及其痛苦	李长之　著
英美现代诗谈	王佐良　著　董伯韬　编
闲坐说诗经	金性尧　著
陶渊明批评	萧望卿　著

古典诗文述略	吴小如　著
诗的魅力 ——郑敏谈外国诗歌	郑　敏　著
新诗与传统	郑　敏　著
一诗一世界	邵燕祥　著
舒芜说诗	舒　芜　著
名篇词例选说	叶嘉莹　著
汉魏六朝诗简说	王运熙　著　董伯韬　编
唐诗纵横谈	周勋初　著
楚辞讲座	汤炳正　著 汤序波　汤文瑞　整理
好诗不厌百回读	袁行霈　著
山水有清音 ——古代山水田园诗鉴要	葛晓音　著
红楼梦考证	胡　适　著
《水浒传》考证	胡　适　著
《水浒传》与中国社会	萨孟武　著
《西游记》与中国古代政治	萨孟武　著
《红楼梦》与中国旧家庭	萨孟武　著
《金瓶梅》人物	孟　超　著　张光宇　绘
水泊梁山英雄谱	孟　超　著　张光宇　绘
水浒五论	聂绀弩　著
《三国演义》试论	董每戡　著
《红楼梦》的艺术生命	吴组缃　著　刘勇强　编
《红楼梦》探源	吴世昌　著
《西游记》漫话	林　庚　著
史诗《红楼梦》	何其芳　著 王叔晖　图　蒙　木　编
细说红楼	周绍良　著
红楼小讲	周汝昌　著　周伦玲　整理

曹雪芹的故事	周汝昌　著　周伦玲　整理
古典小说漫稿	吴小如　著
三生石上旧精魂 ——中国古代小说与宗教	白化文　著
《金瓶梅》十二讲	宁宗一　著
中国古典小说十五讲	宁宗一　著
古体小说论要	程毅中　著
近体小说论要	程毅中　著
《聊斋志异》面面观	马振方　著
《儒林外史》简说	何满子　著

我的杂学	周作人　著　张丽华　编
写作常谈	叶圣陶　著
中国骈文概论	瞿兑之　著
谈修养	朱光潜　著
给青年的十二封信	朱光潜　著
论雅俗共赏	朱自清　著
文学概论讲义	老　舍　著
中国文学史导论	罗　庸　著　杜志勇　辑校
给少男少女	李霁野　著
古典文学略述	王季思　著　王兆凯　编
古典戏曲略说	王季思　著　王兆凯　编
鲁迅批判	李长之　著
唐代进士行卷与文学	程千帆　著
说八股	启　功　张中行　金克木　著
译余偶拾	杨宪益　著
文学漫识	杨宪益　著
三国谈心录	金性尧　著
夜阑话韩柳	金性尧　著
漫谈西方文学	李赋宁　著
历代笔记概述	刘叶秋　著

周作人概观	舒　芜　著
古代文学入门	王运熙　著　董伯韬　编
有琴一张	资中筠　著
中国文化与世界文化	乐黛云　著
新文学小讲	严家炎　著
回归，还是出发	高尔泰　著
文学的阅读	洪子诚　著
中国文学1949—1989	洪子诚　著
鲁迅作品细读	钱理群　著
中国戏曲	么书仪　著
元曲十题	么书仪　著
唐宋八大家 ——古代散文的典范	葛晓音　选译
辛亥革命亲历记	吴玉章　著
中国历史讲话	熊十力　著
中国史学入门	顾颉刚　著　何启君　整理
秦汉的方士与儒生	顾颉刚　著
三国史话	吕思勉　著
史学要论	李大钊　著
中国近代史	蒋廷黻　著
民族与古代中国史	傅斯年　著
五谷史话	万国鼎　著　徐定懿　编
民族文话	郑振铎　著
史料与史学	翦伯赞　著
秦汉史九讲	翦伯赞　著
唐代社会概略	黄现璠　著
清史简述	郑天挺　著
两汉社会生活概述	谢国桢　著
中国文化与中国的兵	雷海宗　著
元史讲座	韩儒林　著

魏晋南北朝史稿	贺昌群　著
汉唐精神	贺昌群　著
海上丝路与文化交流	常任侠　著
中国史纲	张荫麟　著
两宋史纲	张荫麟　著
北宋政治改革家王安石	邓广铭　著
从紫禁城到故宫 ——营建、艺术、史事	单士元　著
春秋史	童书业　著
明史简述	吴　晗　著
朱元璋传	吴　晗　著
明朝开国史	吴　晗　著
旧史新谈	吴　晗　著　习　之　编
史学遗产六讲	白寿彝　著
先秦思想讲话	杨向奎　著
司马迁之人格与风格	李长之　著
历史人物	郭沫若　著
屈原研究（增订本）	郭沫若　著
考古寻根记	苏秉琦　著
舆地勾稽六十年	谭其骧　著
魏晋南北朝隋唐史	唐长孺　著
秦汉史略	何兹全　著
魏晋南北朝史略	何兹全　著
司马迁	季镇淮　著
唐王朝的崛起与兴盛	汪　篯　著
南北朝史话	程应镠　著
二千年间	胡　绳　著
论三国人物	方诗铭　著
辽代史话	陈　述　著
考古发现与中西文化交流	宿　白　著
清史三百年	戴　逸　著

清史寻踪	戴　逸　著
走出中国近代史	章开沅　著
中国古代政治文明讲略	张传玺　著
艺术、神话与祭祀	张光直　著
	刘　静　乌鲁木加甫　译
中国古代衣食住行	许嘉璐　著
辽夏金元小史	邱树森　著
中国古代史学十讲	瞿林东　著

宾虹论画	黄宾虹　著
中国绘画史	陈师曾　著
和青年朋友谈书法	沈尹默　著
中国画法研究	吕凤子　著
桥梁史话	茅以升　著
中国戏剧史讲座	周贻白　著
中国戏剧简史	董每戡　著
西洋戏剧简史	董每戡　著
俞平伯说昆曲	俞平伯　著　陈　均　编
新建筑与流派	童　寯　著
论园	童　寯　著
拙匠随笔	梁思成　著　林　洙　编
中国建筑艺术	梁思成　著　林　洙　编
沈从文讲文物	沈从文　著　王　风　编
中国画的艺术	徐悲鸿　著　马小起　编
中国绘画史纲	傅抱石　著
龙坡谈艺	台静农　著
中国舞蹈史话	常任侠　著
中国美术史谈	常任侠　著
说书与戏曲	金受申　著
世界美术名作二十讲	傅　雷　著
中国画论体系及其批评	李长之　著

金石书画漫谈	启　功　著　赵仁珪　编
吞山怀谷——中国山水园林艺术	汪菊渊　著
故宫探微	朱家溍　著
中国古代音乐与舞蹈	阴法鲁　著　刘玉才　编
梓翁说园	陈从周　著
旧戏新谈	黄　裳　著
民间年画十讲	王树村　著　姜彦文　编
民间美术与民俗	王树村　著　姜彦文　编
长城史话	罗哲文　著
天工人巧——中国古园林六讲	罗哲文　著
现代建筑奠基人	罗小未　著
世界桥梁趣谈	唐寰澄　著
如何欣赏一座桥	唐寰澄　著
桥梁的故事	唐寰澄　著
园林的意境	周维权　著
万方安和——皇家园林的故事	周维权　著
乡土漫谈	陈志华　著
现代建筑的故事	吴焕加　著
中国古代建筑概说	傅熹年　著
简易哲学纲要	蔡元培　著
大学教育	蔡元培　著 北大元培学院　编
老子、孔子、墨子及其学派	梁启超　著
春秋战国思想史话	嵇文甫　著
晚明思想史论	嵇文甫　著
新人生论	冯友兰　著
中国哲学与未来世界哲学	冯友兰　著

谈美	朱光潜　著
谈美书简	朱光潜　著
中国古代心理学思想	潘　菽　著
新人生观	罗家伦　著
佛教基本知识	周叔迦　著
儒学述要	罗　庸　著　杜志勇　辑校
老子其人其书及其学派	詹剑峰　著
周易简要	李镜池　著　李铭建　编
希腊漫话	罗念生　著
佛教常识答问	赵朴初　著
维也纳学派哲学	洪　谦　著
大一统与儒家思想	杨向奎　著
孔子的故事	李长之　著
西洋哲学史	李长之　著
哲学讲话	艾思奇　著
中国文化六讲	何兹全　著
墨子与墨家	任继愈　著
中华慧命续千年	萧萐父　著
儒学十讲	汤一介　著
汉化佛教与佛寺	白化文　著
传统文化六讲	金开诚　著　金舒年　徐令缘　编
美是自由的象征	高尔泰　著
艺术的觉醒	高尔泰　著
中华文化片论	冯天瑜　著
儒者的智慧	郭齐勇　著
中国政治思想史	吕思勉　著
市政制度	张慰慈　著
政治学大纲	张慰慈　著
民俗与迷信	江绍原　著　陈泳超　整理
政治的学问	钱端升　著　钱元强　编

从古典经济学派到马克思	陈岱孙　著
乡土中国	费孝通　著
社会调查自白	费孝通　著
怎样做好律师	张思之　著　孙国栋　编
中西之交	陈乐民　著
律师与法治	江　平　著　孙国栋　编
经济学常识	吴敬琏　著　马国川　编
中国化学史稿	张子高　编著
中国机械工程发明史	刘仙洲　著
天道与人文	竺可桢　著　施爱东　编
中国医学史略	范行准　著
优选法与统筹法平话	华罗庚　著
数学知识竞赛五讲	华罗庚　著
中国历史上的科学发明（插图本）	钱伟长　著

出版说明

“大家小书”多是一代大家的经典著作，在还属于手抄的著述年代里，每个字都是经过作者精琢细磨之后所拣选的。为尊重作者写作习惯和遣词风格、尊重语言文字自身发展流变的规律，为读者提供一个可靠的版本，“大家小书”对于已经经典化的作品不进行现代汉语的规范化处理。

提请读者特别注意。

北京出版社